Maurice Renard

Er?

CLASSIC PAGES

Renard, Maurice

Er?

Reihe: *classic pages*

ISBN: 978-3-86741-276-6

Auflage: 1
Erscheinungsjahr: 2010
Erscheinungsort: Bremen, Deutschland

Er?

Inhaltsverzeichnis

Vorspiel 7

Eine Heirat, die nicht allen Leuten genehm ist 10

Herr Feuillard erzählt, was er weiß 20

Aubry und seine Herrschaft 28

Gilbertes Wahnidee 35

Die Gräfin von Prase baut Luftschlösser 53

Das Geheimnis der Avenue du Bois 61

Das verräterische Album 68

Fräulein Java 81

Die Bar 88

Beim Herrn Polizeipräfekten 103

Die Enthüllung der Marie Lefebre 110

Die Enthüllung der Marie Lefebre 122

Ein listiger Plan 134

Im Odeon 146

Der Schutzengel Fourcade 155

Lionel verfolgt seine Idee 163

Gilberte in Luvercy 175

Suggestion. 184

Die Falle 194

Offene Karten 203

Die Mörderschlange von Luvercy 213

Vorspiel

Zwei Uhr morgens.

Bei der eisigen Kälte, die heute Nacht herrschte, lag die Straße – ein verrufenes Seitengässchen des Spielhöhlenviertels – verlassen und totenstill da.

Jemand bog um die Ecke; der Silhouette nach ein eleganter Herr; Zylinder, weißes Halstuch, schwarzer »Mac-Farlane«, Lackschuhe. Die Hände in den Taschen vergraben und den Spazierstock geschultert, dass der Griff die Schulter überragte, ging er elastisch und energisch wie ein Kavalier der großen Welt dahin, ohne den Schritt auch nur ein wenig zu verlangsamen, wenn er das Dunkel, das ihm zwischen den Lichtkegeln der Straßenlaternen wie ein finsteres Loch entgegengähnte, betrat. Seine Gesichtszüge konnte man nicht erkennen.

»Bitte um Feuer, mein Prinz!«

Der typische Anruf!

Der Kavalier blieb sofort stehen. Aus irgendeinem nachtschwarzen Winkel tauchte ein Apache auf, der hier gelauert, und versperrte den Weg.

»Pack dich!« befahl der Herr seelenruhig.

Eine heisere Stimme krächzte:

»Keine faulen Witze! Säcke ausgeleert!«

Mangels eines Revolvers, dessen er sich zur Verteidigung hätte bedienen können, leuchtete der Herr, ohne erst lang über die etwaigen Folgen seines Tuns nachzudenken, dem Strolche blitzschnell mit der elektrischen Taschenlampe mitten in das Gesicht und – stieß einen Ruf des Erstaunens aus.

Gerade fand er noch Zeit, rasch zur Seite zu springen, sonst wäre ihm die Lampe mit der Faust aus der Hand geschlagen worden.

»Einen Moment!« rief er. »Keine Dummheiten! Steck' das Messer ein in drei Teufels Namen!«

Und den Scheinwerfer der Taschenlampe gegen sich selbst kehrend, beleuchtete er jetzt grell das eigene Antlitz.

Mit ordinärem Fluche wich der Apache entsetzt zurück.

»Soso, Freundchen, du erkennst dieses Gesicht?«

Ohne ein Wort der Erwiderung machte der andere auf den Absätzen kehrt und ergriff die Flucht, als säße ihm der Leibhaftige im Nacken.

Augenblicklich nahm »der Herr der Gesellschaft« die Verfolgung auf. Leichtfüßig lief er hinter dem Kerl her und rief, indem er versuchte, seine Stimme möglichst zu dämpfen:

»Halt! Bleib' stehen! Ich werde nichts ausplaudern! Ich schwör' dir's! Himmeldonnerwetter, so bleibe doch steh'n! ... Lass uns miteinander reden ... ich muss dich sprechen!«

Aber der Apache spielte den Tauben. Stumm und flink rannte er, so schnell ihn seine Beine trugen, weiter. Offenbar beseelte ihn nur der eine Wunsch, sich nicht erwischen lassen.

Das gelang ihm denn auch. Der Kavalier blieb immer weiter zurück und gab schließlich die aussichtslose Hetzjagd auf.

»Zu toll!« knurrte er, sich die schweißnasse Stirn abtupfend. »Aber ich kriege ihn schon noch ... oder es müsste mit dem Henker zugeh'n! Ich muss die Geschichte in Ordnung bringen ... diesen Unglücklichen retten!«

Vag lächelnd und noch immer mit sich selbst weiterredend, trat er den Rückweg an. Er konnte sich von seiner Überraschung kaum erholen.

»Zum Teufel, wie hätte man etwas derart Lächerliches, etwas derart Groteskes erwarten können? Stehe ich da plötzlich diesem – Straßenräuber gegenüber! ... Ich muss Schluss machen ... der Skandal wäre zu peinlich! Vielleicht wird man mich töricht schelten, aber die Sache geht mir tatsächlich furchtbar nahe! ... Warte, Junge, ab morgen ...«

Die weiteren Worte verklangen in der Finsternis. Um die unliebsame Verzögerung wieder hereinzubringen, beflügelte der Kavalier seine Schritte.

I.

Eine Heirat, die nicht allen Leuten genehm ist

Elisabeth, Gräfin von Prase, saß vor einem großen Empireschreibtisch und prüfte einen Kontoauszug.

Da schnarrte ein paar Mal leise der Telefonsummer. Die Gräfin ergriff den Hörer ihres Tischapparates. Genau zu derselben Sekunde beginnt das Abenteuer.

»Tante, bist du's?«

Der Hörer vibrierte unter den Schallwellen einer jungen frischen Stimme.

»Gewiss, liebes Kind!«

Die Pendeluhr schlug die achte Frühstunde.

»Gut geschlafen, Tante? Schon bei der Arbeit? ... Kann ich dich sprechen?«

Das junge Mädchen telefonierte so temperamentvoll, dass die Gräfin deutlich den Klang der Worte vernahm, die in dem Zimmer, das über ihrem Arbeitskabinette lag, gesprochen wurden.

»Du willst mich sprechen?« erwiderte sie. »Soll ich zu dir hinaufkommen?«

»Nein, Tante, nein! Das würde sich doch wohl nicht schicken. Ich werde vielmehr zu dir kommen, wenn du erlaubst?«

»Bitte!« – Etwas beunruhigt hängte die Gräfin wieder den Hörer ein.

Sie war ganz im Schwarz gekleidet und eine kleine dürre Frau. Bei ihren Augen schien der Schöpfer die Farbe gespart zu haben. Die nahenden Fünfziger bleichten bereits ihr mattblondes Haar, das sie nach der Mode ihrer Jugendjahre zu einem Knoten aufgesteckt trug. Ihrem Profile fehlte die markante Linie. Aber auf den an und für sich nichtssagenden Zügen lagerte ein Hauch düsterer Schwermut, den nicht einmal ihre besten Photographien richtig wiedergaben.

In Gedanken versunken, stützte sich die Gräfin auf der Klappe des Klappschreibtisches auf. Sorgenvoll kniff sie die blutleeren Lippen zusammen, die noch um eine Nuance bleicher wurden.

Gedämpft durch die Gobelinportiere erscholl jetzt der Lärm rasch die Stiege herabeilender Schritte, und gleich darauf wurde die Tür aufgerissen, und ein ebenso entzückendes wie übermütiges junges Mädchen stürmte herein.

An den Füßen seidene Pantöffelchen, war sie in einen duftigen Morgenschlafrock wie in eine rosa Wolke eingehüllt. Dieses reizende »Déshabillé« passte allerdings eher zu einer jungen Frau als für dieses lachende, kaum zur Jungfrau erblühte Kind.

»Guten Morgen, kleine Gilberte«, sagte die Gräfin, und ein Lächeln umflog ihre Mundwinkel.

»Guten Morgen, Tantchen!« echote die junge Dame.

Und ohne viel Geschichten zu machen, fiel sie ihrer Tante um den Hals und gab ihr zwei schallende Küsse auf die herben Wangen. Die Gräfin wusste gar nicht, wie ihr geschah. Sie erstickte fast unter dieser stürmischen Umarmung.

»Kind, du erwürgst mich!« keuchte sie.

»Macht nichts, Tantchen!« lachte der Wildfang. »Das spielt gar keine Rolle!«

Mit rosigen Wangen und lachendem Munde schmiegte Gilberte Laval ihre braunen Locken an das fahle Antlitz der alten Frau an, die das Haupt ein wenig zur Seite wandte, und blickte, fröhlichen Gedanken nachträumend, zu dem lichtdurchfluteten Fenster hin. Gar seltsam stach gegen die schönen, schelmischen Augen des jungen Mädchens und ihr glückverklärtes Wesen der trauerumflorte Blick und das alternde Gesicht der Gräfin ab.

»Tante, Tante!« rief Fräulein Laval.

»Nun, was denn? Drück' mich nicht so stark! Was ist denn los, dass du gar so freudenärrisch bist?«

»Ich bin so glücklich, Tantchen, so glücklich!«

»Zunächst lass mich mal los, kleine Teufelin!«

»Nein, nein, du darfst mich noch nicht anschauen, noch nicht!«

Die Kirschenlippen Gilbertes näherten sich dem wächsernen Ohre der Gräfin, als wollte sie ihr etwas heimlich zuflüstern. Dann erklärte sie jedoch mit Stentorstimme: »Ich heirate! ... Es ist dir doch recht, nicht wahr?«

War es Rührung? ... Die Gräfin presste jäh ihre Wange gegen die ihrer Nichte.

»Du willst heiraten? ... wen? ...«

Diesmal hauchte ihr Gilberte in das Ohr: »Jean Mareuil.«

»Wer ist das? Kenne ihn nicht.«

»Freilich kennst du ihn, Tante. Er wurde dir ja bei den Paullacs vorgestellt! ... was hast du, Tante? ...«

Die Gräfin hatte sich aus den Armen ihrer Nichte gelöst. Ihre Miene verriet äußerste Bestürzung. Sprachlos starrte Gilberte ihre Tante betroffen an.

»Mir ist nichts, mein Kind«, lächelte die Gräfin gezwungen. »Dass mich die Sache etwas bewegt, ist wohl nur höchst natürlich?«

Gilberte erschrak. Sie fühlte, wie sich zwischen ihr und ihrer Tante jäh eine frostige Kluft auftat. Die Gräfin nahm es wahr. Sie trat auf das junge Mädchen zu und ergriff es bei der Hand.

»Schau', Gilberte, ich liebe dich, als sei ich deine arme Mama. Daher sorge ich mich, du könntest vielleicht einen vorschnellen Entschluss gefasst haben. Eben erst feiertest du deinen achtzehnten Geburtstag. Was weißt du, mein Schatz, vom Leben? Bist du sicher, dass dieser Herr Mareuil der Mann ist, der dich glücklich machen wird?«

Gilberte runzelte, plötzlich verändert, die Brauen. Als die Gräfin das sah, zog sie das junge Mädchen zärtlich an sich und streichelte ihren Bubikopf, dessen tolle Löckchen sich von Natur so entzückend kräuselten.

»Komm, sei vernünftig!« meinte sie. »Ich muss doch den jungen Mann erst kennenlernen. Erkundigungen über ihn einziehen. Das ist unumgänglich notwendig. Und wenn er wirklich so ist, wie du glaubst ...«

»O, das ist er! Darauf kannst du Gift nehmen, Tante.«

Die Gräfin zuckte leicht zusammen.

»Nun gut«, sagte sie. »Zieh dich jetzt an, Liebling. Dann wollen wir die Sache besprechen. Du gibst mir keinen Kuss, Gilberte?...«

Sichtlich kühl drückte das verwöhnte Kind einen flüchtigen Kuss auf die Stirn der Tante. Weit weniger fröhlich, als Gilberte gekommen, verließ sie hierauf das Zimmer.

Die Gräfin war wieder allein. Aus ihrem verstörten Blick sprach abgrundtiefe Seelenqual.

Die Hände hinter dem Rücken verschränkend, ging sie ein paar Mal auf und ab.

Totenstille herrschte ringsum. In schwarzen Gedanken durchwanderte sie immer wieder den schlicht möblierten Raum, der ihr als Arbeitszimmer diente und gleichsam das Boudoir dieser geschäftstüchtigen Frau bildete, und dessen Haupteinrichtungsstücke aus einem riesigen Geldschranke gegenüber einem geräumigen Aktenregal und dem Schreibtische bestanden.

Etwas jedoch verlieh dem Kabinett eine eigene Note. Das waren an den Wänden Trophäen von Waffen afrikanischer Völkerschaften: Schilde aus Leder oder stierhautüberzogenem Holz, Pfeilköcher und Bogen, und dazwischen Negerlanzen und Assagaien, deren breite, scharfe Stoßeisen unheimlich funkelten.

Die Gräfin hob die Lider und überflog träumenden Blickes den ganzen barbarischen Zauber. Schmerzliche Erinnerungen stiegen in ihr auf. Mit mutloser Gebärde blieb sie stehen. Dann raffte sie sich auf und murmelte: »Nun, wir werden ja sehen!«

Zum Apparate gehend, drückte sie auf einen Knopf, der die Überschrift trug: »Herr Graf«, und nahm den Hörer zur Hand.

»Hallo! ... Lionel!«

Sie rief leise an, indem sie die hohle Hand als Schalldämpfer über Mund und Hörer muschelte.

»Lionel!«

Endlich antwortete ihr eine Art von Geknurr.

»Hallo! ... Lionel!«

»Hm ... ja ... Mama?«

»Liegst du noch zu Bett?« '

»Sag' lieber, bist du schon wach!«

»Spat nach Hause gekommen, was?«

»Ja, weiß nicht, um wie viel Uhr.«

»Gut, Ich komme zu dir.«

Vorsichtig öffnete die Gräfin die Tür, durchschritt auf den Fußspitzen die Vorhalle und stieg lautlos die Treppe zum ersten Stocke empor.

Das Schlafzimmer ihres Sohnes bot den Anblick wüsten Nachhausekommens. Der Frackanzug lag auf der Erde, der

Chapeau-claque war einer Standuhr schief aufgestülpt, die verknitterte weiße Weste leistete auf einem Sessel einem einzelnen Lackschuh Gesellschaft, und da und dort sah man verschiedene Beutestücke einer durchschwärmten Nacht herumliegen: eine Laterne mit roten Gläsern, wie sie nachts aufgerissene Straßenstellen markieren, das Aushängeschild eines Grünzeughändlers, die emaillierte Tafel, die den freundlichen Leser darauf aufmerksam machte, dass »der Autobus auf der Rückfahrt die Rue-de-Provence« passiere usw.

»Großer Gott, ich war wieder eingeschlafen, Mama!« sagte ein großer Bursche und richtete sich in den Kissen auf.

»Wie alt bist du denn, Lionel?« meinte die Gräfin, auf den bunten Kram deutend, der eine durchbummelte Nacht verriet.

»Dreiundzwanzig!« schmunzelte der junge Graf.

»Schlechter Kerl!«

Sie küsste ihn voll Bewunderung.

»Und wo bist du? ... bei wem wohnst du?«

Auf dem Bettrand Platz nehmend, versenkt sie den glanzlosen Blick in die unsteten Augen ihres Sohnes.

»Antworte mir, Lionel!«

»Was willst du eigentlich?« fragte er. »Was geht dir im Kopfe um? Etwas Neues? Du siehst blass aus, Mama!«

»Was sagte ich dir, Lionel, als dein Onkel Laval vor drei Jahren starb?«

»Du sagtest mir, dein höchstes Glück wäre es, wenn ich Gilberte heiratete, und dass ich trachten solle, ihre Liebe zu gewinnen. Nicht?«

»So ist's. Es war mein Traum. Und wie weit bist du jetzt?«

»Ich? ...« .

Lionel runzelte die Stirne und verstummte.

»Ich will es dir sagen«, entgegnete die Gräfin bekümmert, »Die Sache steht so. Gilberte vergaffte sich in einen gewissen Jean Mareuil und will ihn heiraten.«

Bei dieser Mitteilung verzerrte sich Lionels hübsches Gesicht zu einer teuflischen Fratze, und er stieß einen wüsten Fluch aus.

»Hat sie es dir gesagt?«

»Vorhin.«

»Und was hast du ihr geantwortet?«

»Nichts Bestimmtes ... sie ist ja frei, kann tun: und lassen, was ihr beliebt.«

»Wieso? Das wäre noch schöner! Ich hoffe, du wirst deine Rechte wahren und deine Machtmittel gebrauchen.«

»Welche Rechte, welche Machtmittel besitze ich denn?« seufzte die Gräfin. »Überlege dir doch, großes Kind. Ich bin doch schließlich und endlich nur ihre Sachwalterin. Wir wohnen bei ihr. Was wäre damit gewonnen, Wollte ich mich ohne triftige Begründung den Wünschen meiner minderjährigem Nichte widersetzen? Auf Grund der Gesetzesparagraphen würde sie sich meiner rasch entledigen und dann Rechnungslegung von mir fordern ... nun weißt du sehr genau ... deine Spielschulden ... und ...«

»Halt, Mama! ... ich verstehe ... stimmt, stimmt ...«

Mit Tränen kämpfend, fuhr die Gräfin fort:

»Bei meiner Geschäftsgebarung leitete mich immer der Gedanke und die Hoffnung, dass du Gilberte heimführen, als ihr Gatte dann die Angelegenheit regeln und mir in der Vermögensverwaltung Generalquittung erteilen würdest.«

»Schon gut!« unterbrach sie Lionel ungeduldig. »Aber noch ist nicht alles verloren. Ich war blöd, gestehe es ein. Schon längst hätte ich trachten sollen, ihr zu gefallen. Vielleicht ist noch nicht alles verloren. Noch wäre es nicht zu spät, falls es dir gelingen sollte, an der Hand einwandfreier Gründe Mareuil abzudrängen. Dann brauche ich meine Nachlässigkeit nur wieder gutzumachen. Aber das Pech ist ... wir werden damit bei Mareuil wenig Glück haben, denn der Bursch ist ein fabelhafter Kerl, ein Musterknabe, wie heute keine mehr wachsen.«

»Du kennst ihn also?«

»Hm ... ich kenne ihn, wie ein Mensch einen Menschen nur kennen kann.«

Lionel lächelte etwas verlegen.

»Er ist ernst, arbeitsam und ein Künstler aus Liebhaberei. Man trifft ihn weder in einer Bar noch in einem Tanzlokal, während ich, nicht wahr ...«

»Ist er reich?«

»Und ob! ... Palais in der Avenue-du-Bois, Pferde, Autos, aber keine – Fehler, weder eine Herzdame, noch eine Pikdame im Spiel ... kurzum ein Musterknabe.«

Die Gräfin schüttelte ungläubig den Kopf.

»Immerhin kann man sich über ihn erkundigen. Einen Mann, dem man nichts nachsagen kann, gibt es nicht.«

»Stimmt, Mama. Versuchen kostet nichts. Kommen wir damit nicht zum Ziele, hat es immer noch Zeit, andere Mittel und Wege zu finden, damit uns das Vermögen der Lavals nicht entwischt.«

»Nur an das Vermögen der Lavals denkst du? Deine Kusine ist doch so reizend!«

»Pah!«

»Ich möchte dich nicht nur reich, sondern auch glücklich wissen, Liebling –«

»Wenn man reich ist, ist man auch glücklich. Noch heute werde ich darangeh'n, Mareuil scharf ausspionieren zu lassen. Mindestens werden wir feststellen, ob er wirklich so ein Tugendbold ist.«

Und nach einer Weile fuhr Lionel zynisch fort: »Schließlich wäre uns die gegenwärtige Lage erspart geblieben, hätte letztes Jahr Gilbertes Grippe einen schlechten Ausgang genommen. Du würdest sie ja beerbt haben, wenn ich nicht irre.«

Seine Mutter blickte ihn starr an. In ihren grauen, glanzlosen Augen las man das Entsetzen.

»Na«, meinte Lionel, »ich könnte keiner Fliege etwas zuleide tun, wenn einem aber die Umstände günstig sind, das Schicksal selbst für einen Partei ergreift, muss man sich eben einen Vers darüber machen.«

»Du liebst sie also nicht einmal ein bisschen?«

Der junge Graf schüttelte verneinend den Kopf.

Nachdenklich senkte die Gräfin den Blick. Dann sagte sie: »Und doch ist Gilberte liebenswert, und ich hätte gern ihr Glück begründet.«

»Dann verheirate sie doch mit Mareuil!«

»Lass die unangebrachten Spaße! Du weißt sehr gut, großer Junge, dass nur du auf der ganzen Welt meinem Herzen nahe stehst. Nur du existierst für mich, seit du lebst.«

»Und was war mit Papa?«

»Meine Liebe zu dir ist größer.«

»Und mit meinem Onkel?«

»Nur, um dich reich zu wissen, hätte ich ihn geheiratet.«

»Du bist eine brave Frau, Mama. Nachdem wir das festgenagelt haben, möchte ich dich fragen, ob du etwas dahinter fändest, wenn ich mit deinem ehemaligen Haushofmeister Aubry einen Beobachtungsplan entwerfen würde?«

»Ganz im Gegenteil. Aubry ist ein treu ergebener Diener.«

»Er ist jetzt Hausbesorger auf Nr. 47 der Rue de Tournon, nicht? Soviel ich mich besinne, mag er Gilberte nicht besonders leiden?«

»Kein Wunder. Sie war es doch, die seine Entlassung wünschte.«

»Stimmt.«

In diesem Moment durchflutete der Klang einer wundervollen Mezzosopranstimme das Haus. Gilberte sang in ihrer Wohnung.

»Sie ist noch in ihrem Zimmer«, bemerkte die Gräfin. »Desto besser. Ich möchte nicht, dass sie von meinem Besuche bei dir etwas weiß.«

Und hager und düster verließ die Gräfin wieder das Zimmer ihres Sohnes und kehrte in ihr Arbeitskabinett zurück.

Eine Weile grübelte die Gräfin Elisabeth von Prase über alles nach, was ihre Hoffnungspläne zu durchkreuzen drohte. Dann nahm sie aus ihrer Korsage einen kleinen Schlüssel, den sie stets bei sich trug, und trat vor den eisernen Kassenschrank.

Unter ihrer Hand klinkten die vier Geheimschlösser, eines nach dem andern, auf, und die schwere Panzertür drehte sich in ihren Zapfen.

Von oben bis unten waren die Fächer des Tresors mit Wertpapieren vollgestopft. Die Gräfin begann einige Pakete hervorzuziehen. Die Berührung derselben schien in ihr ein wollüstiges Gefühl auszulösen. Eben streckte sie den Arm aus, um abermals in die dunkle Tiefe des Wertheimers zu greifen, als plötzlich Gilbertes Stimme verstummte, wie das Lied einer Lerche, die sich aus dem blauen Äther zur Erde niederlässt.

Sofort legte die Gräfin alles an Ort und Stelle, ordnete die Stöße Wertpapiere, schloss den Panzerschrank und steckte den, kleinen Schlüssel wieder ein.

II.

Herr Feuillard erzählt, was er weiß

Jean Mareuil hatte sich, bei seinem Freunde Feuillard, dem weltmännischen Anwalte der vornehmen Pariser Gesellschaft, telephonisch angemeldet. Gegen sieben Uhr abends läutete er in seiner Wohnung an. Ausnahmsweise wollte er mit Feuillard der Erstaufführung eines lyrischen Dramas beiwohnen. Da Mareuil das Bedürfnis hegte, mit dem Gentleman-Notar etwas zu besprechen, hatten sie ausgemacht, miteinander nach der Vorstellung in einem Kabarett zu soupieren.

Der Notar erwartete bereits »in der Löwenhaut« seinen Freund. Sie trugen beide den nämlichen Abendanzug, dazu den schwarzen »Mac-Farlane«, ebenso die gleichen Seidenzylinder und das weiße Halstuch. Selbst was den Spazierstock aus schwarzem Ebenholz anbetraf, suchte es der Notar dem Dandy gleichzutun. Dennoch herrschte zwischen der natürlichen Vornehmheit Jean Mareuils und dem etwas banalen Schick des Juristen ein bedeutender Unterschied. Immerhin konnte man nachts, noch dazu in einer schlecht erhellten Straße, nur schwer den Klubmann vom andern unterscheiden.

»Da bist du ja, hübscher Bengel!« begrüßte Feuillard Mareuil.

Und als Mareuil mit komisch-gekränkter Geste abwehrte, fügte der Notar bei: »Doch, doch, Prinz. Scharmant! Du weißt sehr gut, Kanaille, wie entzückend du bist. Schaut mir einmal diesen jungen Antinous an! Bitte, geh einen Schritt vor, Jean, dass ich dich mit Muße betrachten kann. Einen zweiten solchen Gang gibt es nicht. Wo hast du, zum Teufel, diese Grazie und Geschmeidigkeit her? ... Du willst es mir nicht verraten? ... Dann nicht! ... So erzähle mir, was du auf dem Herzen hast. Um was dreht es sich? Um eine hypothekarische Vermögensanlage? Oder den Ankauf einer Liegenschaft? ... Geh'n wir hinunter. Unterwegs kannst du mir den Fall erzählen.«

»Es handelt sich um etwas ganz anderes«, erwiderte Mareuil.

»Heirat?«

»Ja.«

»Wer ist die Glückliche?«

»Gilberte, die Tochter des verstorbenen Afrikaforschers Laval. Warum schmunzelst du?«

Sie nahmen einen Wagen.

»Ich schmunzle, mein lieber Alter, weil ich mit deiner Wahl zufrieden bin, sehr zufrieden. Fräulein Gilberte ist ein anbetungswürdiges junges Mädchen, dem man nur das Allerschönste nachsagen kann. Vielleicht ist die junge Dame etwas verzogen – du verzeihst doch? –, aber ansonsten besitzt sie, wie es allgemein heißt, einen aufrechten, geraden Charakter.«

»Ich hätte dich nicht für so unterrichtet gehalten!«

»Nun, du hast Glück, wie immer. Ich bin nämlich der Rechtsfreund der Familie«, entgegnete der Notar. »Ferner schmunzelte ich, weil mir ihre Tante, die Gräfin Prase, und deren Nichtsnutz von Sohn einfielen.«

»Wieso?«

»Wieso?« Weißt du nicht, dass du ihre schönsten Hoffnungen zunichte machst?«

»Mein Gott!« Mareuil zuckte unbefangen die Schultern. »Ich muss dir gesteh'n, dass ich von der Familie der Lavals so gut wie nichts weiß.«

Der Notar blinzelte ihn ungläubig an. Jean Mareuil senkte den Blick und spielte geistesabwesend mit seinen Handschuhen.

»Na, höre mal, du hältst mich wohl zum besten?« meinte Feuillard. »Mit dir weiß man nie, wie man daran ist.«

»Aber ich versichere dir, liebster Freund,« – und Mareuil richtete den klaren Blick seiner stahlgrauen Augen, die Güte, Klugheit und Willensstärke bekundeten, auf den Notar – »ich weiß nichts von den Lavals, und wenn du mir etwas über sie und die Prases mitteilen kannst, tue es, ohne Rücksicht darauf, dass ich Gilberte liebe und sie zu heiraten gedenke. Bisher lag es mir vollkommen fern, in die Zukunftspläne der Gräfin und ihres Sohnes eindringen zu wollen. Die alte Dame lernte ich übrigens erst vor ganz kurzer Zeit kennen, während ich ihren Sohn ab und zu treffe. Er ist mir nicht sehr sympathisch, jedenfalls völlig gleichgültig. Beifügen möchte ich noch, dass ich dich nicht aufsuchte, um Erkundigungen über die Leute einzuziehen, sondern damit du mir erklärst, was eigentlich ein ›Ehekontrakt‹ ist.«

»Gut«, nickte der Notar. »Verzeihe mein Zögern. Aber mir als Juristen kommt es natürlich spaßig vor, wenn sich jemand blind und taub auf etwas einlässt. Weißt du, wir vom Fach geben nicht Liebende zusammen, sondern wir vereinigen Familien, die glauben, zueinander zu passen. Deshalb war ich vorhin etwas erstaunt. Und dann, mein guter Alter ... ich kann mich absolut nicht an die Art gewöhnen, die du manchmal hast.«

»Himmlischer Vater, was hab' ich denn für eine Art?!«

»Wenn du ins Träumen gerätst, dich in dein Inneres zurückziehst, wie eine Schnecke in ihr Haus, scheinst du so fernab, so zerstreut und mit dir selbst so beschäftigt zu sein, dass man sich oft fragt: weiß er überhaupt, was er eben sagte?«

Jean Mareuil lachte.

»Wahrscheinlich beschäftigt mich in solchen Augenblicken gerade ein Problem, oder irgendeine Arbeit geht mir im Kopfe um.«

Feuillard betrachtete ihn ein Weilchen.

»Du bist eine Type für dich!« erklärte er. »Ich werde ins Grab sinken, ohne dich je verstanden zu haben, Dichter, Philosoph, Künstler. Du Inbegriff eines rätselhaften Menschen!«

»Also ich höre«, erwiderte Jean Mareuil. »Erzähle! ... Es waren ...«

»Es waren einmal zwei Schwestern, die Fräulein von Osmond. Die ältere, Elisabeth, ehelichte einen armen Offizier, den Grafen von Prase. Die jüngere und weit hübschere, Jearnie, wurde von einem sehr bedeutenden und sehr reichen Manne, dem Erforscher von Zentralafrika, Guy Laval, als Gattin heimgeführt. Etwa zehn Jahre nach ihrer Hochzeit wurde die ältere Witwe. Hauptmann Graf Prase starb den schönsten Tod, den es für einen Soldaten gibt. Er fiel auf dem Felde der Ehre. Der Graf hinterließ einen Sohn, Lionel ... Du folgst doch meiner Erzählung, Jean?«

»Aber gewiss, mein Alter!«

»Du siehst nämlich aus, als weiltest du in Gedanken auf dem Monde. Ich fahre also fort. Seine Witwe saß ohne Geld da. Aber ihre Schwester, Frau Laval – die entzückende Frau Laval –, war ja mehrfache Millionärin. Sie bewohnte am Saume des ›Bois‹ in Neuilly ein großes Palais, und den Sommer verbrachte sie auf ihrer Herrschaft Luvercy, einem wahren Juwel von Besitz, das im Tale von Chevreuse liegt. All das stammte vom Vater Laval, der Industrieller war. Guy Laval und seine Frau beschlossen nun, die Gräfin Prase und deren Sohn aufzufordern, ganz zu ihnen überzusiedeln und ihr luxuriöses Leben zu teilen, was von den Prases mit Begeisterung angenommen wurde.

Du musst auch wissen, dass Guy Laval und seine Gemahlin das reizendste Paar waren, das man sich denken kann. Sie lebten in glücklichster Ehe miteinander. Heute wären sie deine Schwiegereltern, und du hättest sie sehr lieb, hätte nicht ein widriges Schicksal sie von hinnen genommen. Beide vergötterten ihr Töchterchen, die entzückende, bildhübsche, kleine Gilberte. Allein Herrn Laval zog es mit unwiderstehlicher Gewalt zu seinem Berufe hin. Die Leidenschaft und Vorliebe für Gefahren, Reisen und Expeditionen in ferne Länder überwog seine Liebe zu Frau und Kind. Von den zwölf Monaten des Jahres weilte er kaum die Hälfte daheim. So ist es verständlich, dass er mit Freude die Gelegenheit ergriff, Schwägerin und Neffen aufzunehmen, damit seine Gattin ihre heißgeliebte Schwester zur Gesellschaft habe, womit er gleichzeitig ein gutes Werk tat. Dieses gute Werk verwandelte sich alsbald auch in ein gutes Geschäft, denn die Gräfin war ebenso ordentlich und sparsam, wie Frau Laval, die berückende Jeanne, flüchtig und verschwenderisch. Es dauerte nicht lange, und die gräfliche Witwe hatte zum Heile des Hauses Laval die Herrschaft über Dienstboten, Küche und Keller an sich gerissen.

So standen die Sachen ... Du hörst doch zu? Bist sicher, mir zuzuhören? ... Also! So standen die Sachen, sagte ich, als Frau Laval starb. Es sind, soviel ich mich besinne, etwa fünf Jahre her. Sie verschied zu Luvercy, als Guy Laval gerade zu Hause weilte, und das Tragische an ihrem Tode ist, dass der eigene Gatte an ihrem Sterben die Schuld trug.

Wenige Tage zuvor war Laval erst aus dem Innern von Afrika zurückgekehrt und hatte unter anderen Kuriositäten auch eine Anzahl Schlangen mitgebracht, die er dem Staat als Geschenk überweisen wollte.«

»Ich weiß«, nickte Jean Mareuil. »Ich erinnere mich des Falles, der in allen Zeitungen stand. Eines dieser Tiere entkam und biss Frau Laval nachts, als sie schlief?«

»Ganz recht«, erwiderte der Notar. »Guy Laval litt fürchterlich unter diesem Schicksalsschlage. Man fürchtete für seinen Verstand. Hervorgehoben muss werden, dass die Gräfin, die sich gleichfalls über den Verlust der Schwester bitter abhärmte, den Schwager hingebungsvoll pflegte.

Guy Laval blieb untröstlich. Er machte sich die furchtbarsten Selbstvorwürfe, er trage an dem Unglück die Schuld. Kaum war er wieder genesen und so weit wiederhergestellt, um reisen zu können, traf er Vorbereitungen zu einer neuen Expedition nach dem oberen Niger. Wer ihn damals sah, hatte das bestimmte Gefühl, dass er nicht zurückkehren würde. Alle Mühe, die man sich gab, ihm die Sache auszureden, war vergeblich. Nach sechs Monaten trat er die Fahrt an – und kam nie mehr wieder.

Ehe er Frankreich verließ, deponierte er bei mir seinen letzten Willen, dessen Fassung so bezeichnend war, dass über das Schicksal, das er sich selbst zu bereiten entschlossen war, kein Zweifel aufkommen konnte. In diesem Testament hatte Laval bestimmt, dass sich die Gräfin im Falle seines Ablebens seines innigstgeliebten Töchterchens Gilberte annehmen solle. – Gelegentlich eines Forschungsrittes, den er ganz allein unternahm – er hatte sich jedes Schutzgeleit verbeten –, fiel er unter den Hieben und Stichen eines wilden Stammes, den er in geradezu irrsinniger Weise herausgefordert hatte. Seine Leiche, die man später auffand, war von einer Unzahl von Pfeilen durchbohrt und entsetzlich verstümmelt.

Die Nachricht seines Todes stürzte das Haus Neuilly erneut in Kummer und Verzweiflung. Man munkelte damals allerhand. Einige wollten bemerkt haben, dass sich hinter dem Schmerz der Gräfin viel bittere Enttäuschung verbarg. Sie hatte sich ja den Kopf darüber zerbrochen, wie sie den Schwager in der Heimat zurückhalten könnte, denn nach dem Hinscheiden der Schwester eröffnete sich ihr anscheinend ein neuer Horizont. Offenbar hatte sie den Ehrgeiz, Joannes Nachfolgerin zu werden, wenn Guy Laval sich erst über den Verlust seiner ersten Gattin etwas getröstet haben würde. Und da nun die Gräfin für die Liebe nicht so recht geschaffen ist, behauptete die böse Welt, sie könne es nicht verwinden, dass ihr die Lavalschen Millionen entgingen.

Diese Millionen begehrte sie allerdings nur für ihren Sohn. Das ist klar. Denn sie selbst ist eine bescheidene, manchmal fast unterwürfige Frau, aber eine heiß liebende Mutter. Lionel zählte damals siebzehn oder achtzehn, Fräulein Gilberte Laval etwa dreizehn Jahre. Das eine steht fest: Von jeher hatte die Gräfin mit dem Plan kokettiert, ihren Sohn Lionel mit Gilberte zu verheiraten. Aber die Verwirklichung dieses Plans stand noch in weiter Ferne. Tausend Dinge konnten die Sache durchkreuzen. Daher hätte sich die Gräfin vorerst einmal durch ihre Heirat mit Guy Laval gern mindestens einen Teil seines Riesenvermögens gesichert. Nun war durch Lavals Tod diese Hoffnung begraben, und die Gräfin kam auf ihren ursprünglichen Plan zurück, die Ehe zwischen Lionel und Gilberte.

Und jetzt willst du Fräulein Laval heiraten! Na, Mareuil, schläfst du? ... Woran denkst du?«

Der junge Mann zwinkerte mit den Lidern, als erwache er aus einem Traum.

»Ich dachte gerade an eine kleine römische Lampe, die ich heute nachmittags in der Auslage eines Antiquars entdeckte«, gab er zur Antwort. »Das Bronzelämpchen ist entzückend und hat eine goldene Viper als Henkel. Es würde sich gut in den Rahmen; meiner Sammlung einfügen, und ich werde es mir wahrscheinlich leisten.«

Herr Feuillard war baff. Er fand nicht gleich die Worte. Eine derartige Gleichgültigkeit war ihm noch nicht vorgekommen. Er begann sich, zu ärgern.

»Zum Kuckuck«, rief er, ganz rot werdend. »Es verlohnt sich wahrlich nicht die Mühe, sich mit dir heiser zu reden. Du bist klassisch. Das kann ich dir schriftlich geben.«

»Vielleicht nur etwas phantastisch«, verbesserte Mareuil belustigt.

»Höre, hüte dich vor der Gräfin!« fuhr der Notar nach einer Weile fort. »Glaub' mir, mein Alter, nimm dich vor dieser Frau in Acht! ... Nein, danke, vor Tisch rauche ich nicht.«

Jean Mareuil zündete sich eine Zigarette an. Die ersten blauen Wölkchen in die Luft blasend, erwiderte er gelassen: »Zur

Sache, lieber Freund! Was ist also eigentlich ein Ehekontrakt?«

Der Wagen hielt, sie traten in das Kabarett ein.

III.

Aubry und seine Herrschaft

Gilberte hatte zu ihrer Tante den lebhaften Wunsch geäußert, Herrn Jean Mareuil bei sich empfangen zu dürfen. Die Gräfin hütete sich, Einspruch zu erheben, denn erstens bildete es ihre Gepflogenheit, ihrer Nichte nichts zu verweigern – und an diesem Brauche wollte sie nicht rütteln –, und zweitens freute sie sich, bei dieser Gelegenheit den unliebsamen »Verführer« etwas mehr aus der Nähe studieren zu können.

Jean Mareuil wurde somit in den Kreis von Gilbertes engeren Bekannten aufgenommen. So weit es die kühle Höflichkeit Mareuils zuließ, suchte hierbei Lionel in die Lebensweise des jungen Mannes Einblick zu gewinnen. Er wusste es einzurichten, dass sie öfters auf gemeinsamem Terrain, bei Golf, Tennis oder im Fechtsaale, zusammenkamen.

Aber schon nach wenigen Tagen sah Lionel das Zwecklose, ja Lächerliche dieser Art von Spionage ein. Er entschloss sich, sie überhaupt gänzlich aufzugeben, um so mehr, als auch der ehemalige Haushofmeister Aubry, den er mit einer schärferen, sozusagen polizeilicheren Beobachtung Mareuils beauftragt hatte und der – letzterem vollkommen unbekannt – dem verhassten Nebenbuhler auf Schritt und Tritt nachspürte, nicht das geringste Verdächtige festzustellen vermochte.

Lionel teilte seinen Entschluss der Gräfinmutter mit, stieß aber auf heftigen Widerstand.

»Bis jetzt sah ich Mareuil allerdings nur ab und zu«, meinte sie. »Seitdem ich aber Gelegenheit habe, ihn näher zu beobachten, bin ich über seine Persönlichkeit restlos im Bilde. Ich fühle, ja, ich bin dessen sicher: irgendetwas verbirgt er vor uns. Seine Geistesabwesenheit, sein träumerisches Wesen ist unnatürlich. In seinem Leben gibt es irgendein Geheimnis.«

»Wieso denn?« ärgerte sich Lionel. »Drücke dich etwas klarer aus. Wenn ich dir doch sage ...«

»Was es für ein Geheimnis ist, werden wir schon erfahren. Folge mir, mein Sohn, wirf die Flinte nicht ins Korn. Vorerst habe ich nur so ein Gefühl, aber du weißt, meine Gefühle täuschen mich selten.«

Das stimmte. Wiederholt hatte sich schon Lionel vor dem Scharfblick seiner Mutter gebeugt.

»Ich gebe ja zu, dass du eine gewisse ›Nase‹ hast, meinte er. »Diesmal aber fürchte ich, dass bei dir der Wunsch der Vater des Gedankens ist. Zum Henker, Mama, ich teile ganz deine Ansicht, auch ich möchte Gilberte zur Frau, denn das Mädel besitzt das dicke Portemonnaie.«

»Du musst sie heiraten!« erklärte die Gräfin.

Lionel blickte seine Mutter nicht gerade sehr respektvoll an.

»Was heißt das: ›du musst!‹? Ich sollte ... ja! Wenn wir außerstande sind, Gilberte von der Unwürdigkeit Jean Mareuils zu überzeugen, werden wir etwas anderes aushecken müssen, dass sie ihn nicht heiratet, dass sie überhaupt niemand heiratet. Das Richtige getraue ich mich schon zu finden!«

»Nein, nein! Das hätte keinen Sinn!« rief die Gräfin.

»Warum erschrickst du so, Mama? Du machst, als wolltest du mich beschwören, etwas nicht zu tun, was ich gar nicht gesagt habe.«

»Mein Gott, Lionel, was glaubst du denn? Ich habe dich doch in keinem hässlichen Verdacht, mein Kind?«

»Doch! Du blicktest mich so entsetzt an.«

»Nein, großer Junge, gewiss nicht!«

Und flehend suchte sie ihn an sich zu ziehen. Er aber verharrte wie aus Stein und sah sie fest an.

Da schlang sie ihre Arme um seinen Hals und schaute ihn aus ihren armen, farblosen Augen bittend an.

»Ärgere dich nicht«, sagte sie. »Du brauchst nichts zu ›finden‹, Liebling. Ich erkläre dir mit allergrößter Bestimmtheit, dass auf Mareuils Tun und Treiben ein Schatten lagert, dass er uns etwas verhehlt. Und in dem Moment, wo er etwas zu verbergen sucht, kann es nur etwas sein, was für ihn nachteilig, aber für dich äußerst vorteilhaft ist.«

Und als die Gräfin merkte, dass ihre Worte auf Lionel Eindruck machten, fuhr sie zärtlich fort, ihm zuzureden.

»Soll ich dir helfen? ... Ja? ... Ich möchte Aubry persönlich sprechen, mir klar werden, wieweit ihr seid.«

»Bitte, wenn du willst?« brummte der Graf.

Noch am gleichen Abend fuhren die Gräfin von Prase und ihr Sohn nach der Rue rue Tournon und ließen das Auto vor Nummer 47 stoppen. Zusammen verfügten sie sich dann in die Portierloge, wo Aubry sie bereits erwartete.

Der Hausbesorger erschöpfte sich in Bücklingen.

Er war ein kleiner, hässlicher, angegrauter Mensch mit falschen Fuchsaugen, hohen Schultern, langen Affenarmen und schiefem Gangwerk. Seines Zeichens Bedienter, hatte er die Gepflogenheit beibehalten, sich stets im Schatten und lautlos zu bewegen, unbemerkt zu bleiben und kein Geräusch zu verursachen.

Ein wohlerzogener Haushofmeister darf niemals die Aufmerksamkeit auf sich lenken. Stumm hat er an der Tafel zu servieren, mit Samtpfoten Silber und Porzellan zu handhaben, beides von Natur zum Klingen und Klirren geneigte Objekte, und sich so unsichtbar zu machen, dass die Meister in ihrem Fache den Eindruck erwecken, als reiche überhaupt niemand die Schüsseln herum, sondern die Bedienung geschähe durch Geisterhände, und dass es nur ein vages Phantom sei, das einem beim Einschenken des Weines diskret ins

Ohr flüstert: »Rüdesheimer Berg Auslese«, »Chambertin« oder »Grinzinger 1919«.

Solch ein Haushofmeister war Aubry gewesen. Dennoch hatte er nicht vermocht, seine Gorillahässlichkeit vor Gilberte zu verbergen, deren Anblick schließlich dem jungen Mädchen zum Gräuel wurde; denn zu dieser körperlichen Scheußlichkeit gesellten sich auch noch wüste moralische Defekte. Nichts widerte Gilberte mehr an als das kriechende Lächeln, das die ausrasierten Lippen dieses heimtückischen, duckmäuserischen Affenmenschen ständig umspielte.

Deshalb hatte sie ihre Tante gebeten, sie von dieser unangenehmen Persönlichkeit zu befreien – was ihr Aubry rachsüchtig nachtrug.

Die Gräfin hatte ihm dann den Portierposten in einem ihrer Nichte gehörenden Hause übertragen und betraute ihn ab und zu mit Geheimaufträgen, die er stets heimlich und verstohlen und als ergebener Geist erledigte. Währenddessen versah die würdige Frau Aubry, auf die es sich erübrigt, näher einzugehen, den verantwortungsvollen Dienst in der Portierloge.

»Mein lieber Aubry, unsere Angelegenheit kommt nicht vorwärts«, begann die Gräfin. »Erzählen Sie mir, was Sie bisher unternahmen! Aber setzen Sie sich doch, Aubry, setzen Sie sich!«

»Zu gütig, Frau Gräfin!« – Der Hausbesorger nahm linkischehrerbietig auf einer Sesselkante Platz. »Nun denn, gnädigste Frau Gräfin, man kann Herrn Jean Mareuil nicht das mindeste nachsagen. Der Herr Graf befahlen mir, Herrn Mareuil nachzuspüren, und ich tat es auf das gewissenhafteste.«

»Stießen Sie auf Schwierigkeiten?«

»Nicht auf die geringste, Frau Gräfin. Dieser Herr ist zwar ein Träumer und schwebt sozusagen immer in den Wolken, aber dennoch ist er niemals untätig, mindestens sein Hirn arbeitet, wenn er sonst nichts tut. Das sieht man ihm auf den ersten Blick an, gnädigste Frau Gräfin.«

»Eben das finde ich auffallend. An was denkt er immer?«

»Du weißt doch, Mama, dass Mareuil Sammler, Künstler und überhaupt ein Arbeitsmensch ist!« meinte Lionel gewichtig.

Seine Mutter unterbrach ihn mit abwehrender Geste.

»Wie verbringt er seine Zeit, Aubry?«

»Herr Jean Mareuil erhebt sich zu sehr früher Stunde, Frau Gräfin. Zuerst reitet er im Bois spazieren.«

»Immer im Bois? Wissen Sie das bestimmt?«

»Das musst du mich fragen, Mama«, sagte Lionel. »Ich weiß es bestimmt, denn ich begleitete ihn wiederholt, erkundigte mich auch darüber.«

Aubry fuhr fort: »Wenn er dann nach Hause zurückkommt, verlässt er bald wieder sein Heim, um bis zum Mittagessen sich andern sportlichen Übungen hinzugeben. Den Lunch nimmt er zuweilen in seinem Klub ein. Manchmal füllen Spaziergänge oder geschäftliche Besprechungen seinen Vormittag aus. Das übrige Leben Mareuils spielt sich dann, wie bereits der Herr Graf erwähnte, im Rahmen von Konzert-, Galerien-, Museumsbesuchen oder Rundgängen bei Antiquaren und Trödlern ab.

Anfangs schienen mir gelegentliche Autofahrten verdächtig. Ich schloss nun mit dem Chauffeur des Herrn Mareuil Bekanntschaft; denn sein Herr gibt ihm stets tags vorher bekannt, wohin am andern Tage gefahren wird, und so war ich in der Lage, mittels gemieteten Schnellwagens oder Motorrades immer vor der Ankunft des Herrn Mareuil an dem betreffenden Ort zu sein. Aber auch bei diesen Gelegenheiten, Frau Gräfin, entdeckte ich niemals etwas Anfechtbares.«

»Wohin fährt er in solchen Fällen?«

»Halten zu Gnaden, Frau Gräfin, entweder in die Umgebung, um alte Denkmäler oder geschichtliche Stätten zu besichtigen, oder auch wiederum zu Trödlern. Der Chauffeur ist ein großes Plappermaul; ich kann alles aus ihm herausziehen.«

»Können Sie dem Manne vertrauen?«

»Durchaus, Frau Gräfin«. Ich prüfte bereits verschiedene seiner Indiskretionen auf ihre Richtigkeit.«

»Hm! ... und abends? ... nach dem Souper?«

»Für einen Pariser seiner Gesellschaftsschicht geht Herr Mareuil abends nur selten aus, höchstens einmal ins Theater oder zu einem Vortrage oder in ein Konzert – in ein Tingeltangel nur ganz zufällig. Anscheinend besuchte Herr Mareuil früher auch, wie alle Welt, den Montmartre.«

»Somit, lieber Aubry, kehrt Herr Mareuil regelmäßig, oft zu sehr früher Stunde, abends nach Hause zurück. Was tut er dann daheim? Arbeitet er?«

»Sehr wohl, gnädigste Frau Gräfin.«

Lionel, der zum Fenster der Portierloge hinaussah, bemerkte: »Mareuil hat eine sehr beachtete Studie geschrieben, die den Titel trägt: »Die Frauen in den Werken von Delacroix«, und gegenwärtig vollendet er ein ziemlich umfangreiches Buch »Das Geckentum in England von Buckingham bis Brummel«. Mareuil ist nämlich selbst ein Dandy oder möchte es wenigstens sein, so wie der Marquis d'Orsay, oder ein bisschen wie d'Aurevilly: Sportsmann und Schriftsteller zugleich. Wann soll er schließlich arbeiten, Mama, wenn nicht bei Nacht? Wie stellst du dir das vor?«

»Haben Sie sich hierüber Gewissheit verschafft, Aubry?«

»Halten zu Gnaden, Frau Gräfin, in das Palais hinein kann ich doch nicht, vor allem nicht nachts.«

»Vielleicht hat er Komplizen, die man feststellen könnte?«

Aubry schwieg ablehnend, als wollte er sagen: das wäre ein gewagter Versuch, es herauszubekommen zu wollen. Man könnte eine Menge Leute kompromittieren.

»Hm!« Die Gräfin überlegte.

Jetzt wandte sich Lionel an den Hausbesorger.

»Wissen Sie, Aubry, dass Mareuil den Spitznamen führt: ›Der Mann ohne Schlaf‹? Ich hörte, oft sei er beim Scheine der Studierlampe bis zum Morgengrauen wach. Ein ihm befreundeter Arzt sagte mir, dass Mareuils Augen eine gewisse Eigentümlichkeit aufweisen, die ein charakteristisches Merkmal aller großen Nachtwacher bilden.«

Die Gräfin kniff die Lippen zusammen.

»Unsere Beobachtungen«, murmelte sie ärgerlich, »deine, meine und Ihre, Aubry, zeitigten somit kein Resultat; allerdings erstreckten sie sich nur auf die Zeit vom Morgen bis zum Abend, nicht aber auf die Nachtstunden. Mein inneres Gefühl sagt mir ...«

»Schon wieder!« zuckte Lionel in mürrischer Ungeduld die Schultern.

»Ich brauche nur einem Menschen in die Augen zu blicken«, fuhr die Gräfin unbeirrt weiter, »so sagt mir mein inneres Gefühl, ob hinter der betreffenden Persönlichkeit ein Geheimnis steckt oder nicht. Lionel, Aubry, wir müssen unbedingt herausbekommen, ob Mareuil wirklich in der Nacht arbeitet.«

»Dies festzustellen, dürfte nicht ganz leicht fallen, Frau Gräfin.«

»Trachten Sie einmal zunächst auszukundschaften, ob niemand nachts ins Palais kommt und niemand es bei Morgengrauen verlässt?«

»Ein Weib?« lachte Lionel spöttisch.

»Vielleicht!« nickte die Gräfin.

»Das ist leicht festzustellen!« bemerkte Aubry mit vulgärem Lächeln.

IV.

Gilbertes Wahnidee

»Weißt du, kleine Gilberte, es ist nicht mehr wie zur Zeit meiner Jugend«, hatte die Gräfin zu ihrer Nichte gesagt. »Ich finde daher die Einladung Herrn Mareuils nicht ungehörig. Niemand nimmt heutzutage daran Anstoß, wenn er dich zu einer Tasse Tee einladet. Sein Haus wird ja bald das deine werden. Aber ebenso selbstverständlich ist es, dass ich dich begleite. Hoffentlich ist dir das nicht unangenehm?«

Gilberte verbarg ihre schlechte Laune hinter einem gezwungenen Lächeln.

»Durchaus nicht, Tante. Immerhin kommst du mir etwas antiquiert vor.«

Und unwillkürlich wandte sie den Kopf zur Seite, als die Gräfin ihr die Wange streichelte und seufzend und mit wohlwollendem Vorwurf meinte: »Ich hab' dich wirklich schlecht erzogen, Gilberte!«

Jetzt saßen beide Damen in dem kleinen, sehr modern eingerichteten Empfangssalon Jean Mareuils, der sich die Ehre gegeben hatte, sie zum Tee einzuladen. Gilberte vermochte ihrer schlechten Laune nicht Herr zu werden. Sie machte ihren Gefühlen dadurch Luft, dass sie sich äußerst ausgelassen benahm und in einem Übermaße volkstümlicher Redensarten und Worte schwelgte. Auf und ab spazierend, wiegte sie sich in den Hüften und mimte einen drolligen, entzückenden Gassenjungen.

Die Gräfin verhielt sich sehr reserviert. Sie schien beleidigt, aß ihren kleinen Kuchen und ließ, Gleichgültigkeit heuchelnd, die Blicke eifrig umherschweifen.

»Haben Sie eine Zigarette?« fragte Gilberte Herrn Mareuil.

Er betrat das angrenzende Rauchkabinett. Gilberte schnitt der Tante hinter deren Rücken eines ihrer spitzbübischsten

Gesichter und folgte Mareuil, was die Gräfin ungemein schockierte.

»Was haben Sie eigentlich?« fragte Mareuil zärtlich.

»Die Alte ödet mich an – deshalb bin ich knurrig.«

»Aber! ...« lächelte Mareuil nachsichtig und sanft.

»Verstehen Sie, Jean, sie ödet mich an, denn sie kam nicht her, um mich zu behüten, sondern um zu sehen, zu beobachten. Ich hab's satt!«

»Und doch ist die Gräfin in ihrem Rechte, Gilberte! Versetzen Sie sich in ihre Lage! Jetzt aber, liebe kleine Freundin, werden Sie wieder Sie selbst ... ohne Dialekt habe ich Sie lieber.«

Angsterfüllt blickte Gilberte ihn an. Ihre Augen füllten sich mit Tränen. Ihre Hände vereinigten sich.

»Jean«, stammelte sie. »Behalten Sie mich lieb! Ich werd's nicht mehr tun, wenn Sie es nicht mögen. Nicht wahr, Sie lieben mich und werden nie aufhören, mich zu lieben? Sagen Sie es, Jean! Sagen Sie es mir!«

Da schaute er sie so ernst und zugleich innig an, dass es ihr vor seligem Glück ganz weich ums Herz wurde und all ihr Trotz sich legte. Fast kleinlaut, bemerkte sie: »Sie dürfen nicht glauben, Jean, dass ich meine Tante nicht gern habe. Ich bin ihr unendlich zugetan.«

»Wirklich?« – »Ja, wirklich!«

»Kommen Sie, man darf die Gräfin nicht allein dasitzen lassen, mindestens ich nicht. Was ist's mit der Zigarette? ... Bitte, suchen Sie sich eine aus!«

»Danke, ich mag keine mehr. Ihnen ist es doch auch lieber, wenn ich nicht rauche? Gestehen Sie es ruhig ein, Jean! Es macht mir so viel Freude, Ihnen Freude zu machen.«

Mareuil lächelte so seltsam und selig, dass Gilberte von diesem Lächeln ganz bezaubert ward.

»Nun ja«, nickte er. »Ich ziehe es vor, dass Sie nicht rauchen.«

»Wie nett von Ihnen!«

»Ich liebe Sie!« fügte er, plötzlich ernst werdend, hinzu, aber mit zärtlicher, glücklicher Stimme.

Sie wollte etwas erwidern, dass auch sie seine Gefühle teile, doch die Kehle war ihr wie zugeschnürt. Nur ein befreiendes Schluchzen entrang sich ihrer Brust. »Kommen Sie, Gilberte!« sagte er sanft.

Sie kehrten zu der Gräfin zurück, die durch ihr Lorgnon die wundervollen Gemälde des kleinen Salons bewunderte.

»Wollen Sie noch andere sehen?« fragte Mareuil. »Ich wäre glücklich, Ihnen meine neueste Erwerbung zeigen zu dürfen, einen Corot, wenn Sie diesen Meister lieben.«

Sie betraten einen großen Prunkraum mit herrlichen Skulpturen und Meistergemälden von unerhörtem Werte. Jean Mareuil machte den Cicerone. Die Gräfin lernte da manches über Kunst, wovon sie früher keine blasse Ahnung hatte, und Gilberte ließ sich, von Bewunderung erfüllt für so viel Geschmack und so reiches Wissen, von der klingenden Stimme Mareuils selig einlullen.

»Und was bergen diese Vitrinen?« fragte sie.

»O, das ist mein kleines Privatmuseum!« lächelte der Hausherr. »Jeder Mensch hat sein Steckenpferd.«

»Schlüssel ... alte Schlüssel!« bemerkte die Gräfin.

»Und antike Lämpchen!« fügte Gilberte hinzu.

»Nun ja«, meinte Mareuil, als wollte er um Entschuldigung bitten. »Schlüssel und Lampen. Schon als Kind fing ich an, diese Dinge zu sammeln. Sie übten auf mich stets eine ganz besondere Anziehungskraft aus. Komisch, nicht wahr?«

»Ein Symbol vielleicht!« bemerkte die Gräfin. »Aufmachen ... klaren Einblick gewinnen ... das lieben Sie jedenfalls.«

»Warum nicht?« erwiderte Mareuil leichthin.

»Eigentlich sollten Sie für die lange Zeit weit mehr Schlüssel und Lampen besitzen«, warf Gilberte ein. »Oder interessiert Sie dieser Sammelzweig nicht mehr?«

»Doch, aber zwischen mir und meinen Vitrinen besteht ein kleines Geheimnis.«

»Ach, lassen Sie doch hören!« lächelte die Gräfin mit der Liebenswürdigkeit und Höflichkeit der vollendeten Weltdame.

»Warum nicht, gnädigste Gräfin? Ich kaufe nämlich nur unter ganz bestimmten Voraussetzungen einen Schlüssel oder eine Lampe, sozusagen, um mich fallweise aufzumuntern oder selbst zu belohnen.«

»Ich verstehe Sie nicht ganz. Verraten Sie uns der dunklen Rede Sinn«, bat Gilberte.

»Mein Gott, der Sinn ist nicht schwer zu erraten, nicht wahr, Gräfin? Jeder einzelne dieser Schlüssel oder jede einzelne dieser Lampen, stellt den Lohn dar irgendeiner geglückten Studie, irgendeiner gut zu Ende geführten Nachforschung. Es mag das kindisch klingen. Bitte, erzählen Sie es auch nicht weiter. Man könnte mich auslachen.«

»Schau dir einmal dieses entzückende Lämpchen mit dem goldenen Henkel an, Tante!« rief Gilberte.

»Bronze mit Gold, römische Arbeit!« erklärte Jean, ohne mit der Wimper zu zucken. »Gefällt sie Ihnen, Gilberte? Bitte, machen Sie mir das Vergnügen, es als bescheidenes Geschenk von mir anzunehmen.«

Verwirrt nahm das junge Mädchen die Lampe in die Hand, hob sie gegen das Licht und stellte sie plötzlich wieder erschauernd an Ort und Stelle.

»Was gibt es?« erkundigte sich Mareuil. »O, was ist Ihnen?«

Bleich, nicht mehr Herrin ihrer Nerven, stand Gilberte unbeweglich da und bedeckte die Augen mit den Händen, während die Gräfin das Lämpchen aufnahm.

»Eine Schlange, wette ich! ... Richtig! Der Henkel stellt eine Viper dar!«

»Wie, gnädigste Gräfin, diese aus Gold ziselierte Natter flößt Gilberte eine derartige Angst ein?«

Gilberte nickte.

»Verzeihen Sie«, lächelte sie gezwungen. »Es ist töricht von mir, aber ich fürchte mich.«

»Seit dem Tode meiner armen Schwester graut es Gilberte vor Schlangen. Sie wissen doch ...«

»Ich weiß, Gräfin«, Mareuil verbeugte sich und fasste Gilberte bei der Hand.

Das junge Mädchen gewann wieder nach und nach ihre blühenden Farben.

»Wie dumm von mir, nicht?«

»Gewiss nicht!« entgegnete Mareuil nachdenklich. »Sie müssen einen furchtbaren Schreck erlebt haben.«

»Und was für einen!« erklärte die Gräfin. »Obwohl seitdem schon fünf Jahre verstrichen sind, leidet Gilberte noch immer an dieser Wahnidee. Doch reden wir von etwas anderem. Es ist für meine Nichte besser. Auch ich denke nur mit Gruseln an jenes Drama zurück.«

»Und doch möchte ich, dass Jean es weiß, Tante. Dann sprechen wir nicht mehr darüber. Ich will, verstehe mich wohl, dass Jean alles über meine Mama erfährt.«

Noch sehr müde, nahm Gilberte auf einem Sofa Platz und presste die Hand ihrer Tante gegen die Schläfe. »Erzähle Jean die Geschichte.«

Die alte Dame zögerte, sie fürchtete, die Gespenster der Vergangenheit heraufzubeschwören.

»Warum wollen Sie ihr nicht den Willen tun, Gräfin?« meinte Mareuil.

»Sie fordern von mir, dass ich furchtbare Wunden des Herzens wieder aufreiße. Als ob das Grässliche erst gestern geschehen wäre, so deutlich sehe ich noch alles vor mir.«

Tief aufatmend begann sie sodann: »Zu Luvercy war es, im August. Anfangs Juli waren meine Schwester, Gilberte, ich und Lionel eingetroffen.«

»Lionel hatte gerade sein Abiturientenexamen hinter sich!« sagte Gilberte.

Die alte Dame fuhr fort: »Nach mehrmonatiger Abwesenheit hatte mein Schwager, Guy Laval, seine Rückkehr für den 10. August angekündigt. Wir freuten uns schon wie die Kinder darauf, ihn am Bahnhof in Paris abzuholen. Da musste sich leider meine Schwester am Abend vorher zu Bett legen. Ein vernachlässigter Schnupfen hatte sich zu einer nicht ganz harmlosen Bronchitis entwickelt. Als mein Schwager in Luvercy eintraf, fand er seine Gattin zwar nicht in Lebensgefahr, immerhin aber recht krank zu Bett.«

»Vergiss nicht die Schlangen, Tante!«

»Nein, mein Kind! Mein Schwager hatte aus Afrika eine Unmenge Dinge mitgebracht, darunter auch Tiere. Sein ganzes Gepäck war ihm nach Luvercy gefolgt. Da er seine Frau während ihrer Krankheit nicht verlassen wollte, behielt er länger, als es ursprünglich in seiner Absicht gelegen, etwa fünfzehn Schlangen da, die er dem ›Jardin des Plantes‹ überweisen wollte.

Unter diesen Schlangen befand sich eine etwa ein Meter lange, weiß geringelte, schwarze Viper, eine unschätzbare Seltenheit. Noch nie hatte man ein Exemplar dieser Gattung gefunden. Mein Schwager war auf die Entdeckung dieser Schlange ungeheuer stolz. Unterdessen wurden die scheußlichen Reptile in der Orangerie untergebracht. Die Viper bekam eine eigene, vorn vergitterte Kiste. Guy Laval zeigte gern Freunden und Gästen seine Menagerie, und waghalsig, wie er war, und immer bereit, mit der Gefahr zu spielen, machte es ihm Spaß, die spitzen, feinen Giftzähne der Schlange zu zeigen.«

»Ich besinne mich noch sehr gut auf diese Schaustellungen«, sagte Gilberte. »Niemals versäumten wir, Lionel und ich, diese Vorführungen. Papa besaß eine kleine Gabel, mit der er die Schlange niederhielt. Um uns den Giftmechanismus zu erklären, drückte er dann auf einen der Giftzähne. Dann sah man, wie der Zahn auf die Giftdrüse wirkte, und es rann die tödliche Flüssigkeit aus dem Zahne wie der Eiter aus einem Abszess oder der Inhalt einer Injektionsspritze aus der Hohlnadel.«

»Hierbei zerbrach einmal dein Vater einen der Giftzähne«, fuhr die Gräfin fort. »Worüber er gewaltig ergrimmte, so dass er fortab die Vorführungen einstellte.«

Mein Schwager hatte uns erzählt, wie die Viper gefangen wurde und dass sie einen Neger biss, der innerhalb weniger Sekunden den Geist aufgab. Es war uns daher bekannt, mit welch furchtbarer Geschwindigkeit das tödliche Gift dieser Schlange wirkte. Sobald der ›Jardin des Plantes‹ von dem Reptil Besitz genommen haben würde, wollten die Gelehrten das bisher noch völlig unerforschte Gift dieser Vipernart analysieren. Hören Sie, wieso es zu unserem entsetzlichen Unglück nicht dazu kam.«

»Du musst erst die Lage der Zimmer beschreiben, Tante!«

»Sofort, Gilberte. Das Zimmer meiner Schwester lag im Hochparterre des Schlosses, anschließend daran befand sich ein in Verbindung mit dem Schlafzimmer stehendes, ziemlich geräumiges Ankleidekabinett. Mein Schwager und Lionel wohnten im ersten Stock, wo auch für gewöhnlich mein Zimmer war. Die Dienerschaft hatte man im Mansardenstockwerk untergebracht.

Tagsüber hielt ich mich bei meiner Schwester auf und nachts hatte ich mir im Ankleidekabinett ein Feldbett aufstellen lassen, um sofort bei der Hand zu sein, falls mich die Kranke rufen sollte.

Da ich nun von frühmorgens bis spät abends meine Schwester pflegte, wünschte sie, dass ich mindestens nachts Ruhe fände und dass zu diesem Zweck die Tür zwischen ihrem Zimmer und dem Ankleidekabinett geschlossen werde. Es war dies sehr zartfühlend und rücksichtsvoll von Seiten der Patientin, denn es verging keine Nacht, in der sie nicht von heftigem Durst gequält wurde. Da ihr kalte Getränke verboten waren, läutete sie stets ihrer Jungfer, die ihr dann einen Kamillenaufguss brachte. Wenn dieser Dienst auch noch so leise verrichtet wurde, verursachte er doch einiges Geräusch, und dies sollte durch Schließen der Verbindungstür gedämpft werden. In Wirklichkeit wachte ich jedoch immer auf, lauschte ich doch, auch wenn ich schlief, auf alles, was nebenan vorging. Ich hörte daher jede Nacht, wie die Jungfer über den Gang ging und das Krankenzimmer betrat.

Am 19. August stieg gegen Abend Jeannes Fieber. Es herrschte eine drückende Schwüle, die naturgemäß auf den Zustand der Patientin nachteilig wirken musste. Ich beunruhigte mich daher nicht sonderlich und zog mich wie jeden Abend in das Ankleidekabinett zurück.

Da Jeanne über etwas Atemnot klagte, öffnete ich zuvor eines der Fenster, ließ aber die Läden geschlossen. Der Arzt hatte diese Art von Lüftung gutgeheißen. Immerhin trug ich der Jungfer auf, das Fenster zuzumachen, wenn sie nachts mit dem Tee käme. Marie, so hieß die Zofe, zog sich zu gleicher Zeit wie ich zurück.

Im Ankleidekabinett traf ich die kleine Gilberte im Nachthemd.«

»Ich konnte nicht einschlafen«, sagte Fräulein Laval.

»Ich musste Mama noch einmal umarmen. Ach, niemals werde ich diesen letzten Kuss vergessen! Arme Mama, lang, lang hielt ich sie mit meinen Armen umfangen. Als ich in das Ankleidekabinett zurückkehrte, lag Tante bereits im Bett. Erzähle jetzt weiter, Tante.«

»Die Kleine war ungeheuer aufgeregt«, fuhr die Gräfin fort. »Sie bat mich, dableiben zu dürfen. Ich nahm sie also zu mir in mein Bett und schlief bald darauf ein.«

»Ich aber machte während der ganzen Nacht kein Auge zu«, unterbrach Gilberte ihre Tante. »Das Bett war zu schmal, und ich erstickte fast, auch quälte mich eine Art Vorahnung. Zudem wagte ich nicht, mich zu rühren, um dich nicht zu genieren, Tante. Bis zum Morgengrauen starrte ich mit weit offenen Augen ins Dunkel, das nur von einem dünnen Lichtstreifen der Nachtlampe in Mamas Zimmer unterbrochen wurde, der sich unter der Tür in das Ankleidekabinett hereinstahl. Gehört habe ich nicht das Geringste.«

»Auch mich weckte nicht das mindeste Geräusch auf«, fügte die Gräfin bei. »Beim ersten Tagesschein fuhr ich jedoch empor, denn es fiel mir ein, dass die Jungfer heute Nacht nicht gekommen war. Jeanne hatte sie also nicht benötigt. Ging es der Kranken besser oder schlechter? – Meine arme Schwester war nachts verschieden.

Ich rief sofort meinen Schwager.

Wie irrsinnig stürzte er herbei und vermochte vorerst nur den Eintritt der Katastrophe, nicht aber deren unmittelbare Veranlassung festzustellen, denn der erste Mensch, den er an einem sofort tötenden Schlangengift hatte sterben sehen, war ein Neger gewesen. Sie werden mich verstehen, ohne dass ich mich weiter darüber zu äußern brauche.

Erst zwei Stunden später entdeckte man das Verschwinden der Viper. Ihr Käfig war leer. Sie war durch eine Spalte d«r Kiste, die unbeachtet geblieben, entkommen. Es hatte sich ja nur um eine provisorische Unterbringung des Reptils gehandelt. Guy Laval hatte an so etwas nicht gedacht.

Ein furchtbarer Verdacht stieg in ihm auf. Er untersuchte genau die Arme und Hände meiner unglücklichen Schwester und entdeckte schließlich an der linken Hand der Toten einen kaum wahrnehmbaren Stich wie von einer feinen Nadel – den Mörderbiss der schwarzweiß geringelten Natter.

Es war, als hätte sich die Schlange für alle Leiden und die Verstümmelung ihrer Zähne durch meinen Schwager an ihm rächen wollen.

Wir weinten uns die Augen fast blind, und ein unbeschreibliches Entsetzen durchschauerte uns, wenn wir an das scheußliche Tier dachten, dessen Schlupfwinkel niemand kannte. Wo hielt sich die Viper auf? Im Park? Im Schloss selbst? Zunächst suchte man sie natürlich im Schlafzimmer Jeannes. Man fand sie nicht, konnte aber die Öffnung entdecken, durch die sie in das Zimmer gedrungen war und es wieder verlassen hatte. »Sie war ...«

»Durch das Fenster gekommen?« fragte Mareuil. »Durch das geöffnete Fenster?«

Gilberte nickte. »Ja, das heißt durch die festen Außenläden, eiserne Läden, die nur einen herzförmigen, kleinen Ausschnitt haben. Die Viper kann nur durch eine dieser Lichtluken eingedrungen sein. Das Licht der Nachtlampe erhellte die Luftlöcher und hatte die Schlange angelockt.«

»Aber wie konnte das Tier zu den Lädenausschnitten emporgelangen, Gräfin?«

»Leider war dies nicht schwer für die Schlange, Herr Mareuil. Die Mauern des Schlosses sind mit dichtem Efeu bewachsen, und dicke Äste des Efeus umranken das in Frage stehende Fenster. Einer dieser Äste ist kaum zwanzig Zentimeter von dem herzförmigen Luftloch entfernt. Da die Länge der Schlange ein Meter betrug, konnte sie mit dem halben Körper um den Ast gewickelt bleiben und mit dem Kopf und einem dreißig Zentimeter langen Stück ihres Leibes in das Zimmer hereinreichen.«

»Und wie gelangte sie im das Innere des Schlafzimmers?«

»Sie glitt ganz einfach am Laden entlang, fußte auf dem Querriegel des Fensters auf, den ich vorgeschoben hatte, damit die Flügel nicht klappten, kroch von da auf einen Stuhl, ließ sich auf den Teppich fallen und unternahm dann einen Angriff auf die weiß schimmernde, jedenfalls über den Rand des Bettes herabhängende Hand.«

»Soweit leuchtet mir die Sache ein«, meinte Jean Mareuil. »Gab es aber nicht auch noch andere Öffnungen, durch welche die Schlange in das Zimmer eindringen konnte?« – »Keine!« erwiderte Gilberte.

»Keine Ventilationsklappe?« – »Doch, die ist aber fest vergittert.«

»Vielleicht kam sie durch den Kamin herein?« – »Unmöglich, er ist durch seinen eisernen Vorhang fest verschlossen.«

»Vielleicht durch ein Rattenloch?« – »Nicht einmal ein Mauseloch ist im Zimmer.«

»Und wie verhielt es sich mit den Türverschlüssen?«

»Obwohl Mama durchaus nicht furchtsam war«, entgegnete Gilberte, »wollte sie doch in dem Hochparterrezimmer, das sie sehr gern hatte, etwas gesichert sein, daher die eisernen Außenläden und ihre einbruchsicheren Riegel. Beide Türen hatten ebenfalls feste Riegel, sowohl die auf den Gang mündende Tür des Schlafzimmers wie die Verbindungstür des Ankleidekabinetts. Seitdem ich unten schlief, nur durch das Ankleidekabinett von Mama getrennt, blieb natürlich die Verbindungstür unverriegelt. Was den Verschluss der Gangtür anbelangt, so konnte meine Mama ihn vom Bette aus, ohne aufstehen zu müssen, durch eine Zugvorrichtung in Tätigkeit setzen. An jenem Abend nun schob ich selber den Riegel vor, und ich besinne mich sehr genau darauf, dass ihn Tante am anderen Morgen, als sie Papa rief, erst zurückschieben musste. Da Mama der Jungfer nachts nicht geläutet hatte, war auch der Riegelverschluss der Tür nicht in Bewegung gesetzt worden, und die Schlange konnte sich nicht hier eingeschlichen haben. Die Tür war ganz bestimmt während der ganzen Nacht nicht geöffnet worden.«

»Warum sollte sich aber die Schlange nicht schon, ehe die Türen geschlossen wurden, eingeschlichen haben? Vielleicht lag sie zusammengerollt unter dem Bette?« wandte Mareuil ein.

»Selbstverständlich wurde auch diese Möglichkeit ventiliert«, erwiderte Gräfin Prase. »Nun, Gilberte und ich zogen uns um neun Uhr zurück, und als der Schlosswart um zehn Uhr wie gewöhnlich die Runde machte, sah er noch die Viper in ihrer Kiste.«

»Daraus folgt mit absoluter Wahrscheinlichkeit, dass die Schlange nach einhalb elf nachts und vor ein Uhr früh entkam«, bemerkte Gilberte.

»Warum vor ein Uhr früh?«

»Weil Mama für gewöhnlich zu dieser Stunde aufwachte und ihren Tee verlangte. In jener Nacht verlangte sie ihn aber nicht, weil ... weil, sie eben nicht mehr lebte.«

»Das ist alles nur Annahme! ... Um das Zimmer wieder zu verlassen, kann doch wohl meiner Ansicht nach die Schlange nicht gut zu dem herzförmigen Ladenausschnitt emporgelangt sein.«

»Sie haben vollkommen recht. Man stellte fest, dass dies, wenn auch nicht ganz unmöglich, so doch höchst unwahrscheinlich war. Sie muss während der zwei Stunden, die zwischen unserem furchtbaren Erwachen und dem Beginn der Suche nach der Mörderschlange verstrichen, entweder durch die Gangtür oder die Tür des Ankleidekabinetts entkommen sein. Als Tante und ich Mamas Schlafzimmer betraten, befand sich somit die Viper in unserer unmittelbaren Nähe, entweder unter dem Bett oder hinter dem Spiegelschrank, oder Gott weiß wo ... Noch heute zittere ich bei diesem Gedanken.

Trotz unseres entsetzlichen Schmerzes kam uns immer wieder der furchtbare Gedanke, wo die Viper wohl stecken könnte? Die folgende Zeit tat man Tag und Nacht das Menschenmögliche, um sie zu entdecken. Kein Möbelstück blieb an seinem Platz stehen, sämtliche Vertäfelungen wurden abgenommen, die Wasserleitungsröhren und Kamine untersucht, die Zentralheizungsleitung ausgeschwefelt und auch die kleinsten Ritzen und Löcher auszementiert. Schritt für Schritt durchsuchte man den Park, die Boskette, Gebüsche, selbst die Felder und angrenzenden Waldungen durchstöberte man nach allen Richtungen hin – nichts fand sich. Allerdings will das wenig bedeuten, denn es gab eine Unmasse Kaninchenbaue, hohle Bäume, Erdlöcher, hohes Gras und tausend Schlupfwinkel verschiedenster Art, wo eine scheckige Schlange sich verkriechen konnte, die, wenn sie sich steif macht, kaum vom Erdboden und ihrer Umgebung zu unterscheiden ist und deren Gewandtheit und Schnelligkeit jeder Fangtaktik spottet.

Ich zählte damals erst dreizehn Jahre. Die Sache hatte auf mich einen derartigen Eindruck gemacht, dass man mich fortbringen musste. Luvercy erschien mir eine Hölle. Überall sah ich Schlangen. Und heute noch ... Sie wissen es ja selbst ...«

Jean Mareuil hatte mit gespanntester Aufmerksamkeit zugehört. Er war über seine bereits legendäre Zerstreutheit und Indolenz Herr geworden und vollkommen mit seinem Geist bei der Sache geblieben.

Voll Interesse fragte er: »Und seitdem? ...«

»Seitdem hat niemand die Schlange je zu Gesicht bekommen«, gab Gilberte zur Antwort. »Doch was beweist dies? Nichts! Diese Tiere werden hundert Jahre alt. Jedenfalls würde ich nicht für alles Gold in der Welt nach Luvercy zurückkehren.«

»Wie? Sie waren niemals mehr dort?«

»Nie! Ich fürchte mich zu sehr. Höchstens wenn man mir den Kadaver der Schlange zeigte, denn wiedererkennen würde ich sie, mein Wort darauf. Man könnte mich nicht hinters Licht führen, denn es existiert keine zweite, die ihr gliche. Und doch weine ich Luvercy manche Träne nach, knüpfen sich doch für mich an den Besitz so viele teils traurige, teils heitere Erinnerungen. Ich kann Ihnen gar nicht sagen, Jean, wie ich das alte Schloss mit seinen mächtigen Bäumen liebe. Wenn ich an Luvercy zurückdenke, ist es mir, als hätte ich dort noch einen grundgütigen greisen Großpapa. Und da wird mir das Herz schwer ... ich möchte hineilen.«

»Sie wären also selig, wenn Ihnen jemand die Mörderschlange von Luvercy tot oder lebendig brächte?«

Gilberte zuckte traurig die Schultern. »Die Hoffnung gab ich längst auf.« Den Blick zu Jean erhebend, las sie in seinen Augen so viel Trost und Liebe, dass sie ihm beide Hände hinstreckte. Die Finger ineinander verschränkt, schauten sie sich tief in die Augen und verlebten Sekunden unaussprechlichen Glückes, während die Gräfin von Prase, innerlich gelb vor Neid und Missgunst, äußerlich aber gütig lächelnd, den Liebenden zusah. Aber Jean Mareuil wusste ja, wie ihr dies gegen den Strich ging, und erstaunte daher keineswegs, als die Gräfin sich beeilte, das zärtliche Duo zu unterbrechen, indem sie das Gesprächsthema wieder auf Luvercy und die Viper überleitete.

Eine wohlwollende und besorgte Miene aufsetzend, sagte sie zu ihrer Nichte: »Liebste Kleine, du solltest endlich dich etwas bemeistern und deine Furcht ablegen. Es wäre höchste Zeit. Schon seit über fünf Jahren hat die Viper nicht das geringste Lebenszeichen von sich gegeben, sie ist ganz bestimmt tot. Meine Ansicht war stets die, dass man sie in einem der vermauerten Löcher mit einzementiert hat. Es besteht jetzt nicht mehr die geringste Gefahr. Und wenn du mir folgtest, würden wir dieses Jahr statt nach Deauville, wie in der letzten Saison, oder Aix-les-Bains, wie im vorvorigen Sommer, nach Luvercy gehen!«

»Niemals! Das ist doch nicht dein Ernst, Tante?« rief Gilberte entsetzt.

»Nehmen Sie sie ein wenig ins Gebet, Herr Mareuil«, lächelte die Gräfin. »Ihnen folgt sie vielleicht eher. Luvercy ist eine wundervolle Herrschaft. Nirgends auf Erden ist es besser.«

»Das weiß ich selbst nur zu gut, Tante. Doch ... ich kann nicht. Ich würde vor Todesangst umkommen.«

Jean Mareuil und die Gräfin betrachteten beide das junge Mädchen mit dem gleichen mitfühlenden und liebevollen Lächeln.

»Man darf nichts überstürzen!« meinte Jean.

Zum Henker, dachte die Gräfin, die beiden werden immer an dem gleichen Strick ziehen!

»Und – was weiß man?« fuhr Mareuil fort. »Ich kann mir nicht helfen, aber ich glaube, Gilberte, dass Sie von Ihrer Furcht befreit würden, brächte Ihnen jemand die Mörderschlange von Luvercy tot oder lebendig.«

Unbekümmert um Gilbertes und ihrer Tante Anwesenheit versank er in Träumerei. Die Damen merkten, wie er sich immer weiter von ihnen im Geiste entfernte und seine Gedanken in geheimnisvolle Regionen, »in die Wolken«, wie Aubry sich ausdrückte, entschwebten. Aber er schien sich in seiner Verlorenheit intensiv mit irgendeinem Gegenstand zu beschäftigen. Die gerunzelte Stirn verriet die leichte Unruhe scharfer Innenkonzentration.

»Steigen Sie wieder zur Erde herab!« meinte Gilberte heiter.

Mareuils Miene klärte sich auf. Er erriet ihre Gedanken.

»Wissen Sie, Gilberte,« sagte er, »komisch ist es, dass mich Schlangen niemals abstießen. Im Gegenteil! Ich hielt mich ziemlich lang in Indien auf, und nichts interessierte mich dort so sehr wie die Schlangenbeschwörer. Ich schloss mich sogar einigen näher an und fand Vergnügen daran, mich in ihrer Kunst zu versuchen. Ich spielte auf der indischen Flöte, und es gelang mir nach und nach, die Schlangen zum Tanzen zu bewegen, ja ich erreichte darin eine gewisse Meisterschaft.«

»Tatsächlich?« rief Gilberte, von staunender Bewunderung erfüllt. »Nun, Ihr Mut und meine Furcht halten sich die Wage. Sagen Sie, war es das, worüber Sie eben nachgrübelten?«

»Nein, nicht gerade. Es ging mir irgendetwas durch den Kopf ... Schlangen betreffend ... irgendeine dunkle Erinnerung, der ich aber keine Gestalt mehr zu geben vermochte. Etwas absolut Unwichtiges.«

»Man kann also Schlangen zum Tanzen bringen?« fragte Gilberte, angezogen von dem Gegenstand ihrer Furcht.

»Gewiss, wenn man auf der Rohrpfeife flötet. Doch lassen wir jetzt das Schlangenthema; es ist nicht gut für Sie, mein gnädigstes Fräulein, diesen heiklen Gesprächsstoff weiterzuspinnen.«

»Doch, doch, reden wir weiter darüber.«

»Sie spielen hier mit Ihrer Furcht, weil Sie wissen, dass Sie nichts zu besorgen brauchen ...«

»Die Schlangen tanzen also?«

»Ja, sie richten sich auf und wiegen sich im Takt hin und her. Man kann sie auch rufen, so dass sie herkommen.«

»O! Es könnte somit jemand eine in einem Gebäude befindliche Schlange zu sich herausrufen ... zum Beispiel eine Viper, die sich in ein Zimmer einschlich?«

Mareuil erschrak etwas über Gilbertes Erregung.

»Ist so etwas wahrhaftig möglich?« rief die Gräfin verblüfft.

»Durchaus!« nickte Jean. »Doch wir wollen uns jetzt wirklich mit anderen Dingen beschäftigen als mit Schlangen und Schlangenbeschwörern. Sie sehen ja selbst, Gilberte, wie dieses Thema Sie aufregt.«

Gilberte saß mit schmerzlich verzogener Miene und geistesabwesend da. Als spräche sie zu sich selbst, sagte sie: »Nein ... ich hätte sonst in jener Nacht den lockenden Ton der Flöte vernommen. Nein, es ist unmöglich ... ich habe nichts gehört

... auch fand man nicht die geringsten verdächtigen Fußspuren.«

»Das beweist nichts«, versetzte die Gräfin. »Wenn du dich besinnst, sind die Wege in Luvercy alle gepflastert. Rings um das Schloss, Herr Mareuil, ist weder Sand noch Kies. Daher fanden wir auch weder Fußspuren, noch – was wesentlicher gewesen wäre – Kriechspuren.«

»Warum meinen Sie, dass letzteres wesentlicher gewesen wäre, Gräfin?«

»Ja, warum, Tante?«

»Weil an dem Tode deiner armen Mama nicht ein Mensch, sondern erwiesenermaßen eine Viper die Schuld trug!«

»Das ist richtig«, erwiderte Jean und Gilberte wie aus einem Munde.

»Nun aber Schluss damit!« erklärte die Gräfin, einen heiteren Ton anstimmend. »Liebste Gilberte, ich glaube, es ist Zeit, dass wir uns verabschieden. Fühlst du dich wieder vollkommen wohl?«

»O ja, Tante, ich kann ganz gut mit dir gehen.«

»Wie gern möchte ich, Gilberte, dass Sie ein kleines Andenken an diesen Ihren ersten Besuch in Ihrem künftigen Heim mitnehmen!« bat Mareuil. »Die kleine Lampe kommt natürlich nicht mehr in Frage, aber bitte, wählen Sie sich irgendetwas anderes aus, was Ihnen Spaß macht.«

Alle drei hatten sich erhoben und standen neben den Vitrinen.

Gilberte näherte sich den Schlüsseln. Etwas unendlich Reizvolles und Spitzbübisches lag in ihren Gesten und ihrem Augenaufschlag. Mit melodramatischem Unterton in der Stimme sagte sie ein wenig befangen: »Nun, Jean, wo befindet sich unter all diesen Schlüsseln der zu Ihrem Herzen?«

»Hier bitte!« Er zeigte lustig auf ein riesiges mittelalterliches Schloss.

»Spaß beiseite«, lachte Gilberte und gab ihm einen Klaps auf
den Arm. »Mir scheint, dieses Schloss gehört eher zum Tor
Ihrer Schatzkammer, in der Gold und Edelsteine sich häu-
fen. Tante, was meinst du? Kannst du dich mit diesem
Schlüssel im Mieder vorstellen?«

Unwillkürlich machte die Gräfin eine Bewegung.

»Ich nicht!« meinte ihre Nichte und trällerte vor sich hin, um
ihre Gefühle niederzukämpfen und Haltung zu bewahren,
während sie die Schlüsselsammlung in Augenschein nahm.
»Wo ist also der Schlüssel zum Herzen Jeans ... wo ist er, der
geheimnisvolle Schlüssel?«

»Bitte, hier ist er, diesmal aber wirklich«, sagte der junge
Mann. »Nehmen Sie!«

Er reichte ihr einen kleinen, antiken, von irgendeinem Ben-
venuto ziselierten Spiegel, dessen Umrahmung kleine Perlen
bildeten und dessen vom Alter kaum getrübtes Metall Gilbertes Lächeln in Reinheit widerstrahlte.

V.

Die Gräfin von Prase baut Luftschlösser

Lionels Klub befand sich in einem äußerst vornehmen und komfortabel eingerichteten Palais. Überall herrschte die traditionelle, diskrete Stille, die noch dicke Teppiche und schwere, schalldämpfende Portieren unterstrichen.

»Graf Prase da? Ich bin die Gräfin Praso!«

Der Lakai in roten Kniehosen und grünem Galarock zögerte.

»Seine Mutter!« fügte die Gräfin trocken hinzu.

»Ich werde nachsehen, ob der Herr Graf da ist«, erwiderte der Lakai mit ehrerbietiger Verbeugung.

Er führte die alte Dame in einen kleinen Empfangssalon, der nach Herrengeschmack elegant möbliert war, jedoch einen nichtssagenden und kühlen Eindruck machte, wie alle Räume, die dem ausschließlichen Gebrauch der Herrenwelt dienen und wo keine Frauenhand das behaglich machende Zepter führt.

Wenige Minuten später erschien ein ganz schwarz gekleideter, livrierter und mit Brustkette geschmückter Türsteher und meldete der Gräfin untertänigst, Herr Graf Lionel befänden sich im Boxsaale und bäten seine Frau Mutter, dorthin zu kommen.

Von dem Türsteher gefolgt, durchschritt die Gräfin eine lange Flucht von Gängen und gelangte schließlich in einen mit braunem, elastischem Linoleum belegten und von oben bis unten getäfelten, nicht allzu geräumigen Saal.

Aus einer gegenüberliegenden Tür trat Lionel. Er trug einen auffallenden, weitärmeligen, in schreienden Farben gehaltenen Kimono und um den Hals statt eines Tuches ein Frottierhandtuch. Seine nackten Füße staken in weiß verschnürten, leichten Sandalen, und an seinen Handgelenken baumelte ein Paar riesiger Boxhandschuhe. Sein zerstrubbeltes

Haar und die gerötete Gesichtsfarbe verrieten, dass er eine »schwere Kiste« hinter sich hatte. Er bemühte sich, die widerspenstige Schnur seines flatternden Kimonos um die Taille zu knoten.

»Verzeih', wenn ich dich in diesem Aufzug empfange. Mama. Aber dein Kommen irritiert mich. Ich dachte, dir pressiert's, mich zu sprechen. Was gibt es?«

Sie nahmen auf zwei Rohrsesseln Platz und blickten sich einen Moment an. In seinen dunklen Augen blitzte es neugierig und zugleich spöttisch auf, als ob er sich über die Frauen im allgemeinen und über seine Mutter im besonderen lustig mache, während sie einen scheuen, zaghaften Eindruck machte.

»Nun, so rede endlich!« sagte Lionel.

Die Gräfin schöpfte tief Atem.

»Vielleicht wirst du mich töricht schelten. Tatsächlich aber schien es mir vor allem dringend notwendig, dich, ohne eine Minute zu verlieren, aufzusuchen. Nun frage ich mich jedoch, ob ich nicht unter dem Eindruck ungerechtfertigter, jäher Furcht handelte ...«

»Zum Teufel, erkläre dich doch!«

»Du weißt, dass Jean Mareuil mich und Gilberte zu einer Tasse Tee einlud. Ich komme eben von dort und ließ Gilberte allein nach Neuilly fahren, um dich sofort aufzusuchen. Ich weiß nicht recht, wie ich mich dir verständlich machen soll, mich genau und präzis ausdrücken kann ... Stelle dir vor ... wegen einer kleinen Lampe kam plötzlich das Gespräch auf das Hinscheiden deiner Tante. Gilberte und ich erzählten Mareuil die schrecklichen Vorgänge der Nacht vom 19. August und das Spätere ... Was alles gesprochen wurde, kann ich dir nicht mehr genau wiedererzählen. Aber gewisse Bemerkungen und Worte, die fielen, machten mich stutzig. Eine unbestimmte Furcht fing an, sich meiner zu bemächtigen. Aber ich rede an der Sache vorbei. Hör' zu, Lionel, ich möchte dich etwas fragen. Du wirst vielleicht lachen, sogar sicher ... aber ... Im Institut hast du niemals einen Inder kennengelernt, nicht wahr? Du hast niemals mit Schlangenbeschwörern Verkehr, gepflogen?«

Lionel war einen Moment baff. Dann platzte er, heraus: »Da muss ich in der Tat lachen! Ich Verkehr gepflogen mit solchem Gesindel? Nie in meinem Leben bin ich einem derartigen Kerl begegnet. Das wüsstest du doch auch, Mama. Was heißt das überhaupt?«

»Das heißt, dass du mir damit einem großen Stein vom Herzen nimmst.«

»Wieso?«

»Weil man am Ende mit einer gewissen Berechtigung dich im Verdacht haben könnte, falls eine Untersuchung das Gegenteil von dem, was du mir jetzt versichert hast, ergeben würde.«

»Mich im Verdacht haben? ... Wessen im Verdacht haben?« rief Lionel, mehr und mehr aufgebracht.

»Die Schlange in das Zimmer deiner Tante gelockt zu haben oder haben locken lassen und sie wieder herausgelockt zu haben oder haben herauslocken lassen, nachdem die Tat in dem verschlossenen Zimmer geschehen war.«

»Bist du verrückt geworden, Mama? Träume ich? Wer, zum Kuckuck, hätte mich angeklagt oder dessen verdächtigt?«

»Vielleicht Jean Mareuil. Daher habe ich mich auch sofort beeilt, dich zu benachrichtigen, kaum dass mir diese Idee kam und ich Gefahr witterte. Mein einziger Gedanke war, dich aufmerksam zu machen und vorzubereiten, damit du auf eventuelle Fragen weißt, worauf sie abzielen, und du deine Antwort danach einrichten kannst.«

»Wer soll mich fragen?«

»Nein, man wird dich nicht ›vernehmen‹, aber so gesprächsweise kann man manches aus einem herausholen, ohne dass es der Betreffende merkt und eine Ahnung hat,

um was es sich handelt. Übrigens fehlen mir jegliche An-
haltspunkte dafür, dass Mareuil die Absicht hat, dem Drama
von Luvercy nachzuspüren. Allerdings äußerte er sich
zweimal Gilberte gegenüber, ob sie nicht glücklich wäre,
wenn ihr jemand die Mörderschlange von Luvercy tot oder
lebendig brächte.«

»Nun, gut. Er soll sie suchen und finden. Nichts wäre mir
willkommener, und ich will ihm sogar in dem Falle helfen.«

»Ich auch, und von Herzen gern.«

»Aber um Himmels willen, arme Mama, wie bist du nur auf
den Gedanken gekommen, dass jemand die lächerliche Idee
haben könnte, hinter dem Drama von Luvercy ein Verbrechen zu vermuten und mich dessen zu beschuldigen, ausgerechnet mich?«

»Alles hat dazu beigetragen, denn eine Mutter, weißt du,
sieht überall Gefahren. Dieser Mareuil mit seinen Schlüsseln
und Lampen machte vorhin auf mich einen ganz sonderbaren Eindruck. Die geheimnisvolle Seite seines Charakters
schien unser Misstrauen Lügen zu strafen. Aber ich habe
mich geirrt, ich glaube, dass mein Verdacht doch begründet
ist. Als er nämlich von Schlangenbeschwörern zu reden
anfing, nachdem er kurz zuvor die Frage ventiliert hatte, ob
vielleicht doch nicht bei dem Tode der Tante ein Verbrecher
die Hand mit im Spiel gehabt haben könne ...«

»Weiter, weiter! Das interessiert mich ja, Mama!« knurrte
Lionel. »Warum stockst du? ...«

»... da ward es mir zum ersten Male seit jenem unseligen
Ereignis klar, dass, wenn zufällig jemand der Ermordung
deiner Tante angeklagt oder beschuldigt werden sollte, zunächst der Verdacht auf dich, mein armer Junge, fallen würde, auf dich, der du damals fast schon ein Mann warst und
der du nach fünf Jahren nicht mehr in der Lage wärest,
nachzuweisen, wo du während jener Nacht gewesen bist.«

Lionel blickte seine Mutter mitleidig an. »Arme Mama, welches Interesse hätte ich denn gehabt, so zu handeln, wie du glaubst?«

»Welches Interesse? Hast du denn vergessen, was man mir alles Schlechtes nachsagte anlässlich des Hinscheidens deines Onkels Laval? Ganz einfach das Interesse, Guy Laval zum Witwer zu machen, damit deine Mutter ihn, den mehrfachen Millionär, heiraten könne!«

Der junge Mann brach, die Hände zum Himmel erhebend, in ein so herzliches und aufrichtig klingendes Lachen aus, dass es noch ganz andere Leute als die Gräfin Prase gefangen genommen hätte.

»Es handelt sich nicht darum, ob der oder jener Verdacht berechtigt ist«, sagte sie. »Was mich betrifft, so weißt du, dass du vor meinen Augen rein und über jeden Verdacht erhaben dastehst. Auch besteht für mich kein Zweifel, dass die Viper ohne menschliche Beihilfe die Tat vollbrachte; ich wäre ja aufgewacht, oder Gilberte, die nicht schlief, hätte etwas gehört und mich sofort geweckt. Darum dreht es sich also nicht, sondern lediglich darum, einer etwaigen Beschuldigung die Spitze abzubrechen, einem Verdacht, der mir möglich schien, der aber, gottlob, nunmehr in sich selbst zusammenfällt ...«

»... weil ich mich nie mit Schlangenbeschwörung abgab und auch mit keinem Radscha verkehrte? Hahaha, Mama, das gibst du gut!«

Die alte Dame betrachtete ihren Sohn. Stolz und Zärtlichkeit drückten sich in ihren fahlen Zügen aus. Den Kopf an die breite Brust Lionels lehnend, meinte sie schüchtern: »Du darfst es mir nicht verargen. Eine plötzliche Angst befiel mich. Ich hab' dich ja so lieb, mein großer Junge!«

»Ihr Frauen von heute seid merkwürdige Geschöpfe. Plötzlich geratet ihr in irgendeine Furcht. Du bist nervös, und wenn ich dich so anschaue und dir zuhöre, möchte ich wetten, dass du noch etwas auf dem Herzen hast. Sage es mir, komm!«

»Aber versprich mir, dass du dich nicht ärgerst.«

Furchtsam lächelte sie ihn an. Aus ihrem umflorten Blick sprach ihre heiße mütterliche Liebe und Nachsicht. Lionel runzelte die Brauen, misstrauisch zuckte es ihm um die Mundwinkel.

»Du sagtest mir neulich über Gilberte etwas recht – Gefährliches!« begann die Gräfin. »Besinnst du dich nicht mehr? Ich war bei dir im Schlafzimmer, und da machtest du eine recht hässliche Anspielung auf ... die Grippe, der Gilberte fast erlag.«

»Ich gestehe dir, dass ich gar nichts mehr davon weiß.«

»Das ist es eben, was mich erschreckt. Du wirst dir über das Ungeheuerliche, das du manchmal vorbringst, nicht klar. Ich, deine Mutter, weiß ja, liebes Kind, dass es leere Worte sind, aber die Welt beurteilt uns nicht nur nach unseren Taten, sondern auch nach unseren Reden. Stelle dir vor, wie du es im Falle einer Anklage bereuen würdest, Dinge gesagt zu haben, die ein äußerst ungünstiges Licht auf dich zu werfen imstande sind.«

»Aber was sagte ich neulich?«

»Der Sinn deiner Worte war ungefähr der, dass, wenn Gilberte gestorben wäre, ich sie beerbt haben würde, und dass dies, alles in allem genommen, gut gewesen wäre. Warum sagst du so etwas, wenn es dir gar nicht ernst damit ist? Du könntest einmal in einen ähnlichen Fehler vor fremden Leuten verfallen, die sich von dir dann eine ganz falsche Meinung machen würden und dich wirklich ernst nähmen.«

Sie saßen sich von Angesicht zu Angesicht gegenüber und schauten sich in die Augen. Nachdenklich betrachtete Lionel seine Mutter, deren Blick die furchtbare Seelenfolter verriet, die sie ängstigte.

Sanfter, als es sonst seine Gewohnheit war, erwiderte er: »Ja, du hast vollkommen recht, Mama. Ich muss besser Obacht auf mich geben. Aber glaube mir, bitte, ich schwöre es dir bei der Ehre unseres Namens, mein – Zynismus drückte sich nur in Redensarten aus, niemals beging ich eine schlechte Tat.«

»Aber ich weiß es ja, Lionel!« rief die alte Dame voll Leidenschaft aus.

»Das hast du mir schon beteuert. Doch mit Frauen weiß man nie, wie man daran ist. Ich wiederhole dir, eine Tat ließ ich mir niemals zuschulden kommen ...« Und stirnrunzelnd fügte er mit düsterem Blick hinzu: »... bis jetzt noch keine, und wahrscheinlich auch nie in der Zukunft. Es kommt darauf an ...«

»Was meinst du?«

»Dass es von dir und mir abhängt – ich rede zu dir, als würde ich mit mir selber sprechen –, denn ich bin fest entschlossen, Gilberte und deren Vermögen zu erobern, das heißt, besser gesagt, ihre Millionen mit ihr oder ohne sie.«

»Geschicklichkeit und Intrige werden genügen, um dich zum Ziele zu führen«, versicherte seine Mutter vorsichtig. »Lass mich dich leiten. Befolge meine Ratschläge Punkt für Punkt!«

»Das tue ich ja.«

»Wie steht es mit der nächtlichen Überwachung Mareuils?«

»Alles habe ich mit Aubry besprochen. Heute Abend fangen wir an.«

»Viel Glück auf den Weg! Doch pass' auf dich auf, verstanden?«

»Auf Wiedersehen!« – Lionel erhob sich, ohne den Kuss der Mutter zurückzugeben. »Und halte deine Nerven im Zaum, zum Henker! Deine Redereien von den indischen Schlangenbeschwörern machen mir Sorge.«

Auf der Schwelle drehte sich die Gräfin noch einmal um. Ein armes, flehendes Lächeln umspielte ihren Mund, während Lionel achselzuckend in seinem buntscheckigen Kimono hinausschritt.

VI.

Das Geheimnis der Avenue du Bois

Vier Wochen früher wäre es nicht so leicht gewesen, das Palais, das Jean Mareuil in der Avenue du Bois de Boulogne bewohnte, auszuspionieren; jetzt aber, Ende April, war es ein Kinderspiel, denn alle Boskette der Hauptstraße hatten sich mit jungem, üppigem Blätterschmuck bedeckt.

Aubry hatte gerade gegenüber dem Eingangsgitter von Mareuils Palais ein dichtes, grünes Buschwerk ausgekundschaftet. Um zehn Uhr abends sollte Graf Lionel ihn hier im Dunkel dieses natürlichen Beobachtungsstandes treffen.

Mühelos gelang es ihnen, sich dort ungesehen aufzustellen. Trotz der Helligkeit, welche die elektrischen Bogenlampen verbreiteten, war das Unternehmen infolge der völligen Verlassenheit und Menschenleere der Umgebung leicht durchzuführen. Auf der Hauptverkehrsstraße flitzten zwar ab und zu einige Kraftwagen vorüber, aber die kleine Seitenavenue, die sich zwischen den Häusern und dem Saum der Boskette hinzieht, lag öde und verlassen da.

»So ein Geschäft!« knurrte Lionel.

Stumm legte Aubry den Finger an die Lippen.

Ihr Späherdienst begann.

Das Palais war dreistöckig. Still, die Fenster verdunkelt, erhob es sich jenseits der Straße. Nur zwei Fenster nach der Parkseite hin waren erleuchtet. Jenseits des Gitters erblickte man die Äste uralter Bäume gen Himmel aufragen, und dazwischen schimmerten von der in Finsternis getauchten Fassade des Palais aus einzelne Lichtstreifen, die durch die Ritzen niedergelassener Jalousien hervorstrahlten.

Es war Mareuils Arbeitskabinett. Aber das interessierte weder Lionel noch Aubry; denn sie lagen hier nicht auf der Lauer, um Mareuil auszuspionieren, sondern um festzustellen, ob nicht während der Nacht jemand – ein weibliches

Wesen? – das Palais betrete, natürlich im Einverständnis mit Mareuil, wenn dieser auch mit Gilberte Laval so gut wie verlobt war.

Lionel beobachtete die wenigen Passanten, die in der Ferne erschienen und wieder verschwanden, und konnte nicht umhin, in seinem Innern die Idee seiner Mutter spöttisch und abfällig zu glossieren. Jetzt, da er hinter der Gesträuchmaske dem friedlich und in tiefstes Schweigen gehüllten Palais mit seinen spärlichen Lichtreflexen, die von geregelter Arbeit Kunde gaben, gegenüberstand, erschien ihm der Verdacht der Gräfin mehr denn je als ein Auswuchs ihrer überreizten Phantasie, wovon sie ihm ja übrigens selbst heute einen Beweis gegeben hatte. Überhaupt, war es nicht lächerlich, hier in Gesellschaft eines Hausmeisters auf Posten zu stehen, um jemand zu überraschen, der gar nicht kommen würde, der gar nicht existierte!

Lionels schlechte Laune steigerte sich nach und nach zu zorniger Gereiztheit.

»Einmal und nie wieder!« brummte er.

Die Zeit verstrich. Es war so still, dass man eine Uhr des Palais jede Viertelstunde schlagen hören konnte. Elf.

»Erst!« gähnte Lionel.

Die Passanten zerstreuten sich mehr und mehr. Einzelne Autos noch rollten in der Richtung nach Paris vorüber. Man spürte ordentlich, wie sich im Schutz der Dunkelheit der geheimnisvolle Schleier der Einsamkeit über den Park ausbreitete und der geisterhafte Waldhauch von Boskett zu Boskett bis zum »Stern« und zur Bannmeile der Stadt hinstrich.

Von Langweile gefoltert und von Zorn erfüllt, streckte sich Lionel auf der Erde aus.

Da berührte ihn Aubry an der Schulter und machte ihm ein Zeichen. Aber nirgends war ein menschliches Wesen zu sehen.

»Was gibt's?« fragte Lionel.

Er sah, wie der Hausmeister den Kopf durch das Blätterwerk steckte und horchte.

Auch Lionel spitzte die Ohren.

Im Palais schlug es ein halb zwölf Uhr. Ein Kater begann sein klägliches Miauen.

Lautlos öffnete sich eine bis zur halben Höhe mit Eisenblech beschlagene Pforte des Gitters, das den Park des Palais umfriedete.

Stumm hob sich eine männliche Silhouette wie ein Schatten von der Gartenmauer ab.

Bestrebt, auch das leiseste Geräusch zu vermeiden, schloss der Mann wieder mit größter Vorsicht die Tür und blieb einen Augenblick lautlos stehen. Dann blickte er lauernd umher, lauschte noch einen Moment und steckte dann einen Schlüssel oder einen Dietrich in die Tasche. Hierauf schlich er an der Mauer entlang, ohne dass man den Laut seiner Schritte vernahm, und verschwand nach rechts, in der Richtung der Rue Spontini.

Lionel und Aubry konnten ihn mit Muße betrachten. Da er aber die Mütze tief in die Stirn gedrückt und den Rockkragen hochgeklappt hatte, vermochten sie sein Gesicht kaum zu erkennen. Seine Füße staken in Pantoffeln. Einen Überzieher trug er nicht. Die Arme an den Leib gepresst, die Hände in den Taschen seiner Hose vergraben, schritt er hochschulterig und sich hin und her wiegend dahin wie ein auf nächtlichen Raub ausziehendes Raubtier.

Offenbar gehörte er nicht zur Dienerschaft des Palais, sondern war ein verdächtiges Subjekt, das mit dem Personal nichts zu tun hatte. Sein ganzes Äußeres und sein Gebaren zeigten es auf den ersten Blick. Einen Moment schoss sogar Lionel und Aubry der Gedanke durch den Kopf, dass der Apache vielleicht im Palais Jean Mareuils einen Diebstahl begangen haben könnte.

Lionel war sich nicht recht im klaren, ob er den Verbrecher
ungestraft entkommen lassen sollte; dann kam es ihm plötzlich vor, als sei ihm das Benehmen, das Äußere oder irgendetwas anderes Hervorstechendes an diesem Galgenvogel
nicht ganz unbekannt. Gerade der wiegend dahingleitende
Gang des Mannes fiel ihm auf. Ohne diesen Gedanken weiterzuspinnen, fiel ihm dann ein, dass der Mensch vielleicht
gar kein Einbrecher sein mochte, sondern im Geheimdienst
Jean Mareuils stehen könnte, einer jener Leute, die man sich
für vertrauliche Aufträge aus der Gaunerwelt aussucht.
Warum sollte Jean Mareuil nicht auch seinen »Aubry« haben!

Im gleichen Moment neigte sich der wirkliche Aubry zu
Lionel und flüsterte dem Grafen ins Ohr: »Man muss dem
Kerl nachgehen, Herr Graf! Ich übernehme das. Bleiben Sie
bitte hier, um das Palais zu beobachten. Ich werde bald zurück sein und Ihnen Meldung erstatten.«

»Gut, gehen Sie!« nickte Lionel.

Inzwischen hatte der Apache die Ecke an der Rue Spontini
erreicht, überschritt die menschenleere Avenue und ging
nach der Rue Pergolese. Aubry pirschte sich im Schatten der
Bäume vor. Lionel verlor ihn aus den Augen, sah ihn aber
bald darauf gleichfalls die Avenue überqueren.

Tiefste Stille lagerte über dem Viertel. Auch aus dem Palais
vernahm man keinen Ton. Noch immer drang der Schein
der beiden erleuchteten Fenster nach außen und verbreitete
einen fahlen Schimmer. Lionel verglich seine gegenwärtige
Lage mit der Mareuils, der jetzt gemütlich an seinem
Schreibtisch vor seinen Büchern saß und sich dem behagli-
chen Studium des Dandysmus von jenseits des Kanals hin-
gab. Er machte eine unmutige Bewegung, die eine wundervolle Angorakatze, deren Augen in der Dunkelheit grünlich
schillerten, stillstehen und sich zusammenducken ließ.

Eine halbe Stunde später gewahrte Lionel eine männliche Gestalt, die quer über die Wiese auf ihn zuschritt. Es war Aubry.

»Hol's der Fuchs!« sagte der Hausbesorger. »Ich hab' den Burschen verloren. Nirgends entdeckte ich jenseits der Avenue eine Spur von ihm. Sehr ärgerlich!«

»Was glauben Sie?« flüsterte Lionel. »War der Kerl ein Dieb oder ...«

»Was weiß man! Vielleicht ein Mörder, Herr Graf. Er sah übel aus.«

Lionel schwieg. Eine eigentümliche Besorgnis befiel ihn, doch scheute er sich aus Eigenliebe, sie in Worte zu kleiden. Der Apache trug keinen Pack mit sich. Wenn er etwas geraubt hatte, konnte es nur etwas leicht Versteckbares sein. Banknoten und Geschmeide nehmen allerdings wenig Platz in Anspruch, und es könnte jemand Hunderttausende von Franken bei sich haben, ohne dass man es ihm äußerlich anmerkte. Doch ob der Apache etwas gestohlen oder nicht, trat an Bedeutung hinter dem zurück, was er etwa während seines Verweilens in dem Palais begangen haben konnte. Angenommen, dass man am anderen Tag Herrn Mareuil, statt behaglich in seinem Arbeitskabinett sitzend, von einem unbekannten Täter ermordet auffinden würde? Konnte daraus nicht für Lionel und Aubry eine furchtbare Gefahr erwachsen, dass sie nachts hier in dem Gebüsch auf der Lauer gelegen, als hätten sie den günstigen Moment abwarten wollen, um in das Palais einzudringen? Der von Gras entblößte, unter ihren Füßen zusammengetrampelte Boden würde ihre längere Anwesenheit an dieser Stelle verraten. Auch wäre es unschwer, die Schuhe festzustellen, deren Sohlen die verräterischen Spuren unter den Bäumen hinterlassen hatten.

»Ach was,« sagte er sich dann, »Unsinn!«

Er tastete sich ab, ob er nicht irgendetwas verloren habe, das ihm am Ende einen Detektiv auf die Fährte hetzen könnte, und nahm sich vor, den Boden wieder in Ordnung zu bringen, ehe er das Gebüsch verlasse.

Gedämpften Schlages verkündete die Uhr im Palais den Ablauf der Stunden. Kein geheimnisvolles Wesen kam, um Jean Mareuils nächtliches Studium zu verschönen.

Übel gelaunt und abgespannt, beschlossen sie gegen vier Uhr früh, ihren Posten zu verlassen. Da vernahmen sie in der Ferne Hundegebell. Das Gekläff näherte sich, wurde wütender, angriffslustiger und verstummte dann jäh.

»Warten wir noch ein wenig!« meinte Aubry.

Sie warteten also und erblickten alsbald längs der Gebäude einen menschlichen Schatten einherschleichen. Im Scheine der Bogenlampen erkannten sie den Menschen, der um elf Uhr das Palais verlassen hatte. – »Schau, schau!« murmelte Aubry.

Der Mann näherte sich ihnen. Im Vertrauen auf die frühe Morgenstunde, in der ganz Paris in tiefem Schlaf lag, maskierte er sein Gesicht nicht mehr unter der Mütze und dem hochgeklappten Rockkragen. Mit jedem seiner wiegenden Schritte, die aber keineswegs einer gewissen kanaillenhaften Grazie entbehrten, wuchs seine Silhouette.

Die Blicke von vier scharf ausspähenden Augen bohrten sich durch das Blätterwerk des Gebüsches, um den Moment zu erhaschen, wo seine Gesichtszüge erkennbar wären. Dieser Moment kam zur nicht geringen Verblüffung Lionels und Aubrys; doch vermochten sie das Gesicht, nicht aber dessen Züge, zu unterscheiden.

Kein Zweifel, es war Jean Mareuil! Aber ein Jean Mareuil mit scheuen Blicken und gaunerhaften Allüren, ein Jean Mareuil, der in einem anderen, einem falschen Licht erschien.

Lionel und Aubry waren Zeugen seines verstohlenen Nachhausekommens. Sie sahen, wie das seltsame Individuum lautlos die Gittertür öffnete, die Schwelle überschritt, das kleine Tor wieder hinter sich schloss, und verschwand.

»Da hört doch alles auf!« entfuhr es Aubry.

Ein fahler Schein zog im Osten auf; der Boden verschluckte die nächtliche Finsternis. Noch immer waren die Fenster des Arbeitskabinetts droben erleuchtet. Jetzt öffnete sich das eine, die Jalousien wurden hochgezogen, und auf dem steinernen Vorbalkon erschien der Apache, eine Zigarette zwischen den Lippen. Er hielt sich nur einen Moment auf, zog dann seinen Rock aus und kehrte ins Zimmer zurück.

Wenige Augenblicke später trat der Apache, immer noch die brennende Zigarette im Munde, wieder heraus. Diesmal hatte er einen eleganten Schlafrock an, der seine schlanke Figur trefflich modellierte. Mit der vollendeten Geste des Klubmannes streifte er die Asche von seiner Zigarette, lehnte sich an die Mauer und blickte zu den verblassenden Sternen empor. Sein feines Profil umschmeichelte ein warmer Lichtstrahl. Das Hässliche von vorhin war aus seinem Antlitz getilgt. Jean Mareuil hatte sich wieder in Jean Mareuil verwandelt.

Nun zog er sich zurück. Das Licht erlosch.

Graf Lionel verließ mit seinem Begleiter das Versteck. Sie kamen sich wie vor den Kopf geschlagen vor. Wortlos schritten sie eine Strecke nebeneinander hin.

Aubry blieb stehen. »Halten zu Gnaden, Herr Graf, was soll das bedeuten?«

»Die Geschichte ist doch höchst einfach!« erwiderte Lionel mit unschönem, triumphierendem Lächeln.

»Höchst einfach?« ...

»Gewiss! Ein bekannter Vorgang! Man nennt das Verdoppelung der Person.«

»Ach so?« meinte Aubry ziemlich verständnislos.

VII.

Das verräterische Album

Der Tag graute, und in den Bäumen begrüßte das erwachende Volk der Spatzen geschwätzig zwitschernd den werdenden jungen Morgen, als Graf Prase nach Hause kam.

Es war dies seine gewohnte Heimkehrstunde.

Wenn seine Kusine zufällig vor Sonnenaufgang wachgeworden und die Idee gehabt hätte, vom offenen Fenster aus den Liebreiz des knospenden Tages zu genießen, hätte sie daher nichts Verdächtiges dahinter gefunden, dass der junge Lebemann sein Tagwerk zu einer Stunde beschloss, in der die meisten anderen Menschen es begannen.

Aber überrascht hätte es sie, dass Lionel sich nicht nach der Küche begab, um einen erfrischenden Schluck irgendeines moussierenden Getränkes zu sich zu nehmen, sondern geradeswegs in die Bibliothek ging, wo er zunächst den Katalog durchsah und dann mehrere Bücher in ernsten Einbänden aus den Fächern herausnahm, um sie heimlich unter seinem Überzieher zu verstecken, als fürchte er, man könnte ihn mit dieser »vornehmen Last« überraschen. Dann stieg er mit äußerster Vorsicht nach seinem Zimmer empor.

Aber seine Mutter hörte ihn dennoch, denn sie hatte ein feines Ohr und einen leichten Schlaf. Obwohl sie ganz gut geschlafen hatte, war doch ihr erster Gedanke, wenn sie nachts für einige Minuten aufwachte, dass Lionel und Aubry das Palais Jean Mareuils beobachteten. Was trieben sie? Was würden sie entdecken? Nichts vielleicht ... Diese Idee hatte sie wie das Ticktack einer Weckeruhr im Schlafe begleitet und war frühmorgens, als Lionel, der Träger eines Geheimnisses oder einer Enttäuschung, heimkam, zum Reveillesignal geworden.

Sie kämpfte mit der Versuchung, aus dem Bett zu springen, in einen Schlafrock zu schlüpfen und sich lautlos zum Schlafzimmer hinauszustehlen. Aber da die Gräfin nur wenig die »Einbrecherkunst« beherrschte, fürchtete sie, dass sie beim Öffnen der Tür Geräusch machen könnte. Vielleicht klang das Schloss, knarrten die Angeln oder krachte das Holz ... in der Stille des Morgens würde all das deutlich durch das ganze Haus widerhallen und Gilberte, die in nächster Nähe schlief, davon erwachen. Die Gräfin bezwang daher ihre Neugierde. Sie wusste genau so gut wie ihr Sohn, dass man unbedingt alles vermeiden musste, was Gilbertes Verdacht hätte erregen können, und dass es absolut nötig war, in nichts den gewohnten Gang der Dinge zu verändern. Die geringste Unvorsichtigkeit vermochte alles zu verderben. Denn Gilberte gehörte zu jenen eigenwilligen jungen Mädchen, die imstande waren, einen Mann zu heiraten, nur weil sich ihre Familie einer derartigen Verbindung widersetzte. Die Gräfin gab sich in diesem Punkt keinen Illusionen hin. Um Jean Mareuil aus dem Felde zu schlagen, musste in Gilbertes Herzen selbst der ersehnte Verzicht groß werden und reifen. Sie sollte sich völlig frei und unabhängig bis zu der entscheidenden Stunde fühlen. Der Versuch, auf sie irgendeinen Einfluss auszuüben, erschien zwecklos, wenn es nicht gelang, sie einem Faktum gegenüberzustellen, das imstande war, einen völligen Meinungsumschwung bei ihr zu erzeugen. Nein, nein, nur keine Unvorsichtigkeit! Kein Besuch Lionels vor der normalen Zeit. Keine beim ersten Tagesschein knarrende Tür!

Überdies erinnerte sich die Gräfin, dass Gilberte um neun Uhr ausreiten wollte. Jean Mareuil hatte das tags zuvor arrangiert. Er besaß einen sehr frommen und gut gerittenen irischen Cob, das Ideal von einem Jungmädchen- Reitpferd. Man hatte verabredet, dass er Punkt neun Uhr den Cob schicken würde und dass Mareuil mit Gilberte am Vormittag einen Ritt in den Bois unternehmen werde.

Während dieses Stelldicheins zu Pferde hatte also die Gräfin Muße und Ruhe, mit Lionel zu sprechen.

Alle möglichen Erwägungen und Pläne im Geiste verarbeitend, ließ die alte Dame die Stunde ihres gewöhnlichen Aufstehens herankommen. Ja, sie gefiel sich sogar mit einer gewissen Selbstbeherrschung darin, nicht zu früh aufzustehen. Mit innerer Genugtuung zwang sich diese willensstarke Frau, die immer Herrin ihrer selbst blieb, ihre Toilette länger als sonst in die Länge zu ziehen, weil sie fühlte, dass ihre Natur einer Lehre und ihre Geduld einer Probe bedürfe.

Als sie ihr Arbeitszimmer betrat, erklang unten auf dem Pflaster Pferdehufschlag. Der Portier öffnete beide Gitterflügel, und Jean Mareuil ritt auf einem prachtvollen Braunen ein, gefolgt von einem Reitknecht, der an der Hand den für Gilberte bestimmten Cob führte.

Der Reitknecht sprang aus dem Sattel und hielt den Braunen Mareuils, der gleichfalls abstieg und der Auffahrt zuschritt.

»Hm!« murmelte die Gräfin, »wie viel Uhr ist es denn? ... Ein halb neun Uhr.«

Jean Mareuil war stehengeblieben. Aus einem Fenster des ersten Stockes rief ihm Gilberte lustig herab: »Edler Ritter, Sie sind etwas zu früh gekommen!«

»Ich bitte um Vergebung, die Pferde standen bereit, ich auch ... ich langweilte mich ...«

»Nett von Ihnen! ... Ganz einverstanden! ... Gut geschlafen?«

»Herrlich!«

»Wollen Sie ein wenig im Salon warten? Ich werde mich beeilen. In höchstens zwanzig Minuten bin ich unten.«

Die Gräfin wollte sich in den Salon verfügen, um Mareuil zu empfangen, da trat Lionel bei ihr ein.

Der Graf hatte sich gar nicht niedergelegt und nicht einmal die Zeit genommen, irgendeinen Hausanzug anzuziehen.

»Eine Sekunde, Mama!« sagte er. »Als ich Mareuil ankommen sah, bin ich rasch die Treppe hinabgesprungen, um dir eine wichtige Mitteilung zu machen. Es gibt was Neues. Allerdings sehe ich noch nicht ganz klar; immerhin möchte ich dir jetzt schon erzählen, was ich weiß und gesehen habe.

Vorerst bedeutet es nur einen Anfang, jedoch einen vielver-
sprechenden.«

»Fass dich kurz!« drängte die Gräfin.

»Etwas Ungeheuerliches habe ich dir zu vermelden«, erwiderte Lionel, seine Mutter mit bösem Lächeln fixierend.
»Etwas Unerhörtes.«

Die alte Dame zuckte mit keiner Wimper, aber ihr Inneres
durchfieberte eine perverse Freude.

»Du weißt ja, was ›das zweite Ich‹ ist?« fuhr Lionel grinsend
weiter, »was das Wort ›Doppelnatur‹ bedeutet?«

Die Gräfin ging, alle näheren Erklärungen beiseite schiebend, direkt auf das Ziel los. Ihr sonst so ausdrucksloses
Gesicht strahlte vor freudigem Staunen.

»Was du sagst!« rief sie. »Jean Mareuil ...«

»So ist es, Mama! Du bist also im Bilde?«

»Ich sah das Stück ›Der Staatsanwalt Hallers‹.«

»Ich auch. Infolgedessen habe ich auch gleich alles kapiert.
Doch dürfen wir noch kein Triumphgeschrei loslassen, denn
es steht uns noch ein schweres Stück Arbeit bevor. Ich witte-
re irgendein Geheimnis, aus dem wir Nutzen ziehen können. Vorerst weiß ich aber nur das eine, dass Jean Mareuil
heute Nacht als Apache verkleidet sein Palais verließ und
mehrere Stunden ausblieb.«

»Gott stehe uns bei!« stammelte die Gräfin bebend.

»Ich wollte dir diese Mitteilung machen, ehe du Jean Mareuil empfängst.«

»Da tatest du recht!«

»Und nun geh zu ihm hinein, bitte. Sobald er weg ist, reden
wir weiter. Ich zeige mich nicht, denn ich bin nicht präsen-
tabel. Immerhin wäre ich begierig, sein Gesicht, zu sehen,
nach allem, was sich heute Nacht ereignete. Was wird er

wohl für einen Ausdruck haben? Halt! Wenn wir durch die Glastür gucken, können wir ihn unbemerkt beobachten.«

»Ein Versuch wäre interessant«, erwiderte die Gräfin. »Probieren wir's.«

Das Palais war kein moderner Bau. Es war unter dem zweiten Kaiserreiche errichtet worden, einer Epoche, wo die Architekten es noch für ganz selbstverständlich hielten, im Herzen eines Gebäudes einen dunklen Gang zu lassen. Ein derartiger Gang zog sich längs des Salons hin. Um ihn zu erhellen, blieb Herrn Guy Laval nichts anderes übrig, als Glasscheiben in die Verbindungstür einsetzen zu lassen. Die Frage war damit auf gut Glück, aber nicht recht befriedigend gelöst, denn die kleinen Scheiben, hinter denen tiefste Finsternis brütete, machten auf die Leute, die sich im Salon befanden, gerade keinen sehr anheimelnden Eindruck, zumal die im Hintergrunde angebrachte Tür noch durch hohe Blattpflanzen maskiert wurde.

Dieser dunkle, mit dicken Teppichen belegte Gang bot Lauschern und Spähern die willkommensten Möglichkeiten. Auf leisen Sohlen betraten die Gräfin und ihr Sohn den Gang und blickten durch die Glasscheiben der Tür und zwischen den Blättern einer Palme hindurch in den Salon.

Im hellen Licht eines Fensters sahen sie Mareuil sitzen. Von einem Tisch hatte er eines der dort umherliegenden Albums genommen und blätterte Seite um Seite langsam um.

Vollkommen ausgeruht, sah er mit seiner frischen Gesichtsfarbe und den leuchtenden Augen aus wie ein Sportsmann in bester Form, der seine zehn Stunden hintereinander, ohne ein einziges Mal aufzuwachen, durchgeschlafen hat. Schlank und graziös in der Reitdress, in gefälliger Pose und von der Sonne günstig beleuchtet, machte Jean den Eindruck, als sitze er irgendeinem Modemaler Porträt, und war das Urbild eines jener kultivierten Kavaliere, deren angeborene Vornehmheit sie niemals, auch wenn sie allein sind oder selbst in den elendsten und verzwicktesten Lagen, verlässt.

Lionel fiel der Apache ein. Und als er jetzt dieses Janushaupt sah, dessen Antlitz ihm in voller Schönheit entgegenstrahlte, während er das andere in düsterer Erinnerung hatte, bemächtigte sich eine ungeheure Verwirrung des Grafen. Schon einmal, letzte Nacht erst, empfand er dieses grauenhafte Gefühl, als sich Jean Mareuil auf dem Vorbalkon seines Fensters gezeigt. Seitdem hatte Lionel in verschiedenen Fachwerken, die er sich aus der Bibliothek geholt, verschiedene Abhandlungen über das geheimnisvolle Problem, das nervenerschütternde psychologische Rätsel des »Zweiten Ich«, gelesen. Doch weit entfernt, bei diesem Studium jenes seelische Gleichgewicht, das Wissen und Erkenntnis verleihen, gefunden zu haben, fühlte sich der Graf erst recht unbehaglich und verwirrt. Ja, er zweifelte zur Stunde daran, ob er Herr seiner Sinne sei; er zweifelte an seinem Gedächtnis, an seinem gesunden Verstand.

Die Gräfin, die, nicht durch eigenen Augenschein befangen, keine so tiefliegenden Gründe zum Staunen hatte, nahm zuerst eine Merkwürdigkeit wahr.

Jean Mareuil betrachtete die Photographien des Albums nicht mit der Gleichgültigkeit eines Mannes, der sich nur die Wartezeit vertreiben will; er betrachtete sie vielmehr eine nach der anderen mit gespanntester Aufmerksamkeit, und je länger sich dieses Betrachten hinzog, um so deutlicher verrieten seine Gesichtszüge ein tiefes, angestrengtes Nachgrübeln.

Irgendetwas beschäftigte ihn in seinem Geiste. Man sah es ihm an den gerunzelten Brauen, dem starren Blick und den zusammengekniffenen Lippen an, dass er nach irgendeiner Erinnerung suchte, die ihm unterbewusst vorschwebte, die er aber nicht zu ergründen und zu finden vermochte.

Er schloss das Album, warf es zu den übrigen Büchern auf den Tisch und schritt, in Gedanken versunken, langsam auf und ab.

Endlich machte er eine Geste, als wolle er einen quälenden Gedanken von sich abschütteln, nahm wieder in einem Fauteuil Platz und begann völlig gleichgültig seinen Reitstiefel mit der Gerte abzuklopfen.

Die Gräfin erachtete den Moment für gekommen, um sich zu zeigen.

Sie trat ein, während Lionel sich zurückzog.

Die alte Dame war keine Freundin vom Dreschen leeren Strohs. Jean Mareuil gewann sofort die Überzeugung, dass sie diese Unterhaltung zu zweien auszunutzen wünschte.

Nach einigen wenigen banalen Worten erklärte sie: »Ich bin sehr froh, Herr Mareuil, Sie nicht in Gilbertes Anwesenheit sprechen zu können. Ich beschwöre Sie, trachten Sie doch, meine Nichte zu bewegen, nach Luvercy zurückzukehren. Helfen Sie mir darin, da Sie doch auf das junge Mädchen einen so großen Einfluss haben! Stehen Sie mir, bitte, bei, ihr diese ungesunden Wahnideen auszutreiben!«

»Mit dem größten Vergnügen«, erwiderte Mareuil. »Aber Sie müssen mir Zeit lassen. Ich glaube nicht, dass derartige Furchtpsychosen von heute auf morgen verschwinden können. Meiner unmaßgeblichen Meinung nach ist hierzu große Geduld erforderlich. Aber was an mir liegt, will ich gern tun.«

»Wenn Sie Luvercy kennen würden, Herr Mareuil, bin ich sicher, dass Sie Gilberte viel überzeugungsvoller zureden würden. Es ist ein Jammer, von einem Palace-Hotel in das andere herumzuzigeunern, wenn man einen solchen Schatz wie Luvercy besitzt. Möchten Sie nicht einmal nach Luvercy fahren? Lionel würde Sie hinbegleiten.«

Möglich, dass die Gräfin bei diesem Vorschlage irgendeinen Hintergedanken hatte, Mareuil schien dies jedoch nicht zu beargwöhnen, denn er antwortete nur: »Warum nicht, Gräfin? Wenn Sie es wünschen!...«

»Ich glaubte nämlich, Sie gestern dahin verstanden zu haben, dass auch Sie gern an der Suche nach der Mörderschlange teilnehmen möchten«, meinte hierauf die alte Dame mit gewinnendem Lächeln.

»Nein, gnädigste Gräfin«, schüttelte Mareuil den Kopf. »Ich habe darüber nachgedacht, als ich mich von Ihnen verabschiedete. Meinem Dafürhalten nach blieb von diesem Drama nichts übrig als lediglich ein kindliches Furchtgefühl in der Seele eines jungen Mädchens. Diese Furcht wird schwinden, wenn jene, die Gilberte lieben, der Zeit helfen. Da ich überdies glaube, dass die Viper längst verendet ist, wäre eine Nachsuche nicht nur völlig unnütz, sondern im Gegenteil auch noch schädlich. Gilberte könnte darin nur eine Bestätigung ihrer Wahnidee erblicken. Wenn Ihr Fräulein Nichte meinen Besuch in Luvercy als eine Art Nachforschung, als Anfang einer Suche nach der Viper auslegen sollte, wäre es zweifelsohne vorzuziehen, ganz auf einen derartigen Besuch meinerseits zu verzichten.«

»Sie brauchte ja nichts davon zu wissen.«

»Verzeihung, Gräfin, aber ich scheue jetzt schon davor zurück, ihr, mag es sein, was es wolle, zu verhehlen. Was für einen schrecklichen Eindruck müsste es ihr auch machen, wenn sie erfahren sollte, dass ich hinter ihrem Rücken im Park von Luvercy herumstöberte? Nichts könnte sie in ihrem Glauben, die Mörderschlange lebe noch, mehr bestärken. Nein, Gräfin, lassen wir das für den Augenblick.«

Obwohl die Gräfin Mareuil äußerlich zustimmte, merkte man ihr dennoch eine gewisse Enttäuschung an. Sie wollte gerade ein paar beifällige Worte zur Antwort geben, als Gilberte, gestiefelt und gespornt, um den Hals eine hohe weiße Reitkrawatte und auf dem Lockenkopfe einen runden steifen Herrenhut, eintrat.

Wenige Minuten später ritt die kleine Kavalkade aus dem Tor.

Die Gräfin blieb im Salon und ergriff das Album, das Mareuil so aufmerksam und eifrig durchgesehen hatte.

Es enthielt alle ehedem von Frau Laval gemachten Aufnahmen. Eine Unmasse! Auf jeder Seite war sie dargestellt, teils allein, teils mit Bekannten und Freunden, hier beim Golf oder Tennis, dort, wie sie ihren Lieblingspony kutschierte. Alle diese Lichtbilder bildeten Erinnerungen an frohe Feste, Reisen, Landpartien und Kostümbälle, teure Andenken an glückverklärte, sonnige Tage, eine unschätzbare Zusammenstellung des intimen Lebens einer entzückenden Frau auf der Höhe ihrer Jugend, ihrer Schönheit und ihres Glückes; lachende, malerische Aufnahmen: einmal als Alpinistin, Jägerin oder Kraftwagenlenkerin, das andere Mal als Faschingspierrette, Bühnenkönigin oder im Brautkleide an der Seite ihres Gatten. Man sah sie dargestellt, wie sie als junge Mutter die kleine Gilberte in den Armen wiegte oder keck, unter einem schicken Hütchen hervorlugend, als Silhouette vor den Pyramiden stand, oder als »La Giralda«. So verewigte diese wehmütige Sammlung allen Glanz und allen Liebreiz der Dahingeschiedenen.

Und dieses Album hatte auf Jean Mareuil einen so tiefen Eindruck gemacht? Die Gräfin suchte sich den Gesichtsausdruck des jungen Mannes zu vergegenwärtigen. Sie analysierte seine Miene und ward sich klar, dass Jean Mareuil den Ausdruck eines Menschen zeigte, der das Bild einer Persönlichkeit sieht, von der er das dunkle Gefühl hat, ihr einmal begegnet zu sein. Aber er weiß nicht mehr bei welcher Gelegenheit und sucht vergeblich in seinem Gedächtnis.

Unter anderen Verhältnissen hätte eine solche Mutmaßung – und alles in allem handelte es sich auch nur um eine solche – auf die Gräfin keinerlei Eindruck gemacht. Nunmehr aber lag die Sache anders, nunmehr, da sie von einem »zweiten Ich« Mareuils gehört hatte. Auf das höchste erregt, ergriff sie ein unbändiges Verlangen, noch mehr zu erfahren. Daher fühlte sie sich sehr angenehm berührt, als Lionel den Salon betrat.

»Weißt du, was er sich eben anschaute?« fragte sie ihren Sohn. »Die Photographien deiner Tante!«

Lionel blieb, kaum dass er im Salon war, stehen und fixierte seine Mutter mit stechendem Blick.

»Also, reden wir jetzt miteinander«, sagte sie. »Bringen wir ein wenig Ordnung in unsere Angelegenheit. Berichte mir Punkt für Punkt, was ihr, du und Aubry, heute Nacht gesehen habt.«

Lionel leistete der Aufforderung Folge und fügte dann hinzu: »Recht viel medizinische Werke enthält die Bibliothek nicht. Immerhin fand ich einiges, das mich über das merkwürdige Phänomen des zweiten Ich unterrichtete. Es soll vorkommen, dass sich ein Mensch verdoppelt, das heißt, dass er zwei ganz voneinander verschiedene, ja sogar sich im Charakter widersprechende Wesen in sich vereinigen kann, die sich gegenseitig gar nicht kennen oder kaum wahrnehmbar miteinander in Verbindung stehen. Zuweilen tritt das zweite Wesen nur zeitweise im Leben des ersten Wesens auf. Manchmal aber auch periodisch an einem ganz bestimmten Tage, zu einer bestimmten Stunde und verschwindet dann wieder. Das zweite Wesen kann sich aber nur kurz manifestieren. Es kommen jedoch auch Fälle vor, wo das zweite Ich an Bedeutung gewinnt und sich dem ersten Ich so angleicht, dass es ein Viertel, sogar die Hälfte des Lebens des Betreffenden für sich in Anspruch nimmt. Endlich führt man Beispiele an, wo das zweite Ich das erste vollkommen vernichtete. Der vom zweiten Ich besessene Mensch wird dann ein ganz neuer, dessen Seele und Charakter in nichts mehr seiner Erstpsyche gleichen.«

»Du erzählst mir da nichts Neues, mein Sohn. Es ist die Geschichte des Bankiers Williams und die sehr fein und künstlerisch geschaffene Geschichte vom ›Staatsanwalt Hallers‹. Der erste verwandelte sich in einen vollkommen anderen Mann. Der zweite – eine sehr gelehrt ausgedachte und auf Grund ernster wissenschaftlicher Studien herausmodellierte

Romanfigur Lindaus – ist bei Tage Amtsperson, bei Nacht Dieb.«

»Stimmt! Taine, Azam, Dufay und Ribot gehen in allen Punkten miteinander konform. Wenn du willst, gebe ich dir ihre Werke oder Aufsätze zu lesen. Du wirst darin eine Unmenge Beispiele über das ›Zweite Gewissen‹ finden, analog den Fällen Williams und Hallers. Richtiger ausgedrückt, ist es eine Krankheit des Ich.«

Die Gräfin grübelte eine Zeitlang nach. »Und du behauptest, Lionel, dass die beiden Ich nichts voneinander wissen?« meinte sie dann. »Das heißt, dass beider Gedächtnisse ganz unabhängig voneinander arbeiten? Dass die Erinnerungen von Mann Nr. 1 nicht die von Mann Nr. 2 sind?«

»Das ist mindestens die Regel, aber man vermutet, dass zwischen den beiden Denkvermögen gewisse Brücken sich bilden können, so dass nebelhafte Erinnerungen, vage Suggestionen entstehen.«

»Ah!« – Die Gräfin griff wieder nach dem Album.

»Das klingt ja alles recht verführerisch«, meinte sie dann wieder mit düsterem Ausdruck. »Wir fahren aber lediglich mit der Stange im Nebel hierum. Du hast Jean Mareuil als Apachen fortgehen und wieder nach Hause kommen sehen. Gut, das beweist doch noch lange nicht, dass es sich um ein zweites Ich handelt. Er kann sich ganz einfach vermummt, maskiert haben.«

»Vielleicht – aber das wäre dann sehr verdächtig. Doch davon ist keine Rede, Mama. Man brauchte nur seinen Gang und vor allem sein Gesicht anzusehen, um zu erkennen, dass eine Maskierung nicht in Frage kommt. Nur durch ein ungeheures pathologisches Wunder wäre eine solche Transformation erklärbar.«

»Zugestanden! Dann wollte es eben der Zufall, dass du Zeuge eines außergewöhnlichen Geschehens warst, das sich weiß Gott wann wiederholt.«

»Um dieses Wesentliche festzustellen, werden wir, wie du dir doch wohl denken kannst, Mama, Nacht für Nacht Mareuils Palais scharf beobachten.«

Wieder überlegte die Gräfin ein Weilchen.

»Wir haben es mit einer Krankheit, mit einer Geisteskrankheit zu tun«, sagte sie. »Aber weißt du, dass dies nicht genügen würde, Gilberte diesem Burschen zu entfremden? Sie hat ein so gutes Herz, wird ihn pflegen, für ihn sorgen, ihn heilen wollen.«

»Unsinn! Es kommt nur darauf an, wie man ihr die Geschichte serviert. Man heiratet ja auch keinen Dieb, keinen Mörder! Und wenn es sich herausstellt, dass ein Dieb oder Mörder das Verbrechen im Zustande geistiger Unzurechnungsfähigkeit beging, so sperrt man ihn zwar nicht ins Gefängnis, aber in ein Irrenhaus. Man kann so einen Narren wohl lieben unter Umständen, auch pflegen; aber heiraten? Ausgeschlossen!«

»Nun, wir werden ja sehen, wie die Sache läuft«, erwiderte die Gräfin. »Vorerst können wir nichts anderes tun, als die Spur weiterverfolgen. ›Qui vivra, verra‹, sagt der Franzose. Sicher ist noch gar nichts. Daher ist es gut, zwei Eisen im Feuer zu haben. Seit zwei bis drei Tagen legte ich mir noch einen anderen Plan zurecht und verfolgte auch dessen Richtlinie während des kurzen Zwiegespräches, das ich eben mit Mareuil hatte. Und ich werde vorsichtshalber den Plan weiterspinnen. Im Falle sich deine Entdeckung zu lange hinzieht, habe ich es dann nicht zu bereuen, eine andere Offensive vorbereitet zu haben.«

»Was für eine Art von Offensive?«

»Kümmere dich nicht um meine Pläne, du hast mit deiner Beobachtung ohnehin genug zu tun. Und dann ... es ist eine Frauenidee, die Idee einer Mutter ... lass mich ganz allein vorgehen.«

Lionel schüttelte etwas spöttisch, aber doch mit einer gewissen Bewunderung den Kopf. Immer die gleiche, dachte er offenbar.

»Wenn du mir Gerechtigkeit widerfahren lässt, musst du zugeben, Lionel, dass ich mich nicht geirrt habe. In Mareuils Leben gibt es ein Geheimnis! Seine Träumereien, seine Geistesabwesenheit und Zerstreutheit haben ihren Grund. Das siehst du jetzt selbst.«

»Ja. Der ›andere‹, der Apache, das ist gewiss ein dunkler Punkt. Auch ist es meine feste Überzeugung, dass sich die Vorgänge von heute Nacht oftmals wiederholen.«

»Eigentlich ist dies Mysterium schrecklich. In seinem eigenen Leben ein Geheimnis zu haben, das man außerstande ist zu entziffern, ist wirklich furchtbar! Und doch liegt eine Art von Komik darin, Lampen und Schlüssel zu sammeln und alles kennenlernen und ergründen zu wollen.

In der Tat berührten beide hier einen der dunkelsten und drohendsten Punkte der menschlichen Natur, eine Frage, an die auch der mit den stärksten Nerven begabte Geist nur mit Zittern herangeht. Sie schwiegen. Ihre Blicke versenkten sich in das große Unbekannte der Dinge.

VIII.

Fräulein Java

Es ist wohl unnötig, zu bemerken, dass Fräulein Gilberte Laval im Herrensitz ritt. Das war nicht weiter merkwürdig. Sie gehörte zu jenen modernen Reiterinnen, die sich endgültig vom Damensattel mit seiner steifen Ausrüstung, vom langen Kleid und Zylinder emanzipiert haben.

Vielleicht bedauerte dies auch Jean Mareuil insgeheim. Aber als Sportsmann würdigte er nichtsdestoweniger den hübschen und korrekten Sitz des jungen Mädchens, die es loshatte, ihrem Tier die richtigen Hilfen zu geben, was bei einer Frau selten ist. In ruhigem und sicherem Tempo ging der Cob leicht unter ihr dahin.

Gurt an Gurt nahmen sie die Hindernisse beim Taubenschießstand. Jean Mareuil schlug dann vor, im Pavillon von Armenonville eine kleine Erfrischung zu nehmen.

Die Pferde schwitzten. Es war, als hätte sich der Kalender geirrt, so juliwarm war der Frühlingstag. Vom Groom auf ein paar Pferdelängen gefolgt, ritten Mareuil und Gilberte jetzt im Schritt unter dem grünen Blätterdach der Bäume dahin.

Sie hatten den Bois nach allen Richtungen kreuz und quer durchstreift.

»Ich meine also, es bleibt beim 2. Juni, in einem Monat«, sagte er. »Wegen der verschiedenen Formalitäten glaube ich nicht, dass wir früher heiraten können.«

»Abgemacht, am 2. Juni?«

»Abgemacht!« Mareuil streckte ihr seine behandschuhte Rechte hin.

Dem Schenkeldruck folgend, drängten sich die Pferde aneinander.

Hand in Hand schauten sich ihre Reiter glückverklärt und lächelnd in die Augen. Nur unwillig trennten sie sich, als eine kleine Gesellschaft unter Lachen, Plaudern und Lederknirschen an ihnen vorübergaloppierte.

»Wo geh'n wir dann hin?« fragte Gilberte.

»Nach der Hochzeit? ... Wenn es Ihnen recht ist, nach Luvercy.«

»Ist das Ihr Ernst?«

»Nein, ich mache nur Spaß, obwohl man nie etwas voraussagen kann.«

»Komisch, dass Sie an Luvercy dachten, Jean. Es war mein Jungmädchentraum, mit Ihnen dort glücklich zu sein.«

»Mit mir?«

»Gewiss. Damals waren Sie für mich allerdings erst der Ritter – wie soll ich mich ausdrücken? –, der Ritter der Märchen, der große Unbekannte ... das unbeschriebene, weiße Blatt in meinem Lebensbuche, und doch zeichneten Sie auf dieses Blatt bereits Ihre Silhouette ab. In Luvercy steht eine alte Steinbank. Oft nahm ich dort an der Seite Ihres Phantoms, Ihres Idealbildes Platz. Wirklich zu schade, dass man solche Träume nicht realisieren kann.«

»Das hängt nur von Ihnen ab!«

Gilberte verzog ungläubig das Mündchen.

»Und doch bin ich kein Hasenfuß«, meinte sie. »Nicht Furcht ist es im eigentlichen Sinne des Wortes. Es ist etwas Ärgeres. Mein ganzes Wesen bäumt sich dagegen auf, schreckt davor zurück, nach Luvercy zurückzukehren. Es ist, als würde man mich auffordern, mich ins Leere, ins Feuer zu stürzen. Selbst wenn Sie mich bitten würden, Jean ...«

»Nichts liegt mir ferner«, erklärte Mareuil ernst. »Vorhin erst lag mir die Gräfin, Ihre Tante, im Ohr, Sie zu überreden, Ihre Idiosynkrasie gegen Luvercy abzulegen. Doch nein! Ich bin im Gegenteil der Ansicht, dass Sie sich in keiner Weise Gewalt antun sollen.«

»Ich bin töricht, ich sehe es ein; denn die Viper muss schließlich doch mal sterben, ist vielleicht schon tot. Und doch sind meine Nerven mächtiger als meine Vernunft. Sie glauben doch auch, dass die Viper nicht mehr existiert?«

»Davon bin ich überzeugt, besitze sogar die Gewissheit. Tatsächlich. Ich bin meiner Sache sicher, so sicher, als hätte ich sie mit eigenen Augen verendet gesehen.«

»Sie machen mich neugierig!«

»Ich kann das nicht näher erklären. Vielleicht ist es eine Offenbarung, eine innere Erkenntnis.«

»Warum trachten Sie dann nicht, auch mir diese Erkenntnis mitzuteilen?«

»Weil dazu noch Zeit ist; denn solche nervöse Affektionen wie die Ihrigen, Gilberte, müssen langsam ausheilen. Und ich möchte nicht, dass Sie in den langwierigen, aber unbedingt zur Gesundung führenden Heilungsprozess störend eingreifen. Daher werden Sie es nie erleben, dass ich Sie dränge, nach Luvercy zurückzukehren. Im Gegenteil, ich bitte Sie sogar, gar nicht an so etwas zu denken.«

»Ich verstehe Sie nicht recht.«

»Und doch ist es vernünftiger; denn es gibt Neigungen, Angewohnheiten und Wahnideen, die man besser nicht von vorn, sondern auf Umwegen bekämpfen muss, indem man tut, als beachte man sie gar nicht.«

»Summa summarum, reden Sie mir Luvercy aus?« meinte Gilberte erstaunt. »Das überrascht mich!«

Eine vage Idee durchzuckte sie flüchtig. Doch nahm der Gedanke in seiner nebelhaften Form keine rechte, fassbare Gestalt an. Erst später, in dramatischer Lage, sollte sich Gilberte über ihr Gefühl bei Mareuils Worten, die ihr seltsam, rätselhaft, ja unverständlich schienen, klarer werden. Sie erinnerte sich, dass diesem Gespräch ein kleines, peinliches Schweigen folgte und dass sie ihren Verlobten auch nicht weiter fragte, zumal sie in Armenonville eingetroffen waren. Als sie dann wenige Minuten später an einem der kleinen Tische auf der Terrasse Platz nahmen, hatte Gilberte es nicht mehr gewagt, auf die Sache zurückzukommen, denn sie hatte vorhin in Jean Mareuils Augen einen verstörten und beunruhigenden Blick aufflackern sehen, den sie nicht wieder wachrufen wollte.

Armenonville war stark besucht. Im Schoße üppigen Grüns bildete es mit seinem bunten Blumenflor und idyllischen kleinen See einen der entzückendsten landschaftlichen Punkte in der Umgebung von Paris. In der leuchtenden Frische des herrlichen Morgens atmete alles hier Reichtum, Eleganz und Luxus. Der Anblick der vielen schönen Frauen und wundervollen Toiletten, die feine, kultivierte Lebensart einer erlesenen Gesellschaft, das Liebreizende des Frühlings, das alles, überstrahlt von dem warmen, durch knospende Zweige gemilderten Licht strahlenden Sonnenscheins und durchweht vom Duft der Wälder und den Parfums der Mode, vereinigte sich zu lebensbejahendem Genuss. In das diskrete Halblaut der Gespräche mischte sich das Gezwitscher der Vögel, Taubengegurr und Schwingenschlag und ab und zu das Wiehern eines Pferdes, und die Autos gaben mit gedämpftem Gebrumme den Unterton an.

Selig saßen Jean Mareuil und Gilberte beieinander und freuten sich des Daseins. In ihren hohen Kristallkelchen schillerte die Orangeade goldhauchdurchsonnt, in der Eiskreme steckten die langen Strohhalme. Ihre jugendlichen, an Geist und Seele gesunden Körper durchflutete ein physisches Wohlbehagen. Freudig blickten sie in die Zukunft, und die Macht der großen Liebe zog sie zueinander hin.

Da wurde Gilberte plötzlich blass und machte eine jähe Bewegung.

»O,« rief sie, »es ist wirklich zu dumm!«

Mareuil folgte ihrem Blick.

In einiger Entfernung schritt eine hochgewachsene Frau von außerordentlicher Schönheit zwischen den Tischen umher und sammelte in einer Art von Schale Trinkgelder ein.

Unter einem Walde üppigsten, tiefschwarzen Haares blitzten die wundervollen, dunklen Augen unerschrocken, herausfordernd und keck. Eine Unmenge mit Similisteinen besetzter Schildpattkämme hielten ihre schweren Flechten zusammen, und geringelte Locken umspielten ihre Schläfe und gebräunten Wangen. Das schwarzrote, etwas theatralische Kleid modellierte verführerisch ihre gerundeten und harmonischen Formen. Selbst in der Entfernung verriet Ihr Vorstadtprofil eine feine Linie. Ihre hohen Schnürschuhe brachten den edlen Spann ihres Fußes und die Konturen der Wade voll zur Geltung. Ein entzückender schwarzer Pudel mit einer hellgrünen Seidenmasche im Stirnschopfe begleitete seine Herrin auf Schritt und Tritt. Aber nicht das war es, was eine Bewegung unter den mondänen Gästen bei ihrem Vorüberschreiten auslöste, die Damen etwas zurückweichen ließ und ihnen kleine Schreie entlockte, sondern etwas ganz Ungewöhnliches.

Wie einen lebenden Halsschmuck und gedrehte Armspangen trug sie auf sich eine Unzahl kleiner, schillernder und glatter Schlangen, die sich ihr um den Nacken und die bis zur Schulter entblößten Arme wanden.

»Bitte, bitte, gehen wir!« bat Gilberte. »Kommen Sie, Jean, entfernen wir uns!«

Die Trinkgeldschale ausstreckend und ab und zu eine der Schlangen zurechtrückend, kam die Frau langsam auf den Tisch Gilbertes zu. Man hörte sie mit fremdartigem Akzent immer wiederholen: »Für die Schlangenbeschwörerin, meine Damen und Herren! ... Danke, danke verbindlichst ... danke ...«

»Ich geh', Jean. Hören Sie?«

»Aber nein, das würde ich nicht dulden, Gilberte! ... Kellner!«

Ein »Ober« flitzte herbei. Mareuil drückte ihm eine Hundertfranknote in die Hand.

»Geben Sie das dem kleinen Mädchen dort! Sie soll machen, dass sie hingeht, woher sie gekommen ist, und nicht hier vorübergehen! Verstanden?«

Der Ober verbeugte sich. Man sah, wie er an das Mädchen herantrat und mit ihr sprach. Sie nahm die Banknote, nickte und blickte zu Mareuil hinüber.

Den anfangs gleichgültigen Blick durchzuckte plötzlich für eine Sekunde ein merkwürdiger Blitz. Infolge der Entfernung nahmen es Mareuil und Gilberte nicht wahr. Sie merkten nur, wie die dunklen Augen der Fremden sie einen Augenblick abwechselnd anstarrten.

Jedermann erklärte sich das Erstaunen des Weibes damit, dass sie über die Art ihrer Entlohnung verwirrt war. Den Rücken kehrend, entfernte sie sich lässigen und wiegenden Ganges. Bei ihrem Kommen hatte sie auf dem Sande eine kleine gelblederne Reisetasche abgesetzt. Sie öffnete sie jetzt und packte unter dem wachsamen Auge des Pudels die Schlangenknäule in den seltsamen Behälter ein. Die Kellner bildeten um sie, die Serviette unter dem Arm, einen neugierigen Kreis. Als sie fort war, kehrte der Ober, der sie hatte »expedieren« müssen, zu seinen Tischen zurück.

»Was ist das für eine Gauklerin?« fragte ihn Mareuil.

»Sie heißt Java«, erwiderte der Ober. »Der Herr kennen nicht die Java? Ihr Hauptbetätigungsfeld bilden die obskuren Kneipen. Sie ist der Stolz des Spielhöllenviertels und der ›Porte Maillot‹. Manchmal kommt sie auch bis hierher. Man duldet sie, weil sie sich immer anständig benimmt. Überdies, man mag darüber lachen oder nicht, leistet sie nicht Alltägliches. Die Gnädigste fürchtet sich vor Schlangen?«

»Was bin ich schuldig?« fragte Mareuil und zog einen zweiten Hunderter aus seiner Brieftasche.

Beim Bezahlen schob Gilberte dem Kellner das herausgegebene Kleingeld hin.

Der Ober strahlte.

»Küsse vielmals die Hände!« sagte er mit tiefer Verbeugung. »Ein wahrhaft fürstliches Trinkgeld, gnädige Frau.«

»Haben Sie gehört?« wandte sich Gilberte an ihren Verlobten. »Er hat zu mir ›gnädige Frau‹ gesagt. In Ihrer Gesellschaft macht mir das Eindruck. Er ist der erste, der zu mir ›gnädige Frau‹ gesagt ... ›Frau Jean Mareuil‹ ... Ach, Jean, wie himmlisch ist es doch heute morgen!«

Zehn Minuten später stiegen sie wieder zu Pferde. Kaum hatten sie Armenonville hinter sich, so trafen die Reiter mit Java zusammen.

Lässig stand sie mit ihrem Pudel und ihrer Ledertasche am Wegrande und betrachtete sie, einen nach dem anderen, namentlich Jean. Finster zog sie die Brauen zusammen, und ihren frechen Mund umspielte ein böses Lächeln.

»Unverschämte Person!« ärgerte sich Gilberte.

Kaum waren sie an ihr vorüber, rief ihnen eine Stimme halblaut nach: »Freddy! ... Freddy!«

Der Pudel sprang laut bellend an den Pferden empor.

»Freddy!« wiederholte die Stimme rau.

»Drehen Sie sich nicht um, Jean!« bat Gilberte. »Es wäre mir peinlich.«

Der Cob fing plötzlich im Stechtrabe zu gehen an, denn die kleine, sonst so leichte Hand seiner Reiterin hatte die Zügel gestrafft. Mareuil lächelte seine Verlobte verliebt und etwas spöttisch zugleich an. Sie aber drehte sich ab, damit er nicht zwei dicke Tränen in ihren Augen entdecke, und trieb ihr Pferd auf dem harten Boden zum Galopp an.

IX.

Die Bar

Frau Gräfin Prase hatte mit ihrem Sohn verabredet, Mareuil zu Tisch zu bitten. Bei seiner Rückkehr aus dem »Bois« fand er die Einladung zu dem Souper am gleichen Abend daheim vor. Der Tag verging, ohne dass sich Bemerkenswertes ereignete, und ebenso ereignislos verlief das Souper. Es hatte nur den Zweck, dem Manne, den man verderben wollte, noch ein wenig genauer auf den Zahn zu fühlen.

Mareuil erschien in tadellos gebautem Smoking und war – abgesehen von seiner ihn kennzeichnenden zeitweisen Geistesabwesenheit – den ganzen Abend entzückend, liebenswürdig und heiter. Schwache Versuche von Seiten der Gräfin und ihres Sohnes, aus ihm etwas herauszubekommen, scheiterten restlos. Als zum Beispiel Lionel in dem gewissen Album zu blättern anfing, trat Mareuil nicht näher, um nochmals die Photographien der verstorbenen Frau Laval zu betrachten. Und als man das Gespräch auf das »zweite Ich« lenkte – im Odeon gab man wieder den »Staatsanwalt Hallers« –, bekundete Mareuil für dieses psychologische Problem ein nur ganz oberflächliches Interesse. Im Laufe einer Debatte über Kriminalität erklärte er, die Apachenwelt sei ihm völlig gleichgültig. Als dann schließlich die Stunde des Aufbruches schlug, schien er absolut nicht pressiert und verabschiedete sich erst um Mitternacht und unter Ausdrücken größten Bedauerns, ohne durch irgendein Zeichen von Unruhe zu verraten, dass er nun einem geheimnisvollen Rufe folgen musste. Doch bedeutete dies alles nichts, wie Lionel aus der Lektüre der einschlägigen Werke wusste.

Der Graf begleitete Herrn Mareuil ein Stück Weges und empfahl sich dann, indem er bemerkte, er wolle dem »Caveau géorgien« noch einen Besuch abstatten.

Das sagte er aber nur, um den andern irrezuführen; denn kaum hatte sich hinter Mareuil die Tür seines Heimes geschlossen, schlüpfte auch schon Lionel in das Gebüsch auf seinen Späherposten.

Diesmal war er allein, denn Aubry lag befehlsgemäß auf der andern Seite der Avenue im Hinterhalt.

Gut versteckt im Schatten des Buschwerkes, beobachtete Aubry jenseits der Reitallee Lionels Stand, wo dieser ungesehen der Ereignisse harrte, die da kommen sollten. So war es ausgemacht worden.

Etwas nach ein Uhr morgens flammte in Lionels Boskett ein kleines Licht auf. Aubry verstand das Zeichen der elektrischen Taschenlampe des Grafen. Es bedeutete: Jean Mareuil verlässt das Haus.

Das Sternlein erlosch, um gleich darauf abermals zweimal aufzublinken. Signal: Mareuil schlägt den nämlichen Weg wie das letzte Mal ein.

Tatsächlich gewahrte auch Aubry eine menschliche Gestalt und pirschte sofort seinem Wilde nach. Der Apache schritt rasch und anscheinend nichtsahnend dahin. Er drehte nicht einmal den Kopf um. Falls die Verfolgung nicht allzu lange dauerte, war sie leicht ins Werk zu setzen. Aubry, dessen Schuhe Gummisohlen hatten, machte sich auf, wobei er gar nicht versuchte, längs der Mauern hinzuschleichen. Denn es hätte Jean Mareuils Verdacht wachrufen können, falls er sich, durch irgendein Geräusch aufmerksam gemacht oder einem innern Gefühle nachgebend, umgedreht hätte.

Diesmal wickelte sich alles zur vollsten Zufriedenheit der Gräfin Prase und ihres Sohnes ab. Zwei Schutzleute kreuzten auf ihrem Patrouillengange zufällig Mareuils und seines Verfolgers Weg. Mareuil achtete nicht auf sie. Er blieb sogar stehen und zündete sich in der hohlen Hand eine Zigarette an. Durch die Avenue Malakoff gelangte er jetzt auf die Avenue de la Grande Armée, überschritt sie und begab sich nach dem Spielhöllenviertel, das dem Befestigungsgürtel angrenzt.

An der Ecke einer Sackgasse stand eine Weibsperson unter einer Laterne. Sie spähte in das Dunkel und ging dann leuchtenden Blickes Jean Mareuil entgegen.

Aubry drückte sich etwas zur Seite. Im Scheine der Straßenlampe hatte er Zeit gehabt, die charakteristischen Züge der Nachtschönen zu betrachten: ein hübsches, niedliches Vorstadtgesicht, das blauschwarze Haar mit funkelnden Strasskämmen und ihr einfaches, schwarzes Kleid mit roter Verbrämung.

Einen Augenblick schien das Paar in seiner stürmischen Liebesumschlingung nur ein einziges Wesen zu bilden. Dann trennte es sich wieder und ging zusammen weiter, indem die Frau ihren Arm um die Taille des Mannes legte.

»Famos, famos!« grinste Aubry. »Nur weiter so! Weiter so!«

Und das Gesicht zu einer lächelnden Fratze verzerrend, folgte er den Liebenden.

Unterwegs wälzte Aubry in seinem Hirn Gedanken, die ihn sehr verwirrten. – Lionel hatte ihm in großen Zügen das Geheimnis des »Doppelbewusstseins« erklärt. Der schlaue ehemalige Haushofmeister war ein pfiffiger Bursche; er hatte daher die Erklärung wohl begriffen und wusste vollkommen, mit wem er es zu tun hatte, wenn er Mareuil beobachtete, und nötigenfalls hätte er ohne Zaudern und Missgriff gehandelt. Immerhin verfehlte das seltsame Abenteuer und Neuartige der Lage nicht, auf ihn einen gewissen Eindruck zu machen. Die Tatsache, dass er einem anormalen Menschen auf den Fersen sei, erfüllte ihn mit Unbehagen, mit vager Besorgnis. Hätte man ihn zur Verfolgung eines ganz neuen Wesens, zum Beispiel eines Mondbewohners, angesetzt, würde es auf seinen primitiven Verstand, der nichts von den Extravaganzen der Mutter Natur wusste, keinen stärkeren Eindruck als jetzt gemacht haben. Es ist daher verständlich, dass er mit dem Höchstmaß seines Könnens und seiner Kräfte seinem Beobachtungsdienst nachkam. Im Banne eines der unbegreiflichsten Mysterien, misstraute er bis zur Übertreibung dem Manne, dem nachzuspüren man ihm befohlen hatte und der sich so gewaltig von anderen Menschen unterschied. Geister wie er erklären sich derartige Fälle nicht auf Grund wissenschaftlicher und medizinischer Erfahrungen, auf Grund der Psychiatrie, deren Namen er eben erst gehört und nicht verstanden hatte, sondern sie glauben an ein Wunder. Auch Aubry schwebte so etwas Ähnliches dunkel vor Augen, als ob der Schicksalszufall seines Lebens ihn mitten in ein Märchen versetzt hätte, wo seine Rolle eine ebenso übernatürliche wie delikate war. Seine chronische Verblüffung, aber auch seine Aufmerksamkeit hätten nicht größer sein können, wäre er hinter einem Einhorn, Zentauren oder, wie schon erwähnt, Mondkalb hergewesen. Denken wir uns an seine Stelle, so müssen wir selbst eingestehen, so wissenschaftlich gebildet und kultiviert wir auch sein mögen, dass es etwas ganz Eigenes sein muss, wenn man nachts aufs Geratewohl einem Menschen nachspüren muss, der ein ganz anderer ist. Und man könnte wirklich das Gruseln lernen, wenn man bedenkt, dass es sich hier nicht um ein Märchen aus »Tausendundeiner Nacht« handelt, sondern um ein tatsächlich existierendes unheimliches Phänomen, das von den ernstesten Männern der Wissenschaft ausführlich behandelt wird.

Mareuil und seine Begleiterin waren inzwischen in ein niedriges kleines Haus eingetreten, dessen Tür sich sofort hinter ihnen schloss.

Aubry sah sich das Äußere an. Eine Weinhandlung. Rechts und links von der Eingangspforte befand sich hinter geschlossenen Holzläden die Auslage, und oberhalb der Tür stand in großen gelben Buchstaben zu lesen: »Bar der Kumpanei«.

Aubry überlegte. Sollte er ohne weiteres dieses verdächtige Nachtlokal betreten, das ihm völlig unbekannt war? Denn eine verdächtige Bude war es. Um das zu sehen, brauchte man nur an die vorgerückte Stunde zu denken. Auch der Lichtschein, der durch die Ritzen der Holzläden fiel, und das Gemurmel, das nach außen drang, legten Zeugnis davon ab.

Aufmerksam spitzte der Hausbesorger die Ohren, aber er vermochte sich nicht darüber klar zu werden, was für eine Gesellschaft da drinnen beisammenhocke. Soweit er feststellen konnte, musste sie ziemlich gemischt sein, denn er vernahm bald friedliche, bald drohendere Töne und Laute.

Da öffnete sich die Tür, und drei ganz ordentlich aussehende, ruhige Männer in guten, wenn auch abgetragenen Anzügen, so wie Aubry selbst gekleidet, Sportmützen auf dem Kopfe, traten heraus. Gleichzeitig traten ein Mann und eine Frau, die gleichfalls einen recht soliden Eindruck machten, in die Bar ein. Ohne lange zu zögern, schloss sich Aubry diesem Paare an.

Er durchschritt erst einen schwach beleuchteten Vorsaal mit hufeisenförmigem Schanktisch, dessen Seiten nur einen schmalen Durchgang gewährten. Dieser Raum war typisch für die Pariser Volksbars und zurzeit leer.

Im nächsten Raum ging es belebter, wenn auch nicht außergewöhnlich zu. Aubry fasste wieder Mut. Es handelte sich hier nicht um eine Verbrecherspelunke, es schien vielmehr ein kleines Café, eines der ordinärsten und anspruchslosesten unter seinesgleichen, zu sein. Ausgestattet war es mit runden Marmortischchen, Wandspiegeln und verschossenen Wandbespannungen. In einer Ecke stand ein müdes Klavier. In dem stark mit Tabakrauch geschwängerten Raum saß eine ziemlich zahlreiche Gesellschaft von Nachtschwärmern aus den unteren Volksschichten beisammen, und zwar aus der niedrigsten Klasse, die um die »Porte Maillot« herum haust und zu der Welt des »Velodroms« gehört.

Die »Bar der Kumpanei« bildete bei Tag und Nacht das Stammlokal aller jener, die vom Zweirad ihr mageres Dasein fristen. Auch Stallknechte traf man hier und den ganzen Auswurf von kleinen Angestellten, Anfängern und Schnelllaufkandidaten, den die Radfahrgeschäfte, der »Velo« und die Läuferbahn ausspien. Unter diese mischten sich noch etwas fragwürdigere, verächtlich tuende »Kavaliere« von »Buffalo« oder dem »Parc des Princes«, die aus alter Überlieferung hierher kamen, obwohl die nahen Wälle diese Tradition längst nicht mehr rechtfertigten.

Das Erscheinen Aubrys blieb dank dem ihm vorausschreitenden Paar unbemerkt. Zudem wandte die Gesellschaft ihre Aufmerksamkeit Mareuil und seiner Begleiterin zu, die einen schwarzen, mit einem grünen Kopfputz geschmückten Pudel liebkoste. Vor Zärtlichkeil wie närrisch, japste und heulte der Hund, wich aber nicht von einer gelbledernen Reisetasche, die unter einer Bank stand.

»Ruhe, mein liebes Tierchen! ... Schon genug! ... Banko, sei still! ... Ruhe, sage ich!«

Stimmen erhoben sich.

»Die Schlangen, Java! Zeig deine Schlangen!«

Das Mädchen schien wenig aufgelegt zu sein, der Aufforderung nachzukommen. Sie runzelte die Stirn und brummte unverständliche Worte, während ihr Freund sie spöttisch anblickte.

Aubry nahm an einem Tisch Platz, wo bereits drei lustige Brüder saßen, die den Anschein großen Anschlussbedürfnisses erregten und aus denen er manches Wissenswerte herauszubekommen hoffte.

Gleichzeitig horchte er auf Javas und Mareuils Zwiegespräch.

»So geh halt zu deinen Schlangen!« sagte Mareuil.

Sie schmollte. Verliebt und wütend zugleich sah sie ihn mit heißen und tückischen Blicken an. Aubry hörte sie murmeln:

»Sag mir erst die Wahrheit, Freddy! Du weißt, ich hab dich gesehen, jawohl, ich hab dich gesehen, heute früh zu Pferde. Närrisch, aber wahr, ich bin nicht blind! Mit wem bist du so schick ausgeritten? Mit wem? Ich will's wissen! Das andere ist mir schnuppe. Wer war das hübsche Ding? Ich rief dich an. Warum hast du mich geschnitten?«

Mareuils Züge nahmen einen ungewöhnlich harten Ausdruck an. Sein Auge verlor jeden Glanz, und schneidend gab er zur Antwort: »Hast Hirngespinste! Wirst mir lästig! Weiß nicht, was du meinst.«

Java bezwang sich, um nicht in Tränen auszubrechen. Man beobachtete sie und wurde neugierig.

»Willst du vielleicht zu heulen anfangen, eine Szene machen?« zischte der Mann zwischen den Zähnen hervor.

Mit düsterer, verzweifelter Miene senkte Java den Kopf.

Alles rief jetzt in der Melodie eines Gassenhauers: »Schlangen, Schlangen, Schlangen her! Schlangen her, Schlangen her!«

»Tu's doch, Freddy!« bat jemand. »Einmal nur zeig' deine Kunst. Die Schlangen her, Freddy!«

»Das wäre zu lustig!« bemerkte ein Nachbar Aubrys.

Nun legte sich der Wirt, ein dicker Kerl mit aufgeschlagenen Hemdsärmeln, ins Mittel. Ohne den Schanktisch zu verlassen, wo er Gläser ausspülte, forderte er Freddy seinerseits auf, etwas zum besten zu geben.

»Los, Freddy!« brummte er behäbig. »Damit Leben in die Bude kommt. Man hat dich schon lange nicht mehr arbeiten sehen, kleiner Faulpelz. Meine Damen und Herren, wenn Sie es geschickt anfangen, werden Sie Freddy, ›die Natter‹, sich in seinen waghalsigen Kunststücken produzieren sehen!«

»Freddy! Freddy!« tönte es jetzt von allen Seiten.

»Gib mir die Tasche her!« wandte sich Jean Mareuil an Java. »Man wird den Leuten zeigen, was man kann.«

Liebenswürdig lächelnd, entledigte er sich des Rockes und krempelte die weißgestreiften rosa Hemdärmel bis zu den Ellbogen auf. Da wurde auf seinem Vorderarm eine Natter in blauer Tätowierung sichtbar.

Die Ledertasche wurde geöffnet und vor ihn auf den Tisch gestellt. Nun hockte er nach Art der Orientalen mit untergeschlagenen Beinen auf der Bank nieder und führte eine kleine Flöte zu den Lippen.

»Ruhe!« gebot der Wirt.

Aubrys Nachbar war ein untersetzter, dürrer, aber kräftig gebauter dunkelhaariger Bursche, dessen gewölbter Rücken den professionellen Radfahrer verriet. Mit seinen zwei Kameraden, die nicht so mager waren wie er, schien er irgendeinen »Sieg« zu feiern oder ein gutes Training, jedenfalls hatten alle drei wacker getrunken.

»Ein hübscher Name ›Freddy, die Natter‹!« bemerkte Aubry.

»Und er passt gut auf ihn!« brummte sein Tischgenosse, die Wadenstrümpfe in die Höhe ziehend. »Denn es gibt keinen trägeren Kerl als diesen Burschen.«

»Halt's Maul!« meinte der zweite des feuchten Kleeblattes. »Man nennt ihn ›die Natter‹, weil er ein ganz geriebenes Aas ist!«

»Glaubst du, ich weiß das nicht, Dummkopf? Ich war schon Stammgast zu einer Zeit, als er noch nicht mit Java zusammen arbeitete.«

Aubry fragte sich, welcher »Arbeit« sich wohl Jean Mareuil in der Person »Freddys, der Natter« hingeben mochte, als die Flöte eine unendlich süße, getragene und eintönige Weise anstimmte.

Mit untergeschlagenen Beinen auf der Bank hockend, blies Freddy, den ledernen Reisehandkoffer vor sich, das Instrument und wiegte sich in lässigem Rhythmus hin und her. Auf der anderen Seite saß Banko, der schwarze Pudel, auf einem Stuhl, hörte aufmerksam zu und neigte seinen frisierten Kopf bald nach rechts, bald nach links, was mit seinem großen grünen Seidenputz, der sich wie ein Schmetterling hin und her bewegte, urdrollig aussah.

Erwartungsvolle Stille trat ein.

Ganz einzigartig und hypnotisierend war der Klang der Flöte.

Zuerst tönte es längere Zeit wie das Säuseln des heißen Windes durch die Bambusdickichte der Dschungeln, dann vernahm man langgedehnte, kaum musikalisch zu nennende Noten, die aber etwas unendlich Einschmeichelndes hatten und so leise widerhallten, dass man im Innern der Tasche ein leichtes Sich-aneinander-Wetzen und Schieben hören konnte.

Aubry erschrak. Wie bei den bekannten Juxschachteln plötzlich ein Teufel herausspringt, fuhr jetzt eine Schlange einige Zoll hoch jäh aus der Ledertasche hervor. In regelmäßigen Abständen die gespaltene, glatte Zunge hervorreckend, richtete sie den plattgedrückten Kopf nach dem Flötenbläser.

Eine zweite folgte, eine dritte und noch eine. Nun ward die Tasche zu einem scheußlichen Behälter, aus dem ein ganzes Bukett gräulicher Reptile emporstieg. Man wähnte das Schlangenhaar einer Gorgo zu schauen und war sich darüber im Zweifel, ob nicht diese grässliche Tasche am Ende gar in ihrem geheimnisvollen Bauche das abgeschlagene Haupt einer zweiten Medusa berge.

Der Rhythmus der Flötenmelodie wurde jetzt weniger getragen, die Weise erklang härter, verwandelte sich in Pfeifen, und das Hin- und Herwiegen des Schlangenbeschwörers in einen Tanz der Brust und Schultern auf unbeweglichem Unterkörper. Dem Takte der Flöte folgend, begannen die Nattern zu schwingen und schwankten hin und wider gleich Blumenstängeln im Winde.

Dann folgte ein langgezogener Pfiff, und jäh brachen Tanz und Bewegung ab. In seiner Reinheit und Gedehntheit stellte er in Wahrheit klanglich den Begriff der Ewigkeit dar, die unendliche klare Grenzlinie des Weltalls, und endete schließlich mit einer Serie von Akkorden und Modulationen, die eine andere Sprache auszudrücken begannen. Mit unerschütterlicher Ruhe und ernst wie die indischen Fakire entlockte Freddy, »die Natter«, seiner Flöte so süße und leichtbeschwingte Töne, dass man glaubte ein zartes Lüftchen durch lispelnde Schilfrohre hinstreichen zu hören. Die Schlangen fingen an sich zu krümmen und in wellenförmigen Bewegungen herumzukriechen, und Freddy eiferte sie an, indem er mit Schultern und Hüften sich drehte und wand und ihren Kriechtanz begleitete.

Die Schlangen krochen herum, überdeckten den Tisch, verknoteten sich ineinander und lösten sich wieder los und kamen an Freddys Knie. Und eine richtete sich empor, sprang in jähem Satze an ihm hinauf und ringelte sich um seinen Hals.

Bald war er mit Schlangen behangen wie ein Baum in den Waldungen von Sumatra. Seine Arme, Beine, Brust, Stirn und Handgelenke wimmelten von kleinen, spitzwinkeligen Köpfen, die mit ihren bösen, funkelnden Äuglein nach der Zauberflöte starrten und mit ihren gespaltenen, flinken Zungen wie mit kleinen Wurfspießen ihr Spiel trieben. Selbst die blaue, auf dem Arme Freddys eintätowierte Natter schien Leben zu bekommen und ihren Schuppenleib hin und her zu winden und das trefflich wiedergegebene Haupt aus dem Fleische des Armes, das sie gefangen hielt, erheben zu wollen.

Diesen Moment benutzte Java, um mit dem Teller absammeln zu gehen.

Als sie mit der Schale voller Papiergeld zurückkehrte, legte Freddy die Flöte beiseite, entledigte sich der Schlangen und beförderte die Tiere wieder zurück in die Ledertasche.

Laute Bravos erschallten. Sogar der würdige Wirt trat hinter dem Schanktisch hervor, um für Freddy eine Flasche Schaumwein zu entkorken.

»Wenn du wolltest, könntest du dein Glück machen«, sagt er.

»Java versteht ihr Handwerk famos, aber du – du bist geradezu verblüffend. Pass' auf, für eine einzige allabendliche Vorstellung biete ich dir ...«

»Scher' dich zum Teufel!« grunzte Freddy.

Der Wirt zuckte bedauernd die Achseln, stieß dann mit Freddy an und leerte das Glas auf einen Zug.

Aubry spendierte seinen drei Tischgenossen eine Flasche »Saumur« und begann ein Gespräch mit ihnen anzuknüpfen. Aber als Leute einer Welt, in der das Misstrauen oberste Regel ist, wichen sie seinen Fragen aus. Aubry merkte, dass er sie damit kopfscheu machen könnte. Schlau und pfiffig wie er war, legte er sich eine andere Taktik zurecht, und es gelang ihm dann auch unter tausend Schwierigkeiten, das Wesentliche, was er wissen wollte, zu erfahren.

Von dem Dreigespann hatte der älteste Stammgast der »Bar der Kumpanei« Freddy, »die Natter«, bereits hier vorgefunden. Das war zwei Jahre her, und damals führte er noch selbst seine Schlangen vor, denn Java tauchte erst später in seinem Leben auf. Man wusste eigentlich nicht recht, was Freddy trieb. Das ging auch niemand etwas an, und kein Mensch scherte sich darum. Die Kollegen sahen ihn nur nachts. Vielleicht arbeitete er untertags in irgendeiner Werkstatt, vielleicht tat er auch nichts. Das war seine Sache. Jedenfalls gehörte er nicht zum »Velo« wie die drei, denn die Habitués des Velo erkannte man auf den ersten Blick.

Da Aubry wahrnahm, dass seine Gewährsleute wieder Verdacht zu schöpfen schienen, schwieg er und stellte keine weiteren Fragen. Es wurde spät, die Gäste verliefen sich. Auch die drei Tischgenossen Aubrys erhoben sich, dankten ihrem liebenswürdigen »Amphitrion«, dessen feuchtfröhliche Gastfreundschaft sie übrigens erwidert hatten, und verabschiedeten sich von ihm.

Es blieben in der Bar nunmehr etwa zwanzig Gäste sitzen, von denen die einen sich lebhaft unterhielten, die andern in trunkener oder sorgenvoller Verblödung stumpf und stumm vor sich hinstierten.

Dicht aneinander geschmiegt hockten Freddy und Java in einem Winkel. Die Ellbogen auf dem Tisch, die Beine lang ausgestreckt, rauchte er faul und gelassen eine Zigarette nach der andern und blickte müßig und gleichgültig ins Leere, während sie ihren hübschen Kopf an seine Schulter lehnte und halblaut in ihn hineinredete, wobei sie ihn mit großen, kummervollen Augen ansah.

Aubry konnte sie durch die Schwaden des Tabakrauches beobachten, nicht aber Javas Worte verstehen. Sie schien Freddy anzuflehen, zu beschwören. Das Schweigen ihres Freundes brachte sie offensichtlich zur Verzweiflung, machte sie nervös. Er rührte sich nicht, zuckte mit keiner Wimper. Sie packte ihn an der Schulter. Er ließ es ruhig geschehen. Da wurde sie dreister und setzte ihm stärker zu. Jetzt wandte Jean Mareuil, das heißt also Freddy, »die Natter«, – denn Jean Mareuil war momentan ein aus der Liste der Menschen gestrichenes Individuum – seinen Kopf der Dirne zu, blickte sie grausam an und sagte ihr irgendeine kurze Grobheit, wobei er den Kopf schüttelte und die Faust hob. Die Folge war, dass ihm Java reumütig um den Hals fiel und vor Demut und Anbetung schier verging.

Immer wieder warf Freddy einen Blick auf die runde Wanduhr. Sie hing zwischen zwei Plakaten an der Mauer, die in abgeschmackten, hochtrabenden Ausdrücken die Appetit reizenden und Gesundheit fördernden Eigenschaften irgendeines geistigen Getränkes anpriesen. Aber deutlicher als der Uhrzeiger verkündete die fahle Beleuchtung, die durch das Glasdach des Saales in den Raum drang, das Schwinden der Nacht.

Freddy stand auf. Java nahm die Ledertasche und folgte ihm rasch. Banko schüttelte sich und trollte schlaftrunken hinter ihnen drein.

Schlauerweise war Aubry schon vorher gegangen und wartete auf sie in der dämmerigen Straße. Er sah, wie Java ihren Begleiter leidenschaftlich umarmte und ihm dann nachblickte, bis sie ihn aus den Augen verlor.

Freddy nachzugehen, hatte keinen Sinn. Aubry wusste ja, was es mit dem »Zweiten Ich« für eine Bewandtnis hatte. Dafür interessierte ihn Java umso mehr, er wollte erfahren, was mit ihr los sei – und er erfuhr es.

In düstere Gedanken versunken, schritt Java traurig und mit gesenktem Kopf ihres Weges und kümmerte sich wenig darum, ob ihr jemand nachging oder nicht. Da die Frauen heutzutage, namentlich in Paris, die begehrte Beute so vieler mehr oder weniger heimlicher Verfolger sind, haben sich die armen Dinger schon daran gewöhnt, hinter sich einen schmachtenden Anbeter zu wissen, so dass es sehr leicht ist, ihnen nachzusteigen, ohne sie zu beunruhigen. Sie halten den Spion für einen Liebhaber und damit basta.

Aber nicht einmal diese Ehre wurde Aubry zuteil, denn sie bemerkte ihn überhaupt nicht. So sah er denn, wie sie an der Ecke der Rue Daniel Riche und der Sackgasse Malakoff ein Hotel-Garni betrat, das lediglich die Aufschrift trug: »Möblierte Zimmer«.

Befriedigt machte Aubry kehrt. Die Nacht hatte sich bezahlt gemacht. Jetzt blieb ihm nur noch übrig, sich Rechenschaft zu geben über alles, was sie ihm enthüllt hatte, und seinem Auftraggeber Meldung zu erstatten.

Dies geschah um zehn Uhr vormittags. Lionel kam nach der Rue de Tournon, hörte den Rapport des Hausbesorgers an und teilte ihm mit, dass Jean Mareuil beim Grauen des Morgens nach Hause gekommen sei. So lange hatte der junge Graf die Geduld gehabt, auf seinem Späherposten in der Avenue des Bois auszuharren.

Wenn Aubrys Bericht auch sicherlich interessant war, so hätte sich doch der Hausbesorger nicht im Entferntesten gedacht, dass sein Bericht auf Graf Prase einen derart großen

Eindruck machen würde. Die Szene mit den Schlangen musste er dem Grafen mehrmals schildern, und Freddys Beiname »die Natter« erregte Lionel so, dass Aubry nicht umhin konnte, den Grafen um die Ursache zu befragen.

»Wegen des Albums«, erwiderte Lionel zerstreut.

»Wollen der Herr Graf nicht die Gnade haben, mir zu erklären ...«

Aber Lionel war zu sehr mit seinen Gedanken beschäftigt, die nach und nach immer prägnantere Gestalten annahmen. Statt Aubry zu antworten, fragte er ihn vielmehr: »Sagen Sie, mein Lieber, wie lange stehen Sie schon im Dienste meiner Mutter?«

»Ich bitte, Herr Graf, als die gnädige Frau Laval starb, bei der ich ein paar Monate erst die Stelle eines Haushofmeisters bekleidete, übernahm mich die Frau Gräfin in ihren Dienst.«

»Somit weilten Sie, wohlverstanden, vor fünf Jahren in Luvercy, als meine Tante starb?«

»Sehr wohl, Herr Graf.«

»Nun, sind Sie in jener Zeit niemals Jean Mareuil begegnet? Oder kam Ihnen niemals Freddy, ›die Natter‹, was auf das gleiche hinausläuft, unter? Strengen Sie Ihr Gedächtnis an, Aubry! Denken Sie scharf nach! Ihr Dienst brachte es mit sich, dass Sie ständig im Schloss weilten, wenn meine Tante dort war, während ich nur in den Ferien hinkam. Nun? Erinnern Sie sich? ... Besinnen Sie sich vielleicht auf irgendeinen Bettler oder Strolch ...«

Der Detektiv-Hausbesorger erbleichte, denn er erriet den furchtbaren Verdacht, den sein Herr im Herzen nährte. Einen Augenblick schauten sie sich fragend an, als ob eine ganz neue Atmosphäre alle Dinge in ein verbrecherisches Licht rücke.

Dann fasste sich Aubry und versenkte sich, seine Gedanken sammelnd, zurück in den Schoß seines Erinnerungsvermögens.

Endlich sagte er, noch immer nachdenklich: »Nein, Herr Graf, ich kann mich nicht eines solchen Mannes entsinnen. Nein. Als ich Herrn Jean Mareuil vor wenigen Tagen zum ersten Male sah und ihn Herr Graf mir zeigten und mir befahlen, ihm nachzuspüren, weckte sein Anblick keinerlei Erinnerungen in mir. Nicht die geringste.«

»Dennoch, Aubry, dennoch ... die schwarz-weiß geringelte Natter ... wissen Sie, dass gestern Jean Mareuil die Photographien meiner seligen Tante betrachtete wie ein Mensch, dem es nicht gelingt, Erinnerungen an frühere Ereignisse sich ins Gedächtnis zurückzurufen?«

»Halten zu Gnaden, Herr Graf, ich bin kein Backfisch, aber was Herr Graf da andeuten, verursacht mir eine Gänsehaut!«

Ehe sie sich voneinander trennten, grübelten sie noch eine ganze Weile schweigend über das Geheimnis nach, das sich hinter diesen Vorgängen verbarg.

X.

Beim Herrn Polizeipräfekten

»Der Herr Polizeipräfekt wird Sie sofort empfangen. Bitte einstweilen Platz nehmen zu wollen«, meldete der Bureaudiener.

»Gut«, nickte Graf Prase.

Lionel brauchte nicht lange zu antichambrieren, denn alsbald ertönte ein Klingelzeichen, das wie durch eine geheime Feder den Kanzleidiener von seinem Stuhl hinter dem Schreibpult emporschnellen ließ, wo er sich die Zeit damit vertrieb, bereits benutzte Briefumschläge durch Wenden wieder gebrauchsfähig zu machen.

»Bitte, mein Herr!« rief er und öffnete Lionel eine Doppeltür, deren dicke Polsterung aussah, als sollte sie das Gebrüll der armen Sünder, die hinter ihr verhört wurden, abdämpfen.

Graf Prase betrat ein großes, im nüchternsten Amtsgeschmack ausgestattetes Kabinett, in dessen Mitte sich ein mit Akten und Papieren bedeckter schwarzer Schreibtisch befand. Dahinter saß ein verschrumpftes schnauzbärtiges Männlein mit energischem Profil und dunklen Augen, aus deren Pupillen ein unheimliches Feuer sprühte. Der alte Herr telefonierte gerade mit leiser Stimme. Es sah aus, als spräche er in ein vernickeltes Ohr hinein.

Ohne sich in seinem gemurmelten Ferngespräch stören zu lassen, warf der Polizeipräfekt auf den Eintretenden einen seiner alles durchbohrenden Blicke, deren vernichtende Wirkung seinen Untergebenen nur allzu gut bekannt war, und wies Lionel mit der Linken einen Fauteuil an, der neben dem Schreibtisch im grellsten Licht des Fensters stand.

Dieser kleine, weißhaarige Allgewaltige war einst ein rothaariger, arger Hitzkopf gewesen. Doch hatte er im Laufe seines langen Lebens gelernt, seinem jähzornigen Naturell einen Zaum anzulegen, und hatte sich eine außerordentliche Selbstbeherrschung angeeignet.

Er war streng und unnahbar, dabei von logischer, klarer Urteilskraft. In seinem ganzen Charakter lag etwas Eckiges, Geradliniges, das sich auch in seinem Äußern manifestierte, zum Beispiel in den aufgerichteten, an den Schläfen scharfkantig zugestutzten Borstenhaaren seines eigensinnigen Schädels.

Ohne sich zu beeilen, beendete er seine telephonische Befehlserteilung, hängte dann den Hörer gemächlich ein, studierte die vor ihm auf dem Löschblatt liegende Visitenkarte Lionels und sagte in eisigem Tone: »Herr Graf Lionel Prase?«

Ziemlich kleinlaut stotterte Lionel: »Allerdings, Herr Polizeipräfekt. Ich komme mit einer Empfehlung des Herrn Präsidenten Cordier.«

»Jawohl!« nickte der Polizeigewaltige, indem er das Wort mit tiefstem Ernst aussprach und möglichst in die Länge dehnte.

»Nun denn, die Sache ist die ...« begann wieder Lionel schüchtern. Er war gewohnt, die Leute von oben herab anzuschauen und ihnen auf Grund seiner eingebildeten geistigen Überlegenheit und usurpierten Selbstherrlichkeit, die auf seinesgleichen eine gewisse Macht ausübte, mitten ins Gesicht zu blicken. Hier aber stand er einem wirklichen Mann gegenüber, der ihm schon wegen seines Alters, noch mehr jedoch durch den energischen Ausdruck seines Gesichtes und seine ganze knorrige und reservierte Haltung maßlos imponierte.

»Ich höre!« erwiderte der Polizeipräfekt gelassen.

Lionel platzte heraus:

»Kennen Sie vielleicht einen Mann ...«

»Wie bitte?« unterbrach ihn der Präfekt. »Was weiter?«

»Das ist eigentlich alles, was ich sagen wollte, Herr Polizeipräfekt. Doch haben Sie keine Besorgnis! Ich komme nicht
hierher, um Sie auszufragen, sondern um ein nützliches
Werk zu vollbringen, um womöglich der Polizei einen guten
Dienst zu leisten ...«

»Ich zweifle nicht im mindesten daran; hierfür bürgt ja Ihre
Empfehlung. Sie wollen mich fragen, ob ich einen Mann
kenne, den man ›Freddy, die Natter‹, nennt, und ich antworte Ihnen: ja, ich kenne ihn.«

»Sie wissen also, wer er ist, und sein wirklicher Name dürfte
Ihnen auch nicht unbekannt sein?«

»Vielleicht, doch das gehört nicht zur Sache. Hat Sie der
Mann geschädigt? Wollen Sie sich über ihn beschweren?«

»Nein, durchaus nicht, Herr Polizeipräfekt.«

»Dann verstehe ich nicht recht ...«

»Verzeihung, Herr Präfekt, aus zwei Gründen möchte ich
mit Ihnen über ›Freddy, die Natter‹, reden. Zunächst, weil
vielleicht das Treiben dieses Apachen ...«

»Oh, oh! Ist ›Apache‹ nicht am Ende ein etwas starker Ausdruck?«

»Das Treiben dieses – Burschen«, verbesserte sich Lionel,
aus dem Konzept gebracht, »steht mit der Lösung der Frage
eines tragischen Todes von jemand in Verbindung.«

»Wirklich?«

»Gewiss. Herr Präfekt, mit dem Tod meiner Tante Laval, die
in der Nacht vom 19. auf den 20. August in Luvercy vor fünf
Jahren starb.«

Diese Erklärung machte offensichtlich auf den Präfekten
einen gewissen Eindruck, überraschte ihn wenigstens. In
seinen klugen Augen blitzte es auf. Die Falten seiner Wangen zuckten ein wenig. Das war aber auch alles, indessen
viel zu wenig, um seine Gedanken erraten zu können.

Lionel glaubte bemerken zu müssen: »Dies ist zwar nur eine Annahme von mir, und mit keinem anderen als mit Ihnen würde ich darüber sprechen. Ich bin auf einer Spur ... erlassen Sie mir, nur vorläufig, mich näher darüber zu äußern.«

Der Präfekt hüllte sich wieder in völlige Unnahbarkeit und machte eine zustimmende Geste.

Lionel fuhr fort: »Der zweite Grund, weshalb ich hier bin, ist, ich will gerade nicht behaupten stichhaltiger, jedenfalls aber dringender.« Lionel begann, etwas unsicher geworden, wie die Katze um den heißen Brei herumzugehen. »Herr Polizeipräfekt, ich habe eine entzückende Kusine, die Tochter der bedauernswerten Frau Guy Laval. Nun, diese meine Kusine, Gilberte, ist mit Herrn Jean Mareuil so gut wie verlobt. Was halten Sie davon, Herr Präfekt?«

Noch nie hatte ein so unerbittlicher Blick Lionels Inneres durchwühlt.

Endlich erklärte der alte Herr: »Ich bitte, sich ohne viel Umschweife und Hemmungen auszudrücken. Ich verstehe Sie nicht.«

Lionel wurde immer verwirrter. Er suchte jetzt die Geschichte von einer anderen Seite anzupacken.

»Es gibt paradoxe, anormale Situationen, die der Polizei nicht verborgen sein können. Sollte letzteres der Fall sein, erachte ich es für die Pflicht eines darüber unterrichteten Menschen, die Polizei aufmerksam zu machen.«

»Ah, ah! Wenn ich richtig verstehe, wollen Sie mich über eine ›paradoxe Situation‹, über eine ›anormale Tatsache‹ aufklären? Das ist sehr interessant.«

Lionel sah sich in eine Lage gedrängt, die er unbedingt hatte vermeiden wollen. Er konnte seine Verstimmung nicht verbergen und antwortete trocken:

»Ich bin kein Angeber, sondern, wie ich glaube, ein Gentleman, und es würde mir vollkommen widerstreben, jemand auszuspionieren, ja ich würde dies unbedingt zurückweisen.

Es wäre mir lediglich wissenswert, ob die Polizei über das, was vorgeht, sich auf dem laufenden befindet; ob sie diese mysteriöse Geschichte im Auge behält, denn schließlich, Herr Präfekt, handelt es sich doch um das Wohl meines Freundes.«

Der Polizeipräfekt bemerkte seine Verlegenheit. Er lächelte, ohne dass sich jedoch hierbei sein Gesicht aufheiterte.

»Ich will Ihnen etwas helfen, Graf Prase«, sagte er. »Glauben Sie mir, dass ich durchaus die höchst natürlichen Gefühle würdige, die Sie zu mir hertrieben, und die Skrupeln, die Sie jetzt daran hindern, sich frei auszusprechen. Sie können beruhigt sein. Beide von Ihnen genannten Namen sind uns auf der Polizei bekannt. Wir wissen, welche allerdings ziemlich außergewöhnlichen Beziehungen zwischen beiden bestehen. Alles, was Sie uns vorbringen könnten, wäre uns nichts Neues. Wir behalten, wie man sagt, die Angelegenheit im Auge. Es ist ein merkwürdiger Fall, und ich gestehe Ihnen ein, dass er auch mich wiederholt in meinem Innern beschäftigte. Daher kann ich Sie wegen Ihrer Besorgnis hinsichtlich Ihrer Familie nicht tadeln. Diese Besorgnis ist jedoch nach meinem Dafürhalten unbegründet. Ich bin zwar nicht unfehlbar, immerhin glaube ich, dass Herr Jean Mareuil durch und durch Ehrenmann ist.«

»Woraus folgen würde, dass ›Freddy, die Natter‹, kein Verbrecher ist!«

Der Präfekt ließ sich mit der Beantwortung dieser Frage etwas Zeit. Dann sagte er:

»Ich muss Ihnen reinen Wein einschenken. Der Mann, den Sie so artig mit ›Freddy, die Natter‹, betiteln, war nicht immer ein anständiger Mensch, auch will ich nicht behaupten, dass er jetzt einen absolut einwandfreien Lebenswandel führt. Er ist faul ... ein lichtscheuer Bursche, nicht wahr, und war früher einer jener Nachtstrolche, die einen auf menschenleerer Straße um Feuer angehen. Sie verstehen mich, ich brauche mich darüber nicht näher auszulassen. Es mag

Ihnen genügen, wenn ich Ihnen mitteile, dass durch die Vermittlung einer hochstehenden Persönlichkeit darin Ordnung und Wandel geschaffen wurde und dass ein Busenfreund von Herrn Jean Mareuil ängstlich über die Rechtschaffenheit ›Freddys, der Natter‹, wacht. Dank diesem wachsamen und diskreten Verbündeten, der in Paris eine viel beneidete Position einnimmt, wird der sogenannte Freddy niemals ins Zuchthaus wandern oder vor die Geschworenen kommen, vorausgesetzt, dass nicht wieder die geheimnisvolle Macht der bösen Instinkte in ihm die Oberhand gewinnt, was ich nicht annehmen will und kann.

Hiermit glaube ich, Sie in befriedigender Weise über alles, was Sie beunruhigte, aufgeklärt zu haben?«

Auf jede Silbe eine nachdrückliche Betonung legend, erwiderte Lionel mit gedämpfter Stimme: »Sind Sie auch all dessen absolut sicher, Herr Polizeipräfekt? Würden Sie Ihren Kopf wetten, dass nicht Jean Mareuil, beziehungsweise Freddy, etwas auf dem Kerbholz hat, etwas früher begangen hat, was den Betreffenden nach Guyana oder auf das Schafott bringen könnte?«

»Was Sie da sagen, ist ernst, Graf Prase. Soll ich einen Sekretär rufen, der Ihre Aussage zu Protokoll nimmt?«

Lionel wehrte heftig ab: »Nein, nein! Wie ich Ihnen ja schon vertraulich mitteilte, handelt es sich ja nur um einen Verdacht.«

»In Bezug auf jene alte Geschichte, das Drama van Luvercy? Ist es so?«

»Ich bitte um Vergebung. Sobald ich Beweise in Händen habe, werde ich sie Ihnen unterbreiten. Bis dahin nehmen Sie an, dass ich Ihnen nichts gesagt habe.«

»Ich stehe jederzeit zu Ihrer Verfügung.«

»Haben Sie oft Fälle des ›Zweiten Ich‹ zu beurteilen, Herr Polizeipräfekt?«

»Öfter, als man glauben sollte, Herr Graf. Einige davon sind ganz offiziell, sozusagen etikettiert, viele mehr okkult. Wer von uns ist eine Einheit? Bildet nicht unser Gewissen den Tummelplatz von Böse und Gut? Büßt nicht der arme Sünder, der einen Mord oder einen Diebstahl beging, nur dafür, dass er einen Moment ein anderer war, eine Person, die nach vollbrachter Tat im Nichts verschwand? Sagen Sie selbst, Herr Graf von Prase, ob Sie stets und überall die gleiche Persönlichkeit sind? Wollte ich Ihnen aus Ihren Personalakten ein paar Notizen auf das Geratewohl herausgreifen und zur Äußerung vorlegen, Notizen, die Ihr ›Zweites Ich‹ betreffen, weiß ich genau, dass Sie mir zur Antwort geben würden, die beiden Gewissen bestünden nebeneinander, ohne miteinander etwas gemein zu haben.«

Lionel bemühte sich, die Frage seines Gegenübers als vorzüglichen Witz aufzufassen. Immerhin ärgerte es ihn, dass man ihm, wenn auch nur als rhetorisches Wortspiel, die Maske des ›Doppelten Gewissens‹ aufsetzen wollte. Nichts konnte ihm ungelegener kommen. Daher beeilte er sich, Abschied zu nehmen.

Der Polizeipräfekt begleitete seinen Gast bis zu der Tür.

»Auf Wiedersehen, Graf«, sagte er artig. »Und wenn Sie meiner bedürfen, kommen Sie nur ungescheut zu mir ... ich denke hierbei an das Drama von Luvercy!«

Auch Lionel dachte in diesem Moment daran, anderseits ging ihm die schicksalsschwere Äußerung des Präfekten im Kopfe um: der sogenannte Freddy wird niemals ins Zuchthaus wandern noch vor die Geschworenen kommen, vorausgesetzt, dass nicht wieder die geheimnisvolle Macht der bösen Instinkte in ihm die Oberhand gewänne!

Mit diesen Worten war Lionel ein ganzer Feldzugsplan vorgezeichnet, über den er in teuflischer Freude nachgrübelte.

Er verbeugte sich und erwiderte den kurzen und höflichen Abschiedsgruß des kleinen alten Herrn.

XI.

Die Enthüllung der Marie Lefebre

Am anderen Morgen entstieg dem Pariser Zug ein Reisender auf dem Bahnhof von Epernay. Er war zweiter Klasse gefahren und anständig und unauffällig gekleidet. Ein geübtes Auge hätte in ihm vielleicht die charakteristischen Züge eines Geheimpolizisten entdecken können.

Er wandte sich dem Stadtzentrum zu und trat, nachdem er die Straßentafel und die Hausnummer konsultiert hatte, kurz entschlossen in den Kramladen eines Grünzeughändlers ein.

»Frau Lefebre?« sagte er, den Strohhut lüftend.

»Ich bin's, mein Herr.«

Die Händlerin, eine schmucke Brünette, bediente gerade ihre Kundschaft.

»Ich möchte gern mit Ihnen zwei Worte reden, Frau Lefebre. Werde Sie nicht lange belästigen.«

Der Schatten einer leicht erklärlichen Besorgnis huschte über das Gesicht der Frau. Es ist nie recht angenehm, den Besuch eines Unbekannten zu empfangen, der einem in das Ohr flüstert: »Ich habe zwei Worte mit Ihnen zu reden.«

»Eugen!« rief sie. »Komm ein wenig her!«

Ein mürrisch und verschlossen dreinblickender Vierziger kam in Hemdsärmeln und blauer Schürze aus dem rückwärtigen Teil des Ladens.

»Der Herr da möchte mich sprechen.«

Der Fremde grüßte höflich.

»Um was handelt es sich?« erkundigte sich der Krämer.

»Nicht wahr, Sie sind doch Frau Lefebre, geborene Simon?« meinte der Besuch. »Sie standen vor fünf Jahren als Jungfer im Dienste der verewigten Frau Guy Laval?«

»Allerdings«, murmelte die Händlerin.

»Gestatten Sie mir ein paar Fragen?«

»Treten Sie hier ein!« sagte der Mann.

Wortlos und scheinbar peinlich berührt, führte das Ehepaar den Fremden in eine Art Speisezimmer, das an den Laden angrenzte.

»Was gibt es denn?« fragte die ehemalige Zofe mit unsicherer Stimme.

»Nichts, gar nichts, beruhigen Sie sich, werte Frau. Wir möchten nur etwas Näheres über den Tod von Frau Guy Laval erfahren und nahmen an, dass Sie und Ihr Gatte vielleicht in der Lage sind, uns die gewünschten Auskünfte zu geben. Denn« – der Redner wandte sich an den Mann – »Sie bekleideten in Luvercy den Posten eines Gärtners und Schlosswartes, als Frau Laval starb. Nicht wahr?«

Lefebre, der kein Mann vieler Worte war, nickte und zwinkerte nur bejahend mit den Augen.

Sie zeigte sich mitteilsamer.

»Fast unmittelbar nach dem Hinscheiden der Schlossherrin verließen wir den Dienst, um zu heiraten«, begann Frau Lefebre. »Ich hatte die Verstorbene sehr gern, während ich die Gräfin Prase nicht mochte, denn sie war eine zu genaue Dame. Mein Mann war Witwer. In Luvercy lernten wir uns kennen. Gleich nach unserer Hochzeit ließen wir uns hier in Epemay, seiner Heimat, nieder. Und das Geschäft geht, wie Sie sehen! ... Mali, Mali!« rief sie. »Bediene die Kundschaft, ich habe zu tun!«

Mali, ein strubbeliges Frauenzimmer, stürzte hierauf, sich die Hände an der blauen Schürze abtrocknend, in den Verkaufsladen, wo die Weiber mit ihren Wirtschaftstaschen die verschiedenen Früchte und Gemüse betasteten, abschnüffelten und in der Hand wogen.

Der Fragesteller hatte den Ausführungen der wackeren Krämerin wohlgefällig zugehört.

»Sagen Sie mir,« fuhr er fort, »ereignete sich während der acht Tage, die dem Todesfall vorangingen, nichts, was einen mit bösen Vorahnungen hätte erfüllen können?«

»Aber, ich bitte, Herr ... bei so einem Unglück ...«

»Ich denke dabei an alle die kleinen Vorkommnisse, auf die man momentan nicht acht gibt, die einem aber dann später, nach Eintritt einer Katastrophe, plötzlich einfallen. Verstehen Sie? Bemerkte zum Beispiel nicht jemand zufällig, dass die Kiste, in der die Viper untergebracht war, nicht in Ordnung gewesen ist?«

»Sie war in Ordnung,« erklärte Lefebre, »und da ich es war, der die scheußlichen Bestien zu betreuen hatte, war niemand verblüffter als ich.«

»Worüber verblüfft?«

»Über das Entkommen der Viper, zum Teufel.«

»Weshalb?«

»Weshalb? Ei, weil die Kiste fest schloss und absolut dicht war.«

»Sie soll aber eine Spalte aufgewiesen haben, durch welche die Schlange herausschlüpfte!«

»Vielleicht hat sie eine Ritze erweitert, sonst wäre es ausgeschlossen.«

»Nun, und diese Ritze war am Abend vorher, den ganzen Tag über ...«

»Nichts, nichts, Herr! Ich kann Ihnen nur das eine sagen, diese angebliche Ritze war am Neunzehnten morgens, dem Vortage des Hinscheidens unserer Herrin, nicht vorhanden, das heißt zwischen zwei Brettern der Kiste klaffte höchstens ein kleiner Spalt von nicht ganz zehn Millimeter Breite.«

»Ist es Ihrer Meinung nach denkbar, dass jemand diesen Spalt von außen, oder als die Viper sich nicht mehr in der Kiste befand, von innen erweiterte?«

»Das schon. Wer hätte das aber tun sollen und in welcher Absicht? Etwa um glauben zu machen, dass sich die Schlange selbst befreite? Ich verstehe Sie vollkommen, muss aber bekennen, dass ich nie auf diesen Gedanken kam.«

»Höre mal, Eugen,« meinte seine Frau, die scheinbar eine gewisse Unruhe verspürte, »so etwas solltest du nicht laut sagen. Du weißt, dass wir die einzigen waren, denen die Geschichte nicht ganz geheuer vorkam. Ich mag keine Unannehmlichkeiten. Wenn man auf die Sache zurückkommt, mein Lieber, muss man Farbe bekennen.«

Der Gatte blickte sie nachdenklich an.

»Nun, wir sind uns keiner Schuld bewusst«, brummte er. »Wir haben nichts Böses begangen. Überhaupt wissen wir nicht viel.«

»Aber etwas doch«, meinte der Fremde mit größter Ruhe. »Was wissen Sie?«

Frau Lefebre ergriff wieder das Wort: »Wir wissen, dass man die Viper umgebracht und in der gleichen Nacht, in der Frau Guy Laval starb, in einem Buschwerk des Parks eingegraben hat.«

Der Fremde kniff die Augen zusammen. Ein flüchtiger Blitz durchzuckte seine Augen.

Die Frau fuhr fort: »Lefebre und ich waren schon miteinander versprochen, aber niemand ahnte es. Wir trafen uns immer nachts im Park. Wenn er gegen zehn Uhr abends seinen Rundgang gemacht hatte, ging ich zu ihm, und wir plauderten dann miteinander im Park bis gegen Mitternacht.«

»Und wenn Frau Laval Ihnen geläutet hätte?«

»In der Stille der Nacht würde ich es gehört haben und wäre ins Schloss zurückgegangen. Aber meine Herrin läutete mir nachts erst, als sie krank wurde, und niemals vor ein Uhr früh. Das war schon so die Regel. Punkt ein Uhr läutete sie Nacht für Nacht um ihren Tee.«

»Bitte fahren Sie fort!«

»Also, wie gesagt, Eugen und ich befanden uns, gut gedeckt, im Park, als wir die Schritte eines Mannes vernahmen, der äußerst vorsichtig daherschlich. Wir verstummten. Sehen konnte man nichts. Uns auch nicht. Der Mann blieb unweit unseres Versteckes stehen, und wir vernahmen deutlich, wie er ein Loch in die Erde grub. Erkennen konnten wir ihn nicht, den Betreffenden, wissen daher auch nicht, wer es gewesen sein mag. Ich hatte eine solche Heidenangst, dass wir uns noch lange nach seinem Verschwinden nicht zu rühren getrauten. Endlich bin ich, am ganzen Leibe zitternd, ins Schloss zurückgekehrt. Über die Dienerschaftstreppe bin ich in mein Zimmer gegangen und habe die ganze Nacht kein Auge geschlossen. Wenn mir also meine Herrin geläutet hätte, wäre ich im Nu bei ihr gewesen.«

»Wie viel Uhr war es, als der Mann das Loch grub?«

»Kurz vor Mitternacht«, erwiderte Lefebre.

»Da somit die Viper um diese Stunde tot war, muss Frau Laval früher verschieden sein. Das möchte ich festgestellt haben. Sagen Sie mir jetzt, wann begannen Sie darüber nachzudenken, was der Mann sich eigentlich im Park zu schaffen gemacht hatte?«

»Nun, nicht wahr, als erstes fiel mir am Morgen dies Erlebnis im Park ein. Da aber bei der Nachricht vom Tode unserer Herrin jeder den Kopf verlor und alles drunter und drüber ging, konnte ich erst etwas später in die Boskette schleichen, wo der Mann das Loch gegraben hatte. Am Fuß eines Baumes fand ich die Stelle, denn hier war das Erdreich frisch aufgewühlt. Nun grub ich selber nach und zog alsbald die schwarzweiß geringelte tote Viper aus dem Boden. Man hatte ihr den Kopf zerquetscht. Ich verscharrte sie dann wieder.«

»Aber warum haben Sie nichts gesagt und das ganze Schloss in Entsetzen gelassen?«

»Das wäre noch schöner gewesen. Man hätte ja seine kleinen Stelldicheins beichten müssen. Zu Lebzeiten der Frau Laval wäre das weiter nicht so arg gewesen. Sie war so herzensgut, aber die Frau Gräfin Prase, die duldete keine Geschichten. Sie hätte mich sofort davongejagt!«

»Ich kann Ihnen nicht beipflichten«, bemerkte der Fremde.

»Weil Ihre Person nicht in Frage kommt«, erwiderte die Gemüsehändlerin bissig.

»Nun noch eine, eine letzte Frage! Haben Sie irgendeine Idee oder einen Verdacht, wer der Betreffende gewesen ist, der die Viper eingrub?«

»Keine blasse Ahnung, Herr!« erklärte Lefebre. »Oft sprechen wir darüber, meine Frau und ich, aber wir stehen vor einem Rätsel. Zuerst dachte ich mir, dass vielleicht einer vom Schlosspersonal oder von der Herrschaft die Viper erschlagen haben könnte, jemand, dem die Schlange über den Weg lief, als sie das Schlafzimmer Frau Lavals verließ. Als ich aber dann sah, dass kein Mensch darüber redete und alle ohne Ausnahme jeden Winkel nach der Viper durchstöberten, wurde ich darin irre.«

»An ein Verbrechen dachten Sie wohl nicht?«

»Nein, Herr, an ein Verbrechen keine Sekunde, eher an eine begangene Unachtsamkeit, die mit dem Hinscheiden der Frau Laval katastrophal geendigt hat.«

»Es fiel Ihnen nicht ein, dass am Ende irgendein Verbrecher, der die Kunst des Schlangenbeschwörern beherrschte, sich der Viper bediente, um Frau Guy Laval aus dem Wege zu räumen?«

»So ein schrecklicher Gedanke wäre uns nie gekommen!«
rief das Ehepaar wie aus einem Munde aus.

»Wäre es möglich?«

»Wenn wir derartiges vorausgesetzt hätten, wären wir
selbstredend mit allem herausgerückt, was wir wussten«,
erwiderte Lefebre.

»Warum hüllte sich aber dann der Mann, den Sie nachts im
Park beobachteten, in ein derart verdächtiges Stillschweigen?«

»Das will nichts sagen. Angenommen, der Betreffende sei
jemand vom Schlosse gewesen – wir anderen waren doch
auch vom Schloss, Marie und ich, und völlig unschuldig,
und redeten doch auch keine Silbe. Durften wir überhaupt
etwas sagen? Man hätte sich da schön in die Brennnesseln
gesetzt.«

»Gerade das wollte ich von Ihnen hören. Genau aus demselben Grund schwieg der Unbekannte des Parks, um sich
nicht darüber äußern zu müssen, wieso er ausgerechnet in
der Nacht der Viper im Park begegnete, der schwarz-weiß
geringelten Giftnatter, der es gelang, aus dem verschlossenen Zimmer Frau Lavals wieder herauszukommen. Da, wie
gesagt, die Türen des Schlafzimmers erst am Morgen geöffnet wurden, muss die Viper ihren Rückzug durch den herzförmigen Ausschnitt der eisernen Fensterläden bewerkstelligt haben. Wen haben Sie also in Verdacht?«

»Niemand vom Schloss«, erklärte Lefebre in bestimmtem
Ton.

»Warum nicht?«

»Nun, das ist doch klar wie dicke Tinte! Denken Sie doch
selber gütigst darüber nach. Außer den ihrer Herrin treu
ergebenen Dienstleuten, die ich samt und sonders für ruhige, brave Menschen halte, waren die einzigen Männer im
Schlosse Herr Guy Laval und der junge Graf Lionel von
Prase, der Neffe der Frau Laval.«

»Ich sehe keinen Grund ein, weshalb diese nicht in Betracht kommen könnten«, meinte der Fremde. »Sowohl der eine wie der andere begaben sich vielleicht auf mysteriöse Abenteuer während der Nacht. Herrn Laval ängstigte vielleicht der Zustand seiner Gattin nicht, aber der junge Graf sorgte sich am Ende um seine liebe Tante und wollte durch den Laden auf ihre Atemzüge lauschen. Das ist nicht ohne weiteres von der Hand zu weisen, wenn auch nicht wahrscheinlich, denn weder die Gräfin Prase noch deren Nichte Fräulein Gilberte vernahmen nachts auch nur das mindeste Geräusch. Eins müsste vor allem festgestellt werden, ob nämlich die betreffende Person, die im Park die Schlange einscharrte, wirklich ein Mann gewesen ist.«

»Darauf könnte ich schwören!« versetzte Lefebre. »Obwohl wir ihn nur hörten und nicht sahen.«

»Übrigens kämen nur zwei weibliche Wesen hier in Betracht«, fuhr der ›Detektiv‹ fort: »die Gräfin und ihre Nichte.«

»O, das müssen Sie sich ganz aus dem Kopf schlagen!« rief Frau Marie.

»Das werde ich nicht tun, schon aus Prinzip nicht. Im Gegenteil, ich würde diese Frage sehr in Erwägung ziehen, wüsste ich nicht, dass beide die ganze Nacht hindurch sich in dem Ankleidekabinett befanden, das an das Schlafzimmer der Frau Laval angrenzte. Über diesen Punkt habe ich eine einwandfreie Zeugenaussage. Aber vorhin schien es mir, dass Sie auch noch einen anderen Grund dafür hatten, dass es niemand vom Schloss war. Der wäre?«

Lefebre schaute seine Frau an, die errötend den Kopf senkte.

»Bitte, reden Sie, liebe Frau!«

»Nun, ich war doch die Vertraute der Gnädigen, und die Gnädige besaß einen Schützling ... einen jungen Mann, für den sie sich im geheimen interessierte ... und der ihr unter meiner Adresse schrieb. Es war lediglich ein gutes Werk, das sie tat, nichts anderes, das kann ich versichern, Herr. Die

Gnädige beteuerte dies mir gegenüber immer wieder, sonst hätte ich mich nicht dazu hergegeben. Es handelte sich um einen sehr jungen Mann, der Gefahr lief, auf Abwege zu geraten, und den meine Herrin retten wollte.«

»Wer war's? Wie hieß er?« fragte rasch der Fremde.

»Ich weiß nicht, habe ihn niemals zu Gesicht bekommen. Ich vermittelte nur die Briefe. Das ist alles.«

»Und was ist aus diesen Briefen geworden?«

»Die Gnädige hat sie verbrannt, und seit sie krank war, verbrannte ich sie. Und da Frau Laval nicht mehr schreiben konnte, ist vielleicht der junge Mann nach Luvercy gekommen, um sie diese Nacht zu sehen. Er musste sich schon mehrere Tage im Dorfe aufgehalten haben, denn die Briefe trugen den Poststempel von Luvercy.«

Der Fremde runzelte die Brauen.

»All das bringt uns der Lösung des Rätsels, wie die Viper ihre Flucht bewerkstelligte, um keine Idee näher«, sagte er nach einer Weile. »Wenn jemand sich der schwarz-weiß geringelten Giftnatter als Mordwerkzeug bediente und nachher die Spalte in der Kiste erweiterte, um eine Selbstbefreiung der Viper vorzutäuschen, wer war dieser ›jemand‹?«

Nach einigem Zögern meinte Frau Lefebre schüchtern: »Die Gnädige sprach von dem jungen Mann wie von einem wirklichen Taugenichts. Oft warnte ich sie vor ihm. Aber sie wollte nicht hören. Es sei eine heilige Mission, die sie erfülle, sagte sie; eine Seelenrettung, ein Bekehrungswerk. Man konnte mit ihr darüber nicht sprechen.«

»Frau Laval muss sehr hübsch gewesen sein, aber etwas phantastisch und kapriziös, nicht?«

»Sie war ein verwöhntes Kind, Herr, und von ungemein zärtlichem Naturell. Für einen Gatten wie den ihrigen, der nie daheim weilte, passte sie nicht. Kein Wunder, wenn sie Ablenkung suchte.«

»Gefährliche Sache das!«

»Sicherlich, aber alles in Ehren, alles in Ehren, Herr. Sie war die tugendhafteste und ehrenhafteste Frau, die es gab, dafür kann ich einstehen.«

Lefebre wackelte ein wenig maliziös lächelnd mit dem Kopf, was aber der Fremde nicht bemerkte, denn er war plötzlich mit sich selbst derart geistig beschäftigt, dass er überhaupt die Gegenwart des Ehepaares völlig vergessen zu haben schien.

Frau Marie tippte ihm auf den Arm.

»Noch etwas möchte ich Ihnen sagen«, sprach sie. »Wenn ich zu Eugen in den Park ging, gebrauchte ich stets die Vorsicht, die Tür zweimal abzusperren und den Schlüssel einzustecken.«

»Das ist ganz unerheblich, gute Frau. Das Schloss hatte mehrere Eingänge, auch dürfte Ihr Schlüssel nicht der einzige der betreffenden von Ihnen abgesperrten Tür gewesen sein. Das Wichtige sind die Briefe. Wo sind die?«

Und sich an die Schläfen fassend, ließ sich der Fremde an dem Tisch nieder und verlor sich in finsterem Nachgrübeln.

Dieses wenig polizeiliche Benehmen fiel Maries Gatten auf.

»Verzeihen Sie«, sagte er. »Ich vergaß, Sie um Ihre Legitimationskarte zu bitten. Wo haben Sie den Präfekturausweis?«

»Ich besitze keine Ausweise«, wurde ihm zur Antwort, »sondern bin Amateur, arbeite auf eigene Faust. Gerade diese Sache interessiert mich gewaltig.«

»Was?!« rief Lefebre. »Sie, da ist etwas faul! Wer sind Sie? Ich will's wissen!«

Der also Angeredete rührte sich nicht, blieb vielmehr mit an den Kopf gepressten Händen sitzen.

»Ihren Namen, Herr! Hören Sie! Ihre Karte her!« ward jetzt Lefebre deutlicher.

Da erwachte der Fremde aus seinem dumpfen Brüten, langte in die Brusttasche seines Rockes und zog ein dickes Portefeuille hervor, dem er zwei 500-Francs- Noten entnahm. Die Scheine mit den Fingerspitzen entfaltend, sagte er:

»Ausweispapiere wünschen Sie? Hier haben Sie welche!«

Mann und Frau wechselten einen verständnisvollen Blick.

»Was steht zu Befehl?« katzbuckelte jetzt Lefebre. »Vielleicht ein Weißwein gefällig?«

»Nichts, danke!«

Des Besuchers Augen schauten verloren in die Ferne. Plötzlich heftete sich sein Blick auf eine Stelle der Wand, wo ein großer altertümlicher Schlüssel hing. Er erhob sich, um den Gegenstand seines Interesses näher zu betrachten.

»Der Kellerschlüssel!« erklärte der Grünzeughändler.

»Gutes Stück«, murmelte der »Detektiv«. »17. Jahrhundert, Zeit Ludwig XIII.«

»Der Herr ist Kenner?« meinte Frau Marie dienstbeflissen und schielte nach den zwei Banknoten, die auf dem Tisch lagen. »Uns liegt an dem Schlüssel nichts. Wenn der Herr ihn haben möchte, lassen wir uns einen neuen machen.«

»Vielleicht werde ich Ihnen den Schlüssel eines Tages abkaufen«, erwiderte der Fremde, aber mit so eigentümlicher Bedeutung, dass die Lefebres nicht wagten, weiter in ihn zu dringen. Entweder vermochte er sich nicht aus seinen Grübeleien loszulösen, oder etwas anderes machte ihn stutzig. Da er die Verlegenheit des Ehepaares wahrnahm, fügte er hinzu: »Über dem Drama von Luvercy lagert ein mysteriöser Schleier, und ich habe das Gefühl, gut daran zu tun, wenn ich darauf verzichte, ihn lüften zu wollen!«

»Sie betreiben ein recht gefährliches Geschäft«, meinte die Frau. »Großer Gott, so etwas wäre für mich nichts.«

»Gefährlich vielleicht, gute Frau, ich gestehe es ein. Tatsächlich sieht man sich oft von solch tückischen Finsternissen eingehüllt, dass man den Mut verlieren könnte.«

»Haben Sie Angst?« fragte Lefebre unwillkürlich. »Die Viper ist ja endgültig tot.«

»Das sicherlich – doch jener, der sich ihrer als Mordwaffe bediente, wird wohl noch unter den Lebenden weilen, und ich frage mich mit Entsetzen, wer er sein mag.«

»Mit Entsetzen«, wiederholte er mehrmals für sich. Dann raffte er sich auf, verabschiedete sich von dem Ehepaar und schritt langsam, nachdenklich, dem Ausgang zu.

»Was ist's mit dem Schlüssel? Mögen Sie ihn nicht mehr, oder sollen wir ihn für später reservieren, Herr?«

Auf Maries Frage drehte sich der Fremde um und meinte zögernd: »Nicht nötig. Ich verzichte auf den Schlüssel, das heißt, ich kaufe ihn nicht, gute Frau.«

Dann ging er und fuhr mit dem ersten Zuge nach Paris ab.

In Meaux stieg er aus. Dort erwartete ihn, ziemlich weit vom Bahnhof, ein Automobil mit Kabriolettkarosserie.

XI.

Die Enthüllung der Marie Lefebre

Am anderen Morgen entstieg dem Pariser Zug ein Reisender auf dem Bahnhof von Epernay. Er war zweiter Klasse gefahren und anständig und unauffällig gekleidet. Ein geübtes Auge hätte in ihm vielleicht die charakteristischen Züge eines Geheimpolizisten entdecken können.

Er wandte sich dem Stadtzentrum zu und trat, nachdem er die Straßentafel und die Hausnummer konsultiert hatte, kurz entschlossen in den Kramladen eines Grünzeughändlers ein.

»Frau Lefebre?« sagte er, den Strohhut lüftend.

»Ich bin's, mein Herr.«

Die Händlerin, eine schmucke Brünette, bediente gerade ihre Kundschaft.

»Ich möchte gern mit Ihnen zwei Worte reden, Frau Lefebre. Werde Sie nicht lange belästigen.«

Der Schatten einer leicht erklärlichen Besorgnis huschte über das Gesicht der Frau. Es ist nie recht angenehm, den Besuch eines Unbekannten zu empfangen, der einem in das Ohr flüstert: »Ich habe zwei Worte mit Ihnen zu reden.«

»Eugen!« rief sie. »Komm ein wenig her!«

Ein mürrisch und verschlossen dreinblickender Vierziger kam in Hemdsärmeln und blauer Schürze aus dem rückwärtigen Teil des Ladens.

»Der Herr da möchte mich sprechen.«

Der Fremde grüßte höflich.

»Um was handelt es sich?« erkundigte sich der Krämer.

»Nicht wahr, Sie sind doch Frau Lefebre, geborene Simon?« meinte der Besuch. »Sie standen vor fünf Jahren als Jungfer im Dienste der verewigten Frau Guy Laval?«

»Allerdings«, murmelte die Händlerin.

»Gestatten Sie mir ein paar Fragen?«

»Treten Sie hier ein!« sagte der Mann.

Wortlos und scheinbar peinlich berührt, führte das Ehepaar den Fremden in eine Art Speisezimmer, das an den Laden angrenzte.

»Was gibt es denn?« fragte die ehemalige Zofe mit unsicherer Stimme.

»Nichts, gar nichts, beruhigen Sie sich, werte Frau. Wir möchten nur etwas Näheres über den Tod von Frau Guy Laval erfahren und nahmen an, dass Sie und Ihr Gatte vielleicht in der Lage sind, uns die gewünschten Auskünfte zu geben. Denn« – der Redner wandte sich an den Mann – »Sie bekleideten in Luvercy den Posten eines Gärtners und Schlosswartes, als Frau Laval starb. Nicht wahr?«

Lefebre, der kein Mann vieler Worte war, nickte und zwinkerte nur bejahend mit den Augen.

Sie zeigte sich mitteilsamer.

»Fast unmittelbar nach dem Hinscheiden der Schlossherrin verließen wir den Dienst, um zu heiraten«, begann Frau Lefebre. »Ich hatte die Verstorbene sehr gern, während ich die Gräfin Prase nicht mochte, denn sie war eine zu genaue Dame. Mein Mann war Witwer. In Luvercy lernten wir uns kennen. Gleich nach unserer Hochzeit ließen wir uns hier in Epemay, seiner Heimat, nieder. Und das Geschäft geht, wie Sie sehen! ... Mali, Mali!« rief sie. »Bediene die Kundschaft, ich habe zu tun!«

Mali, ein strubbeliges Frauenzimmer, stürzte hierauf, sich die Hände an der blauen Schürze abtrocknend, in den Verkaufsladen, wo die Weiber mit ihren Wirtschaftstaschen die verschiedenen Früchte und Gemüse betasteten, abschnüffelten und in der Hand wogen.

Der Fragesteller hatte den Ausführungen der wackeren Krämerin wohlgefällig zugehört.

»Sagen Sie mir,« fuhr er fort, »ereignete sich während der acht Tage, die dem Todesfall vorangingen, nichts, was einen mit bösen Vorahnungen hätte erfüllen können?«

»Aber, ich bitte, Herr ... bei so einem Unglück ...«

»Ich denke dabei an alle die kleinen Vorkommnisse, auf die man momentan nicht acht gibt, die einem aber dann später, nach Eintritt einer Katastrophe, plötzlich einfallen. Verstehen Sie? Bemerkte zum Beispiel nicht jemand zufällig, dass die Kiste, in der die Viper untergebracht war, nicht in Ordnung gewesen ist?«

»Sie war in Ordnung,« erklärte Lefebre, »und da ich es war, der die scheußlichen Bestien zu betreuen hatte, war niemand verblüffter als ich.«

»Worüber verblüfft?«

»Über das Entkommen der Viper, zum Teufel.«

»Weshalb?«

»Weshalb? Ei, weil die Kiste fest schloss und absolut dicht war.«

»Sie soll aber eine Spalte aufgewiesen haben, durch welche die Schlange herausschlüpfte!«

»Vielleicht hat sie eine Ritze erweitert, sonst wäre es ausgeschlossen.«

»Nun, und diese Ritze war am Abend vorher, den ganzen Tag über ...«

»Nichts, nichts, Herr! Ich kann Ihnen nur das eine sagen, diese angebliche Ritze war am Neunzehnten morgens, dem Vortage des Hinscheidens unserer Herrin, nicht vorhanden, das heißt zwischen zwei Brettern der Kiste klaffte höchstens ein kleiner Spalt von nicht ganz zehn Millimeter Breite.«

»Ist es Ihrer Meinung nach denkbar, dass jemand diesen Spalt von außen, oder als die Viper sich nicht mehr in der Kiste befand, von innen erweiterte?«

»Das schon. Wer hätte das aber tun sollen und in welcher Absicht? Etwa um glauben zu machen, dass sich die Schlange selbst befreite? Ich verstehe Sie vollkommen, muss aber bekennen, dass ich nie auf diesen Gedanken kam.«

»Höre mal, Eugen,« meinte seine Frau, die scheinbar eine gewisse Unruhe verspürte, »so etwas solltest du nicht laut sagen. Du weißt, dass wir die einzigen waren, denen die Geschichte nicht ganz geheuer vorkam. Ich mag keine Unannehmlichkeiten. Wenn man auf die Sache zurückkommt, mein Lieber, muss man Farbe bekennen.«

Der Gatte blickte sie nachdenklich an.

»Nun, wir sind uns keiner Schuld bewusst«, brummte er. »Wir haben nichts Böses begangen. Überhaupt wissen wir nicht viel.«

»Aber etwas doch«, meinte der Fremde mit größter Ruhe. »Was wissen Sie?«

Frau Lefebre ergriff wieder das Wort: »Wir wissen, dass man die Viper umgebracht und in der gleichen Nacht, in der Frau Guy Laval starb, in einem Buschwerk des Parks eingegraben hat.«

Der Fremde kniff die Augen zusammen. Ein flüchtiger Blitz durchzuckte seine Augen.

Die Frau fuhr fort: »Lefebre und ich waren schon miteinander versprochen, aber niemand ahnte es. Wir trafen uns immer nachts im Park. Wenn er gegen zehn Uhr abends seinen Rundgang gemacht hatte, ging ich zu ihm, und wir plauderten dann miteinander im Park bis gegen Mitternacht.«

»Und wenn Frau Laval Ihnen geläutet hätte?«

»In der Stille der Nacht würde ich es gehört haben und wäre ins Schloss zurückgegangen. Aber meine Herrin läutete mir nachts erst, als sie krank wurde, und niemals vor ein Uhr früh. Das war schon so die Regel. Punkt ein Uhr läutete sie Nacht für Nacht um ihren Tee.«

»Bitte fahren Sie fort!«

»Also, wie gesagt, Eugen und ich befanden uns, gut gedeckt, im Park, als wir die Schritte eines Mannes vernahmen, der äußerst vorsichtig daherschlich. Wir verstummten. Sehen konnte man nichts. Uns auch nicht. Der Mann blieb unweit unseres Versteckes stehen, und wir vernahmen deutlich, wie er ein Loch in die Erde grub. Erkennen konnten wir ihn nicht, den Betreffenden, wissen daher auch nicht, wer es gewesen sein mag. Ich hatte eine solche Heidenangst, dass wir uns noch lange nach seinem Verschwinden nicht zu rühren getrauten. Endlich bin ich, am ganzen Leibe zitternd, ins Schloss zurückgekehrt. Über die Dienerschaftstreppe bin ich in mein Zimmer gegangen und habe die ganze Nacht kein Auge geschlossen. Wenn mir also meine Herrin geläutet hätte, wäre ich im Nu bei ihr gewesen.«

»Wie viel Uhr war es, als der Mann das Loch grub?«

»Kurz vor Mitternacht«, erwiderte Lefebre.

»Da somit die Viper um diese Stunde tot war, muss Frau Laval früher verschieden sein. Das möchte ich festgestellt haben. Sagen Sie mir jetzt, wann begannen Sie darüber nachzudenken, was der Mann sich eigentlich im Park zu schaffen gemacht hatte?«

»Nun, nicht wahr, als erstes fiel mir am Morgen dies Erlebnis im Park ein. Da aber bei der Nachricht vom Tode unserer Herrin jeder den Kopf verlor und alles drunter und drüber ging, konnte ich erst etwas später in die Boskette schleichen, wo der Mann das Loch gegraben hatte. Am Fuß eines Baumes fand ich die Stelle, denn hier war das Erdreich frisch aufgewühlt. Nun grub ich selber nach und zog alsbald die schwarzweiß geringelte tote Viper aus dem Boden. Man hatte ihr den Kopf zerquetscht. Ich verscharrte sie dann wieder.«

»Aber warum haben Sie nichts gesagt und das ganze Schloss in Entsetzen gelassen?«

»Das wäre noch schöner gewesen. Man hätte ja seine kleinen Stelldicheins beichten müssen. Zu Lebzeiten der Frau Laval wäre das weiter nicht so arg gewesen. Sie war so herzensgut, aber die Frau Gräfin Prase, die duldete keine Geschichten. Sie hätte mich sofort davongejagt!«

»Ich kann Ihnen nicht beipflichten«, bemerkte der Fremde.

»Weil Ihre Person nicht in Frage kommt«, erwiderte die Gemüsehändlerin bissig.

»Nun noch eine, eine letzte Frage! Haben Sie irgendeine Idee oder einen Verdacht, wer der Betreffende gewesen ist, der die Viper eingrub?«

»Keine blasse Ahnung, Herr!« erklärte Lefebre. »Oft sprechen wir darüber, meine Frau und ich, aber wir stehen vor einem Rätsel. Zuerst dachte ich mir, dass vielleicht einer vom Schlosspersonal oder von der Herrschaft die Viper erschlagen haben könnte, jemand, dem die Schlange über den Weg lief, als sie das Schlafzimmer Frau Lavals verließ. Als ich aber dann sah, dass kein Mensch darüber redete und alle ohne Ausnahme jeden Winkel nach der Viper durchstöberten, wurde ich darin irre.«

»An ein Verbrechen dachten Sie wohl nicht?«

»Nein, Herr, an ein Verbrechen keine Sekunde, eher an eine begangene Unachtsamkeit, die mit dem Hinscheiden der Frau Laval katastrophal geendigt hat.«

»Es fiel Ihnen nicht ein, dass am Ende irgendein Verbrecher, der die Kunst des Schlangenbeschwörern beherrschte, sich der Viper bediente, um Frau Guy Laval aus dem Wege zu räumen?«

»So ein schrecklicher Gedanke wäre uns nie gekommen!« rief das Ehepaar wie aus einem Munde aus.

»Wäre es möglich?«

»Wenn wir derartiges vorausgesetzt hätten, wären wir selbstredend mit allem herausgerückt, was wir wussten«, erwiderte Lefebre.

»Warum hüllte sich aber dann der Mann, den Sie nachts im Park beobachteten, in ein derart verdächtiges Stillschweigen?«

»Das will nichts sagen. Angenommen, der Betreffende sei jemand vom Schlosse gewesen – wir anderen waren doch auch vom Schloss, Marie und ich, und völlig unschuldig, und redeten doch auch keine Silbe. Durften wir überhaupt etwas sagen? Man hätte sich da schön in die Brennnesseln gesetzt.«

»Gerade das wollte ich von Ihnen hören. Genau aus demselben Grund schwieg der Unbekannte des Parks, um sich nicht darüber äußern zu müssen, wieso er ausgerechnet in der Nacht der Viper im Park begegnete, der schwarz-weiß geringelten Giftnatter, der es gelang, aus dem verschlossenen Zimmer Frau Lavals wieder herauszukommen. Da, wie gesagt, die Türen des Schlafzimmers erst am Morgen geöffnet wurden, muss die Viper ihren Rückzug durch den herzförmigen Ausschnitt der eisernen Fensterläden bewerkstelligt haben. Wen haben Sie also in Verdacht?«

»Niemand vom Schloss«, erklärte Lefebre in bestimmtem Ton.

»Warum nicht?«

»Nun, das ist doch klar wie dicke Tinte! Denken Sie doch selber gütigst darüber nach. Außer den ihrer Herrin treu ergebenen Dienstleuten, die ich samt und sonders für ruhige, brave Menschen halte, waren die einzigen Männer im Schlosse Herr Guy Laval und der junge Graf Lionel von Prase, der Neffe der Frau Laval.«

»Ich sehe keinen Grund ein, weshalb diese nicht in Betracht kommen könnten«, meinte der Fremde. »Sowohl der eine wie der andere begaben sich vielleicht auf mysteriöse Abenteuer während der Nacht. Herrn Laval ängstigte vielleicht der Zustand seiner Gattin nicht, aber der junge Graf sorgte sich am Ende um seine liebe Tante und wollte durch den Laden auf ihre Atemzüge lauschen. Das ist nicht ohne weiteres von der Hand zu weisen, wenn auch nicht wahrscheinlich, denn weder die Gräfin Prase noch deren Nichte Fräulein Gilberte vernahmen nachts auch nur das mindeste Geräusch. Eins müsste vor allem festgestellt werden, ob nämlich die betreffende Person, die im Park die Schlange einscharrte, wirklich ein Mann gewesen ist.«

»Darauf könnte ich schwören!« versetzte Lefebre. »Obwohl wir ihn nur hörten und nicht sahen.«

»Übrigens kämen nur zwei weibliche Wesen hier in Betracht«, fuhr der ›Detektiv‹ fort: »die Gräfin und ihre Nichte.«

»O, das müssen Sie sich ganz aus dem Kopf schlagen!« rief Frau Marie.

»Das werde ich nicht tun, schon aus Prinzip nicht. Im Gegenteil, ich würde diese Frage sehr in Erwägung ziehen, wüsste ich nicht, dass beide die ganze Nacht hindurch sich in dem Ankleidekabinett befanden, das an das Schlafzimmer der Frau Laval angrenzte. Über diesen Punkt habe ich eine einwandfreie Zeugenaussage. Aber vorhin schien es mir, dass Sie auch noch einen anderen Grund dafür hatten, dass es niemand vom Schloss war. Der wäre?«

Lefebre schaute seine Frau an, die errötend den Kopf senkte.

»Bitte, reden Sie, liebe Frau!«

»Nun, ich war doch die Vertraute der Gnädigen, und die Gnädige besaß einen Schützling ... einen jungen Mann, für den sie sich im geheimen interessierte ... und der ihr unter meiner Adresse schrieb. Es war lediglich ein gutes Werk, das sie tat, nichts anderes, das kann ich versichern, Herr. Die

Gnädige beteuerte dies mir gegenüber immer wieder, sonst hätte ich mich nicht dazu hergegeben. Es handelte sich um einen sehr jungen Mann, der Gefahr lief, auf Abwege zu geraten, und den meine Herrin retten wollte.«

»Wer war's? Wie hieß er?« fragte rasch der Fremde.

»Ich weiß nicht, habe ihn niemals zu Gesicht bekommen. Ich vermittelte nur die Briefe. Das ist alles.«

»Und was ist aus diesen Briefen geworden?«

»Die Gnädige hat sie verbrannt, und seit sie krank war, verbrannte ich sie. Und da Frau Laval nicht mehr schreiben konnte, ist vielleicht der junge Mann nach Luvercy gekommen, um sie diese Nacht zu sehen. Er musste sich schon mehrere Tage im Dorfe aufgehalten haben, denn die Briefe trugen den Poststempel von Luvercy.«

Der Fremde runzelte die Brauen.

»All das bringt uns der Lösung des Rätsels, wie die Viper ihre Flucht bewerkstelligte, um keine Idee näher«, sagte er nach einer Weile. »Wenn jemand sich der schwarz-weiß geringelten Giftnatter als Mordwerkzeug bediente und nachher die Spalte in der Kiste erweiterte, um eine Selbstbefreiung der Viper vorzutäuschen, wer war dieser ›jemand‹?«

Nach einigem Zögern meinte Frau Lefebre schüchtern: »Die Gnädige sprach von dem jungen Mann wie von einem wirklichen Taugenichts. Oft warnte ich sie vor ihm. Aber sie wollte nicht hören. Es sei eine heilige Mission, die sie erfülle, sagte sie; eine Seelenrettung, ein Bekehrungswerk. Man konnte mit ihr darüber nicht sprechen.«

»Frau Laval muss sehr hübsch gewesen sein, aber etwas phantastisch und kapriziös, nicht?«

»Sie war ein verwöhntes Kind, Herr, und von ungemein zärtlichem Naturell. Für einen Gatten wie den ihrigen, der nie daheim weilte, passte sie nicht. Kein Wunder, wenn sie Ablenkung suchte.«

»Gefährliche Sache das!«

»Sicherlich, aber alles in Ehren, alles in Ehren, Herr. Sie war die tugendhafteste und ehrenhafteste Frau, die es gab, dafür kann ich einstehen.«

Lefebre wackelte ein wenig maliziös lächelnd mit dem Kopf, was aber der Fremde nicht bemerkte, denn er war plötzlich mit sich selbst derart geistig beschäftigt, dass er überhaupt die Gegenwart des Ehepaares völlig vergessen zu haben schien.

Frau Marie tippte ihm auf den Arm.

»Noch etwas möchte ich Ihnen sagen«, sprach sie. »Wenn ich zu Eugen in den Park ging, gebrauchte ich stets die Vorsicht, die Tür zweimal abzusperren und den Schlüssel einzustecken.«

»Das ist ganz unerheblich, gute Frau. Das Schloss hatte mehrere Eingänge, auch dürfte Ihr Schlüssel nicht der einzige der betreffenden von Ihnen abgesperrten Tür gewesen sein. Das Wichtige sind die Briefe. Wo sind die?«

Und sich an die Schläfen fassend, ließ sich der Fremde an dem Tisch nieder und verlor sich in finsterem Nachgrübeln.

Dieses wenig polizeiliche Benehmen fiel Maries Gatten auf.

»Verzeihen Sie«, sagte er. »Ich vergaß, Sie um Ihre Legitimationskarte zu bitten. Wo haben Sie den Präfekturausweis?«

»Ich besitze keine Ausweise«, wurde ihm zur Antwort, »sondern bin Amateur, arbeite auf eigene Faust. Gerade diese Sache interessiert mich gewaltig.«

»Was?!« rief Lefebre. »Sie, da ist etwas faul! Wer sind Sie? Ich will's wissen!«

Der also Angeredete rührte sich nicht, blieb vielmehr mit an den Kopf gepressten Händen sitzen.

»Ihren Namen, Herr! Hören Sie! Ihre Karte her!« ward jetzt Lefebre deutlicher.

Da erwachte der Fremde aus seinem dumpfen Brüten, langte in die Brusttasche seines Rockes und zog ein dickes Portefeuille hervor, dem er zwei 500-Francs- Noten entnahm. Die Scheine mit den Fingerspitzen entfaltend, sagte er:

»Ausweispapiere wünschen Sie? Hier haben Sie welche!«

Mann und Frau wechselten einen verständnisvollen Blick.

»Was steht zu Befehl?« katzbuckelte jetzt Lefebre. »Vielleicht ein Weißwein gefällig?«

»Nichts, danke!«

Des Besuchers Augen schauten verloren in die Ferne. Plötzlich heftete sich sein Blick auf eine Stelle der Wand, wo ein großer altertümlicher Schlüssel hing. Er erhob sich, um den Gegenstand seines Interesses näher zu betrachten.

»Der Kellerschlüssel!« erklärte der Grünzeughändler.

»Gutes Stück«, murmelte der »Detektiv«. »17. Jahrhundert, Zeit Ludwig XIII.«

»Der Herr ist Kenner?« meinte Frau Marie dienstbeflissen und schielte nach den zwei Banknoten, die auf dem Tisch lagen. »Uns liegt an dem Schlüssel nichts. Wenn der Herr ihn haben möchte, lassen wir uns einen neuen machen.«

»Vielleicht werde ich Ihnen den Schlüssel eines Tages abkaufen«, erwiderte der Fremde, aber mit so eigentümlicher Bedeutung, dass die Lefebres nicht wagten, weiter in ihn zu dringen. Entweder vermochte er sich nicht aus seinen Grübeleien loszulösen, oder etwas anderes machte ihn stutzig. Da er die Verlegenheit des Ehepaares wahrnahm, fügte er hinzu: »Über dem Drama von Luvercy lagert ein mysteriöser Schleier, und ich habe das Gefühl, gut daran zu tun, wenn ich darauf verzichte, ihn lüften zu wollen!«

»Sie betreiben ein recht gefährliches Geschäft«, meinte die Frau. »Großer Gott, so etwas wäre für mich nichts.«

»Gefährlich vielleicht, gute Frau, ich gestehe es ein. Tatsächlich sieht man sich oft von solch tückischen Finsternissen eingehüllt, dass man den Mut verlieren könnte.«

»Haben Sie Angst?« fragte Lefebre unwillkürlich. »Die Viper ist ja endgültig tot.«

»Das sicherlich – doch jener, der sich ihrer als Mordwaffe bediente, wird wohl noch unter den Lebenden weilen, und ich frage mich mit Entsetzen, wer er sein mag.«

»Mit Entsetzen«, wiederholte er mehrmals für sich. Dann raffte er sich auf, verabschiedete sich von dem Ehepaar und schritt langsam, nachdenklich, dem Ausgang zu.

»Was ist's mit dem Schlüssel? Mögen Sie ihn nicht mehr, oder sollen wir ihn für später reservieren, Herr?«

Auf Maries Frage drehte sich der Fremde um und meinte zögernd: »Nicht nötig. Ich verzichte auf den Schlüssel, das heißt, ich kaufe ihn nicht, gute Frau.«

Dann ging er und fuhr mit dem ersten Zuge nach Paris ab.

In Meaux stieg er aus. Dort erwartete ihn, ziemlich weit vom Bahnhof, ein Automobil mit Kabriolettkarosserie.

XIII.

Ein listiger Plan

Im Palais von Neuilly war noch niemand der eingeladenen Gäste, als Lionel und Mareuil ihrem Taxi entstiegen. Die Gräfin musterte mit einem letzten hausfraulichen Blicke das Büfett, während Gilberte die Neger der Jazzband um das Klavier gruppiert hatte und ausgelassen vor Freude die Takte des neuesten Mode-Blues zu Ende spielte. Es bot ein sehr unterhaltsames Bild, diese verteufelte kleine Nixe, ganz rosa angehaucht von Lustigkeit, singen zu hören und ihr zuzusehen, wie sie die Tasten meisterte und dabei auf ihrem Klaviersessel nach dem Rhythmus der amerikanischen abgehackten Weise hin und her tanzte, und rings um sie die fünf schwarzen Gesichter mit frohem Grinsen, das vielleicht zu ihrem Geschäft gehörte, jedenfalls aber Heiterkeit erweckte.

Lionel und Mareuil hüteten sich, diese bezaubernde Katzenmusik zu unterbrechen. Jean betrachtete die Szene mit wohlwollendem Entzücken, während der junge Graf eine Terrakottabüste ergriff und mit dieser »Dame ohne Unterleib« einen wütenden Bambula exekutierte.

Das Ganze beendete eine allgemeine Lachsalve.

Das Gesicht der erhitzten Gräfin tauchte auf.

»Gilberte?« rief sie. – »Tante?«

Die alte Dame nahm Mareuil unter den einen, ihre Nichte unter den andern Arm und schleppte sie in einen angrenzenden Salon.

»Liebe Kinder, es tut mir leid, aber Gilberte hat mir gesagt, dass ihr die Hochzeit auf den 2. Juni angesetzt habt, und das ist unmöglich. Das ist viel zu bald. Bis dahin kann ich nicht alle Vorbereitungen getroffen haben. Ihr habt ja keine Ahnung! Lasst mir mindestens vierzehn Tage länger Zeit. Wie wäre der 25. Juni? Wollt ihr? Macht mir das große Vergnügen, ja?«

Sie hielt noch immer Gilberte untergefasst. Diese machte sich jetzt schmollend los und erklärte: »Nein, Tante. Es bleibt beim 2. Juni.«

Die Gräfin blickte den etwas verlegen dastehenden Mareuil fragend an.

»Am 2. Juni kann ich nicht!« stöhnte die alte Dame. »Oder alles geht verkehrt. Und ich will, dass alles gelingt und die Hochzeit ein schönes Fest sei, denn ich bin dafür verantwortlich.«

»Ob's schief geht oder nicht«, trotzte Gilberte. »Am 2. Juni ist die Hochzeit.«

»Der 25. Juni wäre der Vortag des Grand Prix. Wir zögen wirklich den 2. Juni vor, Gräfin.«

Die Gräfin verlegte sich auf das Bitten. »Ihr seid wirklich nicht vernünftig und sehr wenig nett. Ich bitte euch ja nur um vierzehn Tage Aufschub.«

»Ich kann tun, was ich will!« sagte Gilberte bissig.

»Ach so? Du vergisst, dass ich das Recht habe, deine Hochzeit auf vierzehn Tage zu verschieben, wenn es mir richtig erscheint.«

»Das wärst du imstande zu tun?« fragte Gilberte zornbebend.

»Bitte, bitte, meine Damen!« legte sich Mareuil in das Mittel.

»Nein, ich werde es gewiss nicht tun«, entgegnete die Gräfin, plötzlich wieder besänftigt. »Aber wenn du so mit mir sprichst ... Komm, gib mir einen Kuss! Nicht weinen, Kindchen, nicht weinen! Hör' zu, Gilberte, wir wollen einen Pakt miteinander schließen? Du weißt, wie sehr ich wünsche, dass du wieder nach Luvercy gehst. Also, raffe dich auf, kämpfe deine lächerliche Angstpsychose nieder und versprich mir, wieder nach Luvercy zu gehen. Es wäre mein heißester Wunsch, dass wir dort deine Hochzeit feiern. So schön wäre es, so gemütlich! Nur in Luvercy bist du wirklich zu Hause. Dort ruht auch deine arme Mama. Wegen der Nähe von Paris würde auch eine Menge Menschen zur Feier kommen. Versuche es mindestens einmal. Gehst du diese Woche nach Luvercy, Gilberte, akzeptiere ich den 2. Juni als Hochzeitstermin.«

Schon bei den ersten Worten der Gräfin hatte es Mareuil durchzuckt, doch ließ er sie höflich und zustimmend lächelnd zu Ende reden.

»Ich bin nicht dafür, dass sich Gilberte Gewalt antun soll«, meinte er bescheiden.

»Schwörst du mir, Tante, dass über das Datum meiner Hochzeit nicht mehr debattiert werden wird, wenn ich deinen Wunsch erfülle?« fragte Gilberte.

»Ich schwöre es dir!« erwiderte die Gräfin in sanftem, mütterlichem Tone. »Es bedeutet zwar für mich ein schweres Stück Arbeit, aber ich habe mindestens das befriedigende Gefühl, in Bezug auf Luvercy meine Pflicht getan zu haben. Deine Mama hat immer gewünscht, dass du dort heiratest.«

»O, um dort zu heiraten, gehe ich nicht hin. Ich will nur hingehen, weil du es verlangst, aber einmal und nie wieder.«

»Mehr will ich gar nicht. Ist der erste Schritt getan, folgen alle weiteren nach, und du wirst vielleicht selbst erstaunt sein, heute über vierzehn Tagen in Luvercy installiert zu sein.«

»Ausgeschlossen! Bitte, rechne ja nicht damit, Tante!«

»Ich schlage vor, Donnerstag nach Luvercy zu fahren, Herr Mareuil. – Ah, er schwebt schon wieder in den Wolken! ... Donnerstag, Herr Mareuil, per Auto. Passt Ihnen das?«

»Aber ... aber ... gewiss, gnädigste Gräfin. Donnerstagnachmittag

»Ja, das ist gerade recht«, pflichtete Gilberte bei. »Zeit genug, um hin und zurück zu fahren.«

»Kleine Schäkerin!« drohte ihr die Tante mit dem Finger.

»Wieso?« Gilberte zuckte die Achseln. »Ich muss dich schon kolossal lieben, um deine Bedingungen anzunehmen.«

»Wenn du jemand ›kolossal lieben‹ würdest, glaube ich eher, dass du ...«

Die Jazz schnitt der alten Dame das Wort ab. Lionel hatte das Zeichen gegeben, als er das erste Auto anrollen sah.

Gilbertes Stimme mischte sich in den pathetischen Ton eines aufdringlichen Saxophons.

»Also, es bleibt dabei, Tante. Der 2. Juni. Ich werde es allgemein bekanntmachen.«

»Ja!« rief die Gräfin, sich nach der Empfangstür des Salons wendend.

Plötzlich fiel ihr jedoch etwas ein. Sie machte kehrt und sagte zu Jean Mareuil: »Ich habe ganz vergessen ... ich habe im Odeon eine Loge, und es würde mich sehr freuen, wenn Sie mit uns kämen. Man wiederholt den ›Staatsanwalt Hallers‹, wissen Sie.«

»Mama, die Leute rücken an!« warf Lionel dazwischen.

Missbilligend zuckte die Gräfin mit den Schultern und entfernte sich eiligst.

Während das kleine Fest seinen Verlauf nahm, suchte Lionel seine Mutter auf und zog sie mit sich in eine Fensternische, wo sie ungestört waren und niemand sie belauschen konnte.

»Du legst also großen Wert darauf, dass Gilberte nach Luvercy zurückkehrt?« fragte er.

»Eigentlich nein, mein Sohn. Ich wollte nur das Datum der Hochzeit hinauschieben und damit Zeit gewinnen. Leider packte ich die Sache ungeschickt an. Als ich dann sah, dass ich nachgeben musste, suchte ich nach einem Ausweg, um den Schein einer Kapitulation zu vermeiden. Luvercy fiel mir ein. ›Do ut des‹, heißt es. Die Ehre war gerettet. Im übrigen habe ich doch einen Plan ...«

»... der jedenfalls gut ist ... ich will weiter nicht fragen. Nur zwei Worte möchte ich mit dir jetzt reden. Ich hatte vorhin mit Mareuil ein ganz lehrreiches Zwiegespräch ...« Und Lionel berichtete, wie er an Mareuils Arm die Tätowierung entdeckte und was dann folgte, indem er namentlich das Entsetzen Mareuils scharf unterstrich, das er zu empfinden schien, sobald die Sprache auf das Drama von Luvercy kam.

Die Gräfin hörte ihm gespannt zu.

»Es mag sehr wohl etwas dahinterstecken«, sagte sie. »Was eigentlich, habe ich keine Ahnung. Es wäre auch zu langwierig, schwer und gewagt, auf dieser Spur weiterzuarbeiten. Denn die Zeit drängt. Bis zu der geplanten Hochzeit haben wir nur noch vier Wochen. Das ist ausschlaggebend. Rasch muss gehandelt werden, mit möglichster Intensität und auf die sicherste Art. Es ist erforderlich, das entscheidende Mittel zu finden, um die Heirat zu vereiteln. Ich habe daher auch reiflich über unsere Chancen nachgedacht und halte es für das Zweckmäßigste, für den Augenblick darauf zu verzichten, herauszubekommen, welche Rolle Jean Mareuils ›Zweites Ich‹ in dem Drama von Luvercy spielte – wenn er überhaupt eine Rolle darin spielte, was unbewiesen ist. Mein Plan ist ...«

»Lass hören!«

Die Gräfin blickte sich vorsichtig um, ob wirklich niemand sie belauschen könne. Die Besorgnis war überflüssig, denn es herrschte ein lebhaftes Treiben im Saale. Kaum durchdrangen die Töne der Jazz das Tohuwabohu der Stimmen, der Ausrufe, der fröhlichen Unterhaltung und des munteren Gelächters. Überdies spielte Gilberte heute eigentlich die Rolle der Hausfrau. Die offizielle Verkündigung ihrer baldigst stattfindenden Verehelichung machte sie zum Mittelpunkt der Glückwünsche und des Festes. Alles umringte sie, lächelte ihr zu, schmachtete sie an und erwies ihr zarte Aufmerksamkeiten. Bald würde die Gräfin Elisabeth von Prase wieder die arme Verwandte sein, binnen kurzem in

den Hintergrund zurücktreten und der »Frau Jean Mareuil«
die Schlüssel übergeben.

Die Gräfin benutzte diese günstige Gelegenheit, sich ihrem
Sohne ungestört zu offenbaren.

»Mein Plan ist der«, fuhr sie fort. »Du selbst hast mich auf
die Idee gebracht, Lionel, als du mir von deinem Besuche bei
dem Polizeipräfekten erzähltest. Auch dir fiel eine Bemer-
kung des Präfekten auf. Er meinte, Jean Mareuil-Freddy
könnte unter Umständen wieder zu Fall kommen, wenn die
Versuchung an ihn herantreten würde. Wir wollen nicht
annehmen, dass er gemordet hat, aber dass er einen Diebstahl auf dem Gewissen hat, erscheint höchst wahrscheinlich.«

»Verstehe, Mama, wir müssen ihn wieder zum Diebe machen. Darin besteht doch dein Plan? Du kannst dir denken,
dass auch ich schon daran dachte.«

»Ja, wir müssen aus ihm wieder das machen, was er zweifel-
los gewesen ist, und wenn er noch nicht gestohlen hat, ihn
dazu verleiten. Hör' zu, mein Junge! Bis zum zweiten Juni
musst du so vorgehen, dass ›die Natter‹ ein Einbrecher wird
oder wieder einer wird. Gelingt dies, so wird es meine weitere Sorge sein, die Eheschließung zu vereiteln.«

»Vergiss nicht, Mama, dass Gilberte in Jean Mareuil bis über
beide Ohren vernarrt ist! Vielleicht könnte sie sich der Hoffnung hingeben, ihn zu ›retten‹!«

»Mag dem sein, wie ihm wolle, mein Sohn, die Hochzeit
würde auf alle Fälle ›ad calendas graecas‹ verschoben werden. Das Recht hierzu hätte ich, es wäre sogar meine Pflicht.
Dann hätten wir freies Spiel. Übrigens kenne ich die Frauen.
Zu sehen, wie sich jemand als Verbrecher oder als entartete
Doppelnatur entpuppt, wirkt auch auf die glühendste Liebe
wie eine kalte Dusche.«

Lionel beugte sich vor der Überlegenheit seiner Mutter. Nun
offenbarte sich ihm auf einmal ihre Größe und ihr achtung-
gebietender, starker Charakter. Blindlings ordnete er sich

daher dem Willen der Mutter unter und fragte: »Was soll ich tun?«

»Aubry hat mit Freddy, Jean Mareuils ›Zweitem Ich‹, in Verbindung zu treten und sich möglichst rasch in sein Vertrauen einzuschleichen. Er muss ihn ködern, aufklären, bestechen. Hierzu genügen ein paar Tage. Gewinnt er den Eindruck, dass jener so weit ist und reif, bei sich bietender Gelegenheit der an ihn herantretenden Versuchung zu unterliegen, sind wir es, welche diese Gelegenheit künstlich schaffen werden.«

»Soll ich persönlich auch mit eingreifen?«

»Nein, du nicht. Dich kennt Mareuil, unseren braven Aubry kennt er aber nicht. Meinem Gefühl nach darf man nicht mit dem Feuer spielen. Eine dunkle Erinnerung, ein leichter Kontakt zwischen den beiden Polen des ›Doppelten Ich‹ würden genügen, um alles zu verderben.«

»Mit einem Widersacher haben wir auch noch zu rechnen.«

»Du meinst den Mann, von dem der Präfekt sprach, der darüber wacht, dass Freddy Jean Mareuil nicht kompromittiere? Ich habe diesen Gegner nicht vergessen. Es kommt darauf an, seine Persönlichkeit festzustellen, und vor allem, hinter seinem Rücken zu handeln. Du hast keine Ahnung, wer dieser verborgene Gott sein könnte?«

»Nicht die blasseste, Mama. Über diesen Punkt schwieg sich der Präfekt restlos aus, und Aubry hatte noch keine Zeit, das Nachtleben von ›Freddy, der Natter‹, auszubaldowern.«

»Nun, und das Frauenzimmer, die Java?«

»Vorerst kann ich noch nichts Bestimmtes sagen. Aber ich glaube kaum, dass wir von dieser Seite großen Widerstand zu befürchten haben. Sie gehört meiner Ansicht nach zu der Kategorie von Weibern, deren Ideal es ist, die Sklavin eines ›Schreckens von Batignolles‹ oder eines ›Tigers von Ménilmontant‹ zu sein. Weder der Strafbogen ›Freddys, der Natter‹, dürfte sie interessieren, noch dürfte ihr die Unbescholtenheit und Ehrenhaftigkeit ihres Kavaliers sehr am Herzen liegen. Was letzteres anbetrifft, eher das Gegenteil.«

»Solange wir darin nicht klar sehen, ist es besser, wenn Aubry sie ausschaltet und im geheimen manövriert.«

Von weitem verfolgte Lionel mit dem Auge Jean Mareuil und Gilberte, die miteinander tanzten. Im Geiste sah er die eintätowierte blaue Schlange am Arme des jungen Mannes.

»Wenn Gilberte das wüsste!« murmelte er.

Dann stellte sich Lionel seinen Nebenbuhler vor, nicht von einem englischen Schneider angezogen, sondern mit einer Apachenmütze auf dem Kopf, ohne Kragen und Krawatte und in Pantoffeln, jenen Jean Mareuil, den er nachts hatte dahinschleichen sehen. Der mondäne Tango verwandelte sich in einen Schiebetanz und Gilbertes Antlitz in Javas Gesicht.

»Wenn sie wüsste«, wiederholte er und blickte seine Mutter mit grimmiger Freude an.

»Hab' keine Angst, sie wird es erfahren!« erklärte die Gräfin.

Diese hart ausgesprochenen Worte versetzten Lionel unwillkürlich in Staunen.

»Aber du hast sie doch sehr gern?« rief er.

»Gewiss! Doch in erster Linie bin ich Mutter. Und – arbeite ich nicht auch in ihrem Interesse? Darf ich, der ich für ihr Glück und ihre Zukunft verantwortlich bin, zugeben, dass sie das Opfer eines Halbnarren wird, der nachts den Apachen mimt?«

Lionel musste seiner Mutter innerlich recht geben, immerhin verwirrte es ihn, wie leichten Herzens sie ihm Gilbertes Träume zum Opfer brachte. Denn sie hätte nicht anders gehandelt, auch wenn der Verlobte ihrer Nichte eine einwandfreie Persönlichkeit gewesen wäre. Hier lag ein Schulbeispiel jener leidenschaftlichen Mutterliebe vor, die in heißem Ungestüm und wilder Glut alles andere ihren elementaren Instinkten opfert.

»Du tanzt nicht?« fragte die Gräfin.

»Doch«, erwiderte Lionel nachdenklich. »Aber ich nehme an, dass Mareuil mit uns soupieren wird, und dann hätte ich keine Gelegenheit mehr, mit dir unter vier Augen vor dem Theater zu sprechen. Wegen des Stückes hast du mir nichts zu sagen? Ich glaube, das Sujet ist dem von Hamlet ›nachempfunden‹?«

»Was willst du damit sagen?«

»Du kennst das Sujet nicht? Dann wandelst du, ohne es zu wissen, in Shakespeares Spuren, Mama. Na, rufe dir deine klassischen Erinnerungen etwas ins Gedächtnis zurück! Hamlet verdächtigt seine Mutter und seinen Stiefvater, den König, seinen Vater, umgebracht zu haben. Er lädt sie zu einer improvisierten Theatervorstellung ein, die von fahrenden Schauspielern gegeben wird und den vermuteten Mord auf die Bühne bringt. Das königliche Mörderpaar erschrickt, verrät sich. Hamlet beobachtet die Königin und seinen Stiefvater heimlich und erlangt durch diesen Kunstgriff die Gewissheit ihrer Schuld.«

»Aber, mein Lieber, in dem Stück ›Der Staatsanwalt Hallers‹ kommt weder ein Mord noch sonst etwas vor, was nur die geringste Ähnlichkeit hätte mit den Vorgängen beim Hinscheiden deiner Tante«, meinte die Gräfin, ohne mit der Wimper zu zucken.

»Das wollte ich auch gar nicht sagen, aber ich denke doch, du wirst mich verstanden haben?«

»Du willst sagen, dass ich es für nützlich erachte, Mareuil in ein Stück mitzunehmen, das seinen Fall behandelt? Ja, da hast du recht. Ich möchte feststellen, ob ein derartiges Stück nicht in ihm eine starke, seelische Erregung auslöst. Es ist mir wichtig, zu erfahren, in welchem Grade ihn sein ›Zweites Ich‹ beeinflusst. Denn darüber besteht kein Zweifel, dass ihn zuweilen ein beängstigendes Bewusstsein überfällt. In seiner Geistesabwesenheit, in seinem Versonnensein, vom Album gar nicht zu reden, findet man Beweise dafür. Wenn die beiden Bewusstseinssphären auch nur ein ganz klein wenig miteinander in Verbindung treten, wie das zuweilen nebelhaft der Fall ist, würde es uns ein gutes Stück vorwärtsbringen.«

»Worin?«

»Wir wollen die Haut des Bären nicht verkaufen, ehe der Bär nicht erlegt ist, mein Junge. Wenn ein solcher Fall eintritt, ist genug Zeit, um die möglichen Folgerungen daraus zu ziehen. Aus gewissen Annahmen Schlüsse zu ziehen, erschien mir immer richtig und vernünftig, aber man muss bei den allgemeinen Richtlinien bleiben und nicht von ihnen abweichen, indem man allzu minutiös alle Wenns zerfasert. Im übrigen reden wir schon zu lange miteinander, mein Sohn. Wir wollen zu keinerlei Kritik Anlass geben. Geh tanzen, geh!«

Als Lionel sich mit der lärmenden Lustigkeit, für die er in der Gesellschaft bekannt war, mitten in den Wirbel der tanzenden Paare stürzte, beendeten gerade Mareuil und Gilberte ihren Tango und wechselten miteinander ernste Worte.

»Gilberte, Sie können sagen, was Sie wollen,« meinte Mareuil, »ich finde das System verkehrt. Wie bei allen nervösen Affektionen ist auch hier eine schrittweise Behandlung notwendig.«

»Aber ich ziehe es vor, nicht bis zum 25. Juni warten zu müssen.«

»Es ist das sehr tapfer von Ihnen, und ich persönlich bin Ihnen dafür ganz unaussprechlich dankbar. Aber vernünftig ist es nicht, das kann ich nur wiederholen.«

»Wissen Sie, dass Sie mir etwas Angst machen? Ich muss meinen ganzen Mut zusammennehmen, und jetzt wollen Sie ihn mir rauben? Man sollte denken, Jean ... Sagen Sie, bis jetzt waren Sie doch fest davon überzeugt, dass die Viper nicht mehr existiert. Haben Sie Ihre Ansicht geändert?«

»Nein, durchaus nicht.«

»Ihre Art zu reden, kommt mir so merkwürdig vor. Und gerade jetzt, wo ich Ihres Beistandes bedarf, lassen Sie mich im Stich. Wenn ich einwilligte, nach Luvercy zu gehen, so geschah es in erster Linie, weil Ihre Sicherheit mir Sicherheit verlieh. Ich fühlte, dass Ihr Vertrauen auch mich mit Vertrauen zu erfüllen begann. Und nun werden Sie auf einmal schwankend ...«

»Ich schwöre Ihnen, Gilberte ...«

»Nein, nein, ich gewinne den Eindruck, dass Sie nur eine gewisse Zuvorsichtlichkeit heuchelten, um mir mein Selbstvertrauen wiederzugeben, nämlich – als von einer Rückkehr meinerseits nach Luvercy noch keine Rede war. Jetzt aber scheinen Sie zu erschrecken, weil Sie simuliert haben. Ihr Schrecken ist größer als der Schrecken, den mir selbst Luvercy je einflößte.«

»Ich bin darüber entzückt.«

»Wieso?«

»Weil wir uns dann dort nur so lange aufhalten werden, als notwendig ist, um Ihr Wort einzulösen, und weil Sie erst wieder nach Luvercy zurückkehren werden, wenn sich Ihre Nerven von selbst vollkommen beruhigt haben, was ich für wesentlich erachte.«

»Meinen Sie das im Ernst?«

Mareuil wich ihrem Blicke aus.

»Aus keinem andern – materielleren Grunde fürchten Sie für Ihre Gilberte etwas in Luvercy? Sie schauen so finster drein, weichen meinen Blicken aus! Jean, ich lese in Ihren Augen eine große Angst! Seien Sie offen, sagen Sie mir die Wahrheit!«

»Sie meinen, ich hätte einen anderen Grund, den Aufenthalt für Sie in Luvercy zu scheuen – abgesehen davon, ob ich die Gewissheit besitze, dass die Viper tot oder nicht tot sei?

Nun, Liebste, wo ein Wille ist, ist auch ein Weg. Wie Sie
wissen, möchte ich einen Besuch von Luvercy auf den einen
Tag, den Donnerstag, vorerst beschränkt wissen ...«

»O, das ist zu arg!« entrüstete sich Gilberte.

»Ich liebe Sie!« gab er schlicht zur Antwort.

Bestürzt fragte sich das junge Mädchen: Fürchten wir uns
jetzt beide vor Luvercy? ...

XIV.

Im Odeon

»Vergiss nicht den Fächer!« ermahnte Lionel seine Mutter und entfaltete die riesigen Straußenfedern. Wie »Hamlet, Prinz von Dänemark« auf vielen Bühnen der Welt seine Mutter und seinen ruchlosen Stiefvater zu betrachten pflegt, so schaute Lionel durch die Schildpattstangen des Fächers seine Mutter an.

Jetzt fuhr man in prächtigem Auto nach dem ziemlich weit entfernten Theater auf dem linken Seineufer.

Jean Mareuil war heute entschieden gesprächiger aufgelegt als damals bei dem »Beobachtungssouper«.

»Es sind mindestens fünf bis sechs Jahre her, seit ich mir den ›Staatsanwalt Hallers‹ zum ersten Male anschaute«, sagte er.

»Wie? Sie kennen bereits das Stück?« staunte die Gräfin. »Warum teilten Sie uns das neulich Abend nicht mit?«

»O, man kann sich dies Bühnenwerk ganz gut zweimal ansehen«, wich Mareuil der direkten Beantwortung der Frage aus. »Es ist mir deshalb recht gut in Erinnerung geblieben, weil das Sujet sachlich und mit kaltem Realismus, ich möchte sagen künstlerischsenschaftlich, behandelt wird. Allerdings folgt es in der Darstellung des ›Zweiten Ich‹ der damals unter den Psychiatern herrschenden Auffassung. Jetzt neigt man, wenn ich mich nicht irre, in ärztlichen Kreisen mehr zu der Ansicht hin, dass es sich bei dem Problem lediglich um eine bei Nervenkranken oft beobachtete Täuschung handelt. Man nimmt heute allgemein an, das ›Doppelte Bewusstsein‹ sei nichts als Simulation. Damit wird die Sache ihres entsetzlichen, unterminierenden Charakters entkleidet, wie er uns im ›Staatsanwalt Hallers‹ vor Augen geführt wird. Es wäre für einen Menschen wohl das fürchterlichste Unglück, das ihn treffen könnte, wenn es sich wirklich so verhielte, wie uns das von Lindau stammende Stück glauben machen will, und ich weiß noch sehr gut, welch gewaltigen Eindruck auf mich das Drama damals machte. Ich war noch sehr jung, und tagelang konnte ich mich nicht aus dem fürchterlichen Banne befreien. Noch heute ist es mir peinlich, mich daran zu erinnern. Ich muss mir sogar Gewalt antun, wenn ich darüber spreche. Noch niemanden gestand ich dies ein, und ich schäme mich.«

Lionel und seine Mutter wechselten einen verstohlenen Blick.

»Sie glauben somit nicht, dass eine Person zwei Naturen haben kann?« fragte die Gräfin.

»So, wie das Problem für gewöhnlich aufgefasst wird, oder besser, wie es die Neurologen noch jüngst zu erklären suchten – nein. Sie vertraten einen viel zu kategorischen Standpunkt. Sie nahmen zu wenig Rücksicht auf die Simulation, die – scharf betrachtet – oft der Grundzug der Psychosen ist.«

»Sie leugnen also, dass ein Mensch zwei Leben führen kann, zum Beispiel ein Nacht- und ein Tagesleben wie der Staatsanwalt Hallers?«

»Jener Staatsanwalt, der niemals außerhalb der Theaterkulissen existierte!« vervollständigte Mareuil den Satz.

»Zugegeben«, nickte Lionel. »Aber der Bankier Williams existierte wirklich. Er lebte gleichzeitig zwei voneinander ganz verschiedene Leben.«

»Bei ihm handelte es sich nur um Gedächtnisschwäche, um nichts anderes.«

»Doch zitieren Taine, Ridot und andere eine Unmenge von ›Subjekten‹?«

»Antiquierte Irrtümer! Ihre Abhandlungen beruhen auf mangelhafter Beobachtung und sind höchst vorsichtig aufzunehmen.«

»Und doch ... und doch ... lieber Freund, mir ist ein Fall bekannt, der eine verfluchte Ähnlichkeit mit dem ›Staatsanwalt Hallers‹ hat, und in dem Grade, dass man vermuten könnte, das Stück habe unbewusst das ›Subjekt‹ dazu angetrieben, ein ›Zweites Ich‹ anzunehmen.«

»Das würde mich nicht wundern«, meinte Mareuil. »Nach dem Eindruck zu urteilen, den das Drama seinerzeit auf mich machte, begreife ich ganz gut, dass es Halbwahnsinn auszulösen vermag. Dies entkräftet aber in keiner Weise die aktuelle Theorie.«

»Der Betreffende, den ich meine«, fuhr Lionel fort, »benimmt sich genau so wie der Staatsanwalt Hallers, was ihn nicht daran hindert, dieselben Theorien wie Sie zu entwickeln, obwohl er das lebende Beispiel ihrer Unrichtigkeit ist.«

Jean Mareuil lachte.

»Sie lachen wie ein Mensch, der seiner Sache nicht ganz sicher ist«, bemerkte Graf Prase. »Leider kann ich Ihnen nicht den Namen des betreffenden ›Subjektes‹ nennen.«

»Was liegt daran? Ich versichere Ihnen, dass mich diese Fragen schon längst nicht mehr interessieren.«

Aber sein Gesichtsausdruck strafte ihn Lügen. Das Beklemmende fruchtlosen Suchens, sich etwas in das Gedächtnis zurückzurufen, verzerrte die Muskeln seines Antlitzes.

Es muss jedoch zugegeben werden, dass er den einzelnen Akten des Dramas folgte, ohne ein außergewöhnliches Interesse zu verraten. Gilberte und ihre Tante saßen auf den Vorderplätzen der Loge, während Lionel im Hintergrund jede Miene und jede Geste Mareuils belauerte.

Er nahm jedoch höchstens wahr, dass Mareuil seine Aufmerksamkeit verdoppelte, wenn Gémier, der die Rolle Hallers spielte, die Seelenqual und dumpfe Angst des Staatsanwaltes zum Ausdruck brachte, so oft diesen irgendeine unerklärliche, kaum angedeutete Offenbarung oder Entdeckung an das dunkle Geheimnis erinnerte, das ihn umschwebte.

Die Probe zeitigte somit keinerlei greifbares Resultat.

Dafür genossen die Gräfin und ihr Sohn, deren dunkle Pläne wir ja kennen, die Genugtuung, dass sich Gilberte über die Doppelnatur des Beamten-Banditen ungeheuer aufregte. Von derartigen traurigen und monströsen Erscheinungen hatte sie bisher keine Ahnung gehabt. Ihre leicht empfängliche Natur sträubte sich dagegen.

»Das ist ja entsetzlich!« rief sie, »grauenhaft!«

Der Gräfin und Lionel klangen diese Worte angenehm in den Ohren. Jean Mareuil, mein Junge – dachte sich der Graf –, mit dir ist's Schluss!

Da Lionel einsah, dass der Abend wohl kein weiteres Resultat zeitigen würde, verließ er während des letzten Zwischenaktes die Loge mit der Absicht, erst gegen Schluss zurückzukehren, wenn Hallers, durch ein mehr bühnenmäßiges als klinisches Verfahren geheilt, sein ›Zweites Ich‹ auf immer abstreifen würde, und begab sich nach der nur zwei Schritte von da entfernten Rue de Tournon zu der Nr. 47, um Aubry den machiavellischen Plan der Gräfin auseinanderzusetzen.

Zunächst teilte ihm der geriebene Hausbesorger mit, dass er bei Java nicht viel Glück gehabt habe.

Am Nachmittag hatte er sich nach dem Hotel begeben, wo die Gauklerin wohnte, und ad hoc einen ihm befreundeten Agenten der Geheimpolizei mitgenommen, der sich bereit erklärt hatte, ihm mit seinem Prestige und seiner Legitimationskarte als Polizeiinspektor hilfreich unter die Arme zu greifen.

Java unterhielt sich gerade mit der Zimmervermieterin. Aubrys Versuch, mit dem Mädchen ein Gespräch anzuknüpfen, scheiterte an der abweisenden Haltung der Schönen, und die Sache zu forcieren, schien Aubry nicht geraten. Fast unmittelbar darauf verließ die Schlangenbändigerin mit ihrem Pudel und ihrer Ledertasche das Haus. Im ganzen

Viertel nannte man sie nicht anders, obwohl sie keinerlei begründeten Anspruch auf diesen Titel erheben konnte.

Die Hotelinhaberin zeigte sich, dank der Legitimationskarte des Polizisten, umgänglicher, aber sie wusste von Java und Freddy wenig, weil das Paar erst seit kurzem hier wohnte.

»Diese Art Leute bleiben nie lang in ein und demselben Hause«, sagte sie. »Sie zigeunern immer umher, ein bis zwei Monate bleiben die Menschen, und dann geht's wieder weiter, um später wiederzukommen. Die beiden benehmen sich tadellos. Sie bezahlen pünktlich und arbeiten. Mindestens sieht letzteres so aus. Die Frau führt ihre Schlangen vor, und den Mann sieht man niemals unter Tags.«

Nun zeigte sie den Besuchern ihr Fremdenbuch.

Aubry hatte sich Notizen gemacht. Er zog sie hervor und las dem Grafen den Namen vor, unter dem sich Jean Mareuil bei der Zimmerfrau angemeldet hatte.

»Bescard, Albert Léon, Gelegenheitsarbeiter.«

»Weiter!« sagte Lionel. »Falscher Name, ohne Interesse.«

»Java ist folgendermaßen gemeldet, Herr Graf: Arréguy, Marie-Louise Ernestine Adrienne ...«

»Interesselos, interesselos!«

»Mein Freund, der Polizist, legte mir nahe, durch die Wohnungspolizei Erkundigungen einzuziehen, ich sagte ihm, man würde ihm die Antwort mitteilen.«

Nach einer Weile Nachdenken entschied Lionel.

»Teilen Sie ihm im Gegenteil mit, Freddy und Java absolut ungeschoren zu lassen. Nichts darf in ihnen den Verdacht wecken, dass sie beobachtet werden. Das würde einen Plan durchkreuzen, den ich Ihnen jetzt auseinandersetzen werde.

Wir wünschen, dass Freddy einen Diebstahl, einen Einbruch begehe, und zwar in einer Weise, dass Fräulein Gilberte das Faktum nicht bezweifeln kann. Verstehen Sie, Aubry?«

»Durchaus, Herr Graf!« nickte der Hausbesorger, dessen Tierfratze vor Vergnügen strahlte.

»Wir zählen auf Sie!« bemerkte der Graf. »Sie müssen sich mit dem Manne anfreunden und ihn reif machen.«

»Verstehe«, erklärte Aubry funkelnden Auges. »Ich werde schon sein Gewissen gängeln, mehr brauche ich nicht zu sagen.«

Der Ausdruck »sein Gewissen gängeln« fiel Lionel auf. Er betrachtete den Hausbesorger schärfer, und konnte nicht umhin, eine Hässlichkeit anzustaunen, die verworfene Bosheit wie wollüstigen Schweiß ausschwitzte. Aubry hatte sich bereits entsprechend angezogen, um in der »Bar der Kumpanei« seines Spionenamtes zu walten, und er sah einem von Freddys Sippschaft ähnlich wie ein Ei dem andern. So, wie er daherkam, hätte man sich vor ihm bei Mondschein und in einer öden Gasse geradezu fürchten müssen. Zudem machte der Ausdruck hämischer Freude sein ohnehin abstoßendes Gesicht noch widerlicher.

»Aubry, Sie sind – glänzend!« grinste Lionel.

Der Hausbesorger stimmte ein derart vulgäres, schallendes Gelächter an, dass der Graf es als eine direkte Insulte empfand. Von oben herab erklärte er, halb fragend, halb wie im Selbstgespräche: »Es wird wohl nicht mehr notwendig sein, dass ich vor Jean Mareuils Palais Vorpass halte?«

Aubry buckelte. »Durchaus nicht mehr notwendig, Herr Graf, denn Jean Mareuil begibt sich ja allnächtlich entweder nach der ›Bar der Kumpanei‹ oder dem Hotel garni. Und da bin ich ja da! Herr Graf sind vollkommen frei.«

»Gut. Aber wir sind noch nicht zu Ende. Wir müssen auch noch herausbringen, wer der ›gute Geist‹ ist – Sie wissen doch? – der Unbekannte, der sich die Aufgabe gestellt hat, Jean Mareuil-Freddy auf dem Pfad der Tugend zu erhalten.«

»Sehr wohl, Herr Graf.«

»Sie können sich denken, dass er Sie beobachten wird, wenn Sie sich an Freddy heranmachen. Man wird Ihr Tun und Treiben ausspionieren und Ihre Pläne zu durchkreuzen trachten. Hüten Sie sich also, und vor allem heißt es, festzustellen, wer uns eventuell Knüppel zwischen die Beine wirft.«

»Ganz wohl, Herr Graf, bin ich im Bilde, zu dienen.«

»Also, adieu, Aubry, und viel Glück. Sie brauchen sich nicht zu beeilen, in die Bar zu kommen, Ihr ›Freddy‹ sitzt noch momentan im Odeon bei meiner Mutter in der Loge. Er wohnt gerade dem letzten Akt des ›Staatsanwaltes Hallers‹ bei.«

»Ich muss mir das Stück auch einmal, an einem Sonntag bei einer Matinee, ansehen«, sagte Aubry. »Mir scheint, es ist zum Wälzen.«

Als Lionel die Portierloge verlassen hatte, atmete er, sich erleichtert fühlend, die frische Nachtluft mit vollen Lungen ein und dachte nicht mehr in seiner Sorglosigkeit an den Menschen, von dem er eben gegangen war.

Fünf Minuten später stieg er im Odeon die nach dem ersten Rang führende Marmortreppe empor.

Rings im Theater schuf der Gegensatz von Licht und Stille jene geheimnisvolle, geruhsame Atmosphäre, die überall auf Gängen und Galerien und in den Logen herrscht, wenn bei verdunkeltem Saal die Masse der Zuschauer den Künstlern auf der Bühne lauscht.

Lionel war kein einfältiger Mensch. Er genoss den Reiz des stummen, glänzenden Schauspieles, das einem mitunter mehr inneres Wohlbehagen bereitet als jenes, das über die Bretter geht, für das man gekommen ist, seinen Sitz bezahlt hat und das von stolzeren Namen signiert ist als »Licht« und »Stille«.

Auf dem inneren Rundgang hörte man die Stimme der Schauspieler.

Lionel ließ sich die kleine Tür der Loge öffnen und traf im Halbdunkel wieder die drei »Akteure« an, die mit ihm in einem Drama mitwirkten, das gewiss nicht weniger packend war als das, welches sich hier bei Rampenbeleuchtung und auf Grund einer geistvollen Dichtung abwickelte.

Kurz darauf senkte sich der Vorhang. Im Tohuwabohu des allgemeinen Aufbruches gab Gilberte temperamentvoll ihr Urteil ab.

»Das reinste Alpdrücken! Ich bin noch ganz krank, Mareuil! Wissen Sie, solche Sachen sind gräulich!«

»Regen Sie sich nicht auf, Gilberte. Es ist das Recht der Dichter und Bühnenschriftsteller, einzelne Züge und Geschehnisse aus der Masse, die unser Leben ausmacht, herauszunehmen, sie zu unterstreichen, zu nuancieren und hervorzuheben. Auch vereinigen sie in einem Stücke eine Unmenge von Wechselfällen und Konflikten, die sich in Wirklichkeit auf viele voneinander ganz verschiedene Begebenheiten verteilen. Sie dichten noch das ihnen Passende hinzu und legen es aus, wie es ihnen gerade zusagt. Ich kann Ihnen nur versichern, dass das ›Zweite Ich‹ niemals in dieser krassen und absoluten Art vorkommt und dass ...«

»Na, na, Mareuil!« klopfte ihm Lionel, während sie die Treppe hinabstiegen, auf die Schulter. »Sie glauben halt nicht daran, das ist alles. Ganz wie Hallers, haargenau wie Hallers, lieber Freund. Aber Sie müssen doch selbst zugeben, dass jeder Mensch zuweilen nebelhafte Erinnerungen hat, die ihn erstaunen und deren Ursprung er nicht zu ergründen vermag. Wenn man nun behaupten wollte ...«

»Gewiss, Sie haben ganz recht«, erwiderte Mareuil. »Was Sie da vorbringen, gibt es. Aber, um Himmels willen, zugestanden, dass jedem Menschen, wie Sie sagen, derartiges unterkommt, so kann doch nicht alle Welt ein doppeltes, dreifaches oder vierfaches Bewusstsein haben!«

»Ich bitte, schweigen Sie!« bat Gilberte. »Ich glaube noch immer den Staatsanwalt Hallers zu hören. Und das finde ich nicht sehr unterhaltsam, namentlich nicht, wenn Sie so reden, mein Freund!«

Lionel kaute an seiner Zigarette und verbarg ein hämisches Grinsen, während die Züge der Gräfin Prase nichtssagender denn je aussahen.

XV.

Der Schutzengel Fourcade

Zeit ist Geld – das gilt nicht nur für Amerika und England, sondern auch anderswo.

Nun, Zeit blieb dem biedern Aubry nicht viel übrig, um Jean Mareuil-Freddy zu ködern, infolgedessen war ihm Geld hierzu umso nötiger. Er hatte denn auch durch Lionels Vermittlung die erforderlichen Beträge erhalten, um die Geschichte richtig und tüchtig anpacken zu können. Als der junge Graf Aubry verließ, öffnete dieser ein Portefeuille, das ihm Lionel mit anerkennenswerter Diskretion zugeschoben hatte, und fand darin einen restlos befriedigenden Betrag in verführerischen Banknoten enthalten. So kam es denn, dass die »Bar der Kumpanei« heute Nacht der Schauplatz eines kleinen, höchst gelungenen Festes war.

Den Freudenrausch eines Menschen simulierend, dem irgendetwas geglückt ist, mimte Aubry den gutmütigen Bruder Leichtsinn, der sein Geld mit vollen Händen ausstreut und jedermann zu Gast ladet.

Auf diese Weise konnte er an dem nämlichen Tische wie Freddy, »die Natter«, Platz nehmen, ohne den Anschein zu erregen, als habe er ihn direkt aufgesucht.

Freddy schöpfte auch keinerlei Verdacht. Die Sache schien ihm höchst natürlich. Mit den andern, die da rauchten und tranken, rauchte und trank er auch, während Java in wortloser Seligkeit sich an seine Schulter lehnte und ihm mit den Fingern zärtlich durch die Haare strich. Sie erkannte zwar in Aubry den Menschen wieder, der sie vor dem Hotel garni angesprochen hatte, fand aber nichts dahinter, ihm, der ein Stammgast der Bar zu werden schien, bereits in dem Viertel begegnet zu sein.

Aubry markierte den Unruhigen. Keinen Augenblick blieb er auf seinem Platze. Ständig erhob er sich, um bald da, bald

155

dort an einem Tisch Platz zu nehmen. Diensteifrig füllten ihm seine Gäste immer wieder das hingestreckte Glas.

Er hatte sich gehütet, länger als unbedingt notwendig an dem Tische Freddys zu bleiben. Aber die wenigen Worte, die er zu ihm gesprochen, hatten genügt. Vertrauensseligkeit heuchelnd, machte er ihm gegenüber gewisse Anspielungen und Andeutungen, die man der Schwatzhaftigkeit eines angetrunkenen Menschen zugute halten konnte, die jedoch auch einige Zweifel zuließen über den rechtmäßigen Erwerb des Mammons, den Aubry so großmütig verausgabte.

Mit den unbeweglichen Physiognomien schöner, starker und schlauer Bestien hatten ihm Freddy und Java zugehört, ohne mit der Wimper zu zucken. Nur ein nichtssagendes, wenig Vertrauen erweckendes Lächeln umspielte ihre Lippen.

Batterien von Flaschen marschierten auf, ganze Reihen »englischer Platten«. Von allen Seiten rief man stets aufs neue nach Bier, Flaschenweinen, Senf, Gürkchen. Die einen droschen Karten, ohne sich viel um ihren »Amphitryon« mehr zu scheren, die andern umschmeichelten ihn auf plumpe Art, irgendein Geschäft oder Trinkgeld witternd.

Den Betrunkenen mimend, beobachtete Aubry hellhörig und scharf seine Umgebung, namentlich einen Gast, der ganz allein dasaß und den Eindruck eines kleinen Angestellten machte. Trotz seiner krampfhaften Versuche, den Anschein zu erwecken, als fühle er sich in diesem Kreise wohl, sah man es ihm an, dass er nicht hergehörte. Er trank wenig, rauchte gar nicht. Der verdächtige Gast hatte ganz in der Nähe von Freddy Platz genommen, schaute aber ständig anderswohin, was Aubrys Aufmerksamkeit nicht entging. Der Hausbesorger bedauerte es lebhaft, dass ein Ohr nicht wie ein Auge sei, das heißt, dass man nicht erkennen könne, ob es horcht, so wie man es dem Auge ansieht, ob es irgendwo hinblickt oder nicht.

Das Äußere eines Ohres hat in seiner Unbeweglichkeit und ausdruckslosen Form etwas Aufreizendes an sich. Man kann nicht erraten, ob es fein- oder schwerhörig, zerstreut oder aufmerksam ist, und weiß nie, was es tut. Schläft es? Lauscht es gleichgültig dem Lärm dieser Welt, oder strengt es sich an, ja kein Wörtchen, keine Silbe eines Gemurmels, eines leise geführten Zwiegespräches zu überhören? Da lobe ich mir das Tier! Bei den meisten kennt man das Ohrenspiel, die meisten vermögen die Ohren zu spitzen, zurückzulegen, die Schallseite zuzuwenden und mit den Ohren zu wackeln. Ihr Zuhören, ihr Lauschen ist sichtbar. Aber das menschliche Ohr? Zum Henker mit ihm, das den Blöden spielt!

Während nun der junge Angestellte es eifrig vermied, nach Freddy hinzublicken, war das eine seiner Ohren tückisch nach ihm gerichtet. Aubry sah überhaupt nichts mehr, keine Bar, keine Menschen, sondern nur dieses eine Ohr, dies Profil mit dem Ohr in der Mitte, das wegen dieses seines Ohres geradezu einen Empfänger, einen Beobachtungsspiegel von ungeheurer Gewichtigkeit darstellte.

Dem Menschen da musste man die Würmer aus der Nase ziehen. Aubry erinnerte sich, ihn schon hier gesehen zu haben.

Aubry stand auf. Schwankenden Schrittes torkelte er nach dem Schanktische, kaufte sich ein paar Zigaretten, angelte sich auf dem Rückwege einen Stuhl und setzte sich schwerfällig zwischen einen gemütlichen dicken alten Kerl und den Mann mit dem verdächtigen Ohr, der sofort etwas zur Seite wich.

Dieses höfliche Platzmachen verriet den wohlerzogenen, rangierten jungen Mann.

Mit lärmender Jovialität klopfte ihm Aubry plumpvertraulich auf die Schulter und knüpfte ein Gespräch mit ihm an. Der junge Mann machte gute Miene zum bösen Spiel. Man sah es ihm an, dass ihm das Ganze gegen den Strich ging.

Mit dem Eigensinn Alkoholisierter eiferte ihn Aubry zum Trinken an.

Endlich erwiderte der Geplagte: »Entschuldigen Sie. Sie sehen, dass ich es nicht gewohnt bin.«

»Zum Teufel, was hast du dann hier zu suchen?« lallte Aubry, schwere Zunge markierend.

»Ich bin Schriftsteller ... mache hier meine Studien. Verstehen Sie?«

»Oh, verflucht! Das ist mir das Wahre! ... He, ihr Saufgurgeln, hört zu! Unser Kumpan da ist Journalist!« – Aber niemand achtete auf ihn, schon längst hörte kein Mensch ihm mehr zu. Jeder vergnügte sich auf seine spezielle Art.

Freddy und Java trafen Anstalt, sich mit ihrem Pudel Benko zu entfernen.

»Ich ... geh' ... mi ... mit ... euch!« stotterte Aubry weinselig. »Ich be ... be ... gleite ... euch ...«

»Nein, Väterchen, mit uns wirst du nicht gehen!« erklärte Java. »Erstens können wir dich nicht brauchen, und zweitens bist du arg beschwipst!«

»Ihr seid mir schöne Genossen!« rülpste Aubry weinerlich.

»Freddy, sag, bist du mein Freund?«

Freddy zuckte die Achseln.

»Pf!« zischte er zwischen den Zähnen. »Machen wir, dass wir weiterkommen, Java. Das Aas ist besoffen!«

»Freddy!« heulte der Spion. »Gib mir die Hand. Du bist mein Freund!«

Der Apache Jean Mareuil berührte kühl Aubrys Hand mit den Fingerspitzen und entfernte sich dann in Begleitung seiner Geliebten und des Pudels.

Der Hausbesorger lachte sich ins Fäustchen. Er wusste, wie solid die bei einem Glase Wein geknüpften Verbindungen halten, wenn noch Liköre und starke Schnäpse ad maiorem

Dei gloriam gratis fließen. Der Anfang schien vielversprechend.

Aubry hätte darauf Gift genommen, dass der angebliche Schriftsteller sich gleich nach Verschwinden Freddys gleichfalls drücken würde, und die Tatsache bestätigte seine Vermutung. Aber Aubry nahm sich vor, die Nachforschung auf später zu verschieben, wer eigentlich dieser Naseweis sei, der anscheinend auch Freddys Tun und Treiben beaufsichtigte. Das Auftreten des neuen Beobachters genierte Aubry, und er musste sich für diese Nacht nolens volens mit dem zufriedengeben, was er herausgebracht hatte.

Als Aubry gegen neun Uhr früh erwachte, eilte er sofort nach dem nächsten Postamt, um der Gräfin von Prase zu telefonieren. Er hatte kein Geld mehr, aber das war nicht der Grund, dass er die Gräfin anrief, denn er hätte ihr mit Vergnügen sein ganzes Vermögen zur Verfügung gestellt; Aubry wollte sich vielmehr erkundigen, ob er diese kostspielige Art von Operationen fortsetzen solle oder nicht.

»Nur nicht sparen, lieber Aubry!« antwortete die Gräfin. »Alles hängt jetzt vom raschen Handeln ab. Geben Sie aus, so viel Sie wollen, ohne zu rechnen. Da ich aber nicht will, dass Sie aus Eigenem etwas drauflegen, begeben Sie sich, bitte, noch heute Vormittag zu meinem Notar, dem ich sofort telefonieren werde, für Sie zehntausend Franken bereitzuhalten.«

Dann gab ihm die Gräfin die Adresse des Notars an und erkundigte sich unter Deckworten nach dem Ergebnis der Nacht.

Aubry verstand sie vollkommen, aber jemand anderer, selbst Lionel, hätte unmöglich den Sinn ihrer Rede entwirren können, so sehr verschleierte die Gräfin alles am Telefon. Nicht ein einziges verfängliches Wort entschlüpfte ihr, nicht ein einziger Eigenname. Aubry sah sie ordentlich vor ihrem Empireschreibtisch in dem unfreundlichen Arbeitskabinett sitzen und wie in einen Beichtstuhl in das Telefon hineinflüstern, jeden Satz reiflich überlegen und jede Wendung, die ebenso rätselhaft und unklar war wie ihr welkes, unergründliches Antlitz.

Mit »Habachtstellung« telefonierte Aubry und verbeugte sich jedes Mal, wenn ihm dies die Höflichkeit zu erheischen schien, und als die Gräfin den Hörer wieder eingehängt hatte, blieb er noch ein paar Sekunden erwartungsvoll und respektvollst stehen.

Dann machte er sich nach dem Notariat auf den Weg, um die zehntausend Franken einzukassieren.

Aubry trat durch eine prächtige, mit blinkendem Kupfer beschlagene Toreinfahrt, stieg die Herrschaftstreppe hinauf und öffnete die Tür eines Saales, die in großen Lettern die Aufschrift »Bureau« trug, und wo ein Dutzend junger Leute, jeder an seinem Pult, mit der Abschrift, Durchsicht und Registrierung von Akten beschäftigt war.

Aubry teilte einem der Angestellten den Grund seines Kommens mit, der ihn einlud, etwas Platz zu nehmen. Der Hausbesorger zog eine Zeitung aus der Tasche und entfaltete sie.

Plötzlich wurde eine kleine Tür aufgerissen, und ein noch jugendlicher, sehr entschieden auftretender und tadellos angezogener Herr fragte herrisch, ob Herr Fourcade schon da sei.

»Herr Fourcade traf noch nicht ein«, erwiderte einer der Angestellten in ehrerbietigem Ton.

»Sagen Sie ihm, dass er mich sofort aufsuchen soll, wenn er kommt.«

»Jawohl ... doch ich höre jemand die Treppe heraufkommen, dem Gang nach dürfte er es sein.«

Gleich darauf trat Fourcade ein.

»Ah, das ist recht, Herr Fourcade!« rief der Notar.

Aubry hielt sich schleunigst die Zeitung als Maske vor das Gesicht. Er hatte in diesem Herrn Fourcade den »kleinen Angestellten«, den »Schriftsteller« wiedererkannt, der nicht »gewohnt war, zu trinken«.

Der Notar war an ihn herangetreten und fragte ihn leise: »Nun, Fourcade, was gibt es Neues? Was stellten Sie heute Nacht fest?«

»Nichts besonders Interessantes, Herr Notar.«

»Sie sehen ermüdet aus, Fourcade.«

»Kein Wunder, Herr Notar, bei so einem Wirbel ...«

»Na, ruhen Sie sich aus. Machen Sie mir nur heute im Laufe des Vormittags noch ausführlich Meldung«, und leicht und gefällig kehrte der Notar in sein Privatbureau zurück, während sich Fourcade nach einem rückwärtigen Saal begab, wo ebenfalls Angestellte, die einander ähnlich sahen wie ein Ei dem andern, über Akten gebeugt herumsaßen. Auf diese Weise hatte Aubry das Glück, von Fourcade nicht erkannt zu werden.

Aubry wurde jetzt in das Bureau des Kanzleivorstandes zitiert, der ihm mitteilte, die Gräfin hätte ihm in Abwesenheit des Herrn Feuillard den telephonischen Auftrag erteilt, Aubry zehntausend Franken auszuzahlen.

Der Hausbesorger las überall auf den verschiedenen Akten und Faszikeln den nämlichen Namen »Feuillard«. Er befand sich also bei Herrn Feuillard, und dieser Herr ließ durch einen seiner Angestellten »Freddy, die Natter« beaufsichtigen. Und Aubry kannte diesen Beamten, kannte den Herrn Fourcade aus dem Effeff, letzterer kannte aber Aubry nicht so gut, und Herr Feuillard den Hausbesorger überhaupt nicht. Weder der eine noch der andere hatte ihn hinter seiner Zeitung wahrgenommen. Herr Feuillard würde zweifelsohne erfahren, dass ein gewisser Aubry im Auftrage der Gräfin Prase zehntausend Franken erhalten habe, aber das Gesicht und die Person dieses gewissen Aubry waren ihm unbekannt. Und was Fourcade anbetraf, würde er nie imstande sein, die Verbindung herzustellen zwischen dem Betrunkenen in der Bar und dem Manne, der Geld holen gekommen war.

Ein Glückszufall hatte Aubry in den Besitz des Geheimnisses gesetzt, das er zu ergründen den Befehl hatte. Seine Brust hob sich vor Freude. Allerdings war er nur der Nutznießer eines reinen Zufalles. Dennoch schmeichelte es seiner Eitelkeit ungemein. Es drängte ihn, die gute Neuigkeit der Gräfin mitzuteilen. Aber persönlich wollte er sich nicht nach Neuilly begeben, auch wäre es eine Unvorsichtigkeit sondergleichen gewesen, die man ihm nicht zutrauen konnte, hätte er seinen Namen der zweifelhaften Diskretion des Telefons preisgegeben. In Deckworten und Umschreibungen sich auszudrücken, dem fühlte er sich nicht gewachsen. Er schrieb daher dem Grafen Lionel mit verstellter Handschrift folgende Rohrpostkarte:

»Hochgeborener Herr Graf!

Die Person, von der Euer Hochgeboren gern wissen möchten, wer sie ist, und die sich mit dem beschäftigt, was Herrn Grafen bekannt ist, heißt Feuillard und ist der bekannte Notar.

Euer Hochgeboren untertänigster

Tournon.«

Und von Stolz gebläht, seinem Genie zugute schreibend, was er lediglich einem märchenhaften Zufall zu verdanken hatte, warf Aubry die Rohrpostkarte in die Öffnung des Briefkastens, wie man einem kleinen, armen Bettler einen köstlichen Leckerbissen in den Mund steckt.

XVI.

Lionel verfolgt seine Idee

Der von der Gräfin Prase für den Ausflug nach Luvercy ins Auge gefasste Donnerstag rückte näher.

Schon seit einigen Tagen war der Schlossverwalter von dem beabsichtigten Besuch in Kenntnis gesetzt worden. Am Vormittag des Tages selbst erklärte Lionel seiner Mutter, dass er vorausfahren wolle, um persönlich nachzusehen, ob alles in Ordnung sei. »Das Schloss ist so lange unbewohnt geblieben, dass es sicherlich eine Menge Kleinigkeiten gibt, die man sich anschauen muss, damit Gilberte bei ihrer Rückkehr nach Luvercy nicht enttäuscht ist. Und um das alles in Richtigkeit zu bringen, ist ›Papa Heurtebois‹ nicht der Mann.«

Lionel fuhr also noch sehr früh am Morgen in seinem kleinen Rennauto ab. Dass ihn aber Aubry in der Rue de Tournon vor Haus Nr. 47 erwarte, hatte er niemand, nicht einmal seiner Mutter, verraten.

Stolzerfüllt ob solcher Ehre, nahm Aubry an der Seite des Grafen Platz, und das Auto schlug bei wundervollstem Wetter die Straße nach dem Tal Chevreuse ein.

Aubrys rascher Erfolg und das Glück, das er bei der Entdeckung des Beschützers von Freddy entwickelt hatte, hatten nicht verfehlt, auf Lionel einen gewissen Eindruck zu machen. Er sagte sich daher, dass ihm ein so geriebener »Adjutant« recht nützlich sein und dass dessen Mithilfe bei Besichtigung des Schlosses manche interessanten Schlüsse zeitigen könnte. Bis jetzt hatte der tragische Hingang der Frau Guy Laval nirgends Verdacht erregt. Niemand vermutete ein Verbrechen dahinter. Nie hatte auch ein Lokalaugenschein unter diesem Gesichtswinkel stattgefunden. Nun tauchte ein Mensch, der Jean Mareuil hieß und den Beinamen »Freddy, die Natter« führte, auf, dessen unruhiges Benehmen derart auffiel, dass man mit Recht auf die Vermutung kommen konnte, er habe bei dem Tode der Frau Guy Laval irgendwie seine Hand mit im Spiel gehabt. Dieser Verdacht wurde durch seine Gabe, Schlangen zu beschwören, noch stärker unterstrichen. Den Mord, der ihm allerdings schwer nachzuweisen war, und zwar sowohl mangels an Beweisen als eines vernünftigen Grundes, hatte er als »Zweites Ich«, nicht als Jean Mareuil, sondern als »Freddy, die Natter« begangen. Nahm man einen derartigen Mord an, verlor das Drama von Luvercy seine ganze Rätselhaftigkeit.

»Denn, wissen Sie,« meinte der Graf zu seinem Begleiter, »dass die Viper entkommen ist, kann sehr wohl möglich sein, aber ganz unwahrscheinlich kommt es mir vor, dass sie durch die winzigen Ladenausschnitte in das Schlafzimmer meiner Tante gelangen konnte.«

Was hätte der Graf gesagt, wenn er gewusst hätte, was Jean Mareuil aus dem Bericht des Ehepaares Lefebre deduzierte: nämlich, dass die Viper aus der gleichen kleinen Ladenöffnung wieder herausgekrochen sein musste, dass sie vor Mitternacht erschlagen und eingegraben wurde und die abgeschlossenen Türen des Zimmers erst gegen Morgen geöffnet worden waren.

»Die Sache ist sehr merkwürdig!« bemerkte Lionel.

»Halten zu Gnaden, Herr Graf, der Fall ist vielleicht nicht gar so widersinnig, als Hochdieselben annehmen. Jeden Tag erlebt man und hört man von merkwürdigen Todesfällen, welche sich dennoch auf höchst erklärliche, ich möchte sagen, gut bürgerliche Art abwickelten. Der Zufall ist zuweilen unerhört erfinderisch.«

»Stimmt, aber erinnern Sie sich der Begleitumstände an ›Freddy, die Natter‹, Aubry!«

»Alles recht nebelhaft, Herr Graf, ungemein nebelhaft.«

»Durchaus nicht. Höchstens schwebt ein leichter Schleier, wenn Sie wollen, eine noch unerforschte Verbindung zwischen dem Rätselhaften des Todes meiner Tante und den Indizien, Freddy betreffend. Aber es macht mir stellenweise den Eindruck, als handle es sich um eine zusammenhän-

gende Kette, von der nur die mittleren Verbindungsglieder
in Nebel gehüllt sind und im Leeren verschwinden. Es würde genügen, wenn einige wenige dieser Glieder dem Auge
sichtbar würden, und die Kette wäre einwandfrei geschlossen.«

Aubry spitzte zweifelnd die Lippen.

»Wie schon erwähnt, Herr Graf, ich besinne mich nicht,
Herrn Jean Mareuil jemals in Luvercy gesehen zu haben.«

»Aber zum Kuckuck, Aubry, Sie hätten ihn doch nur nachts
in seinem ›Zweiten Ich‹ als Freddy sehen können.«

»Das gebe ich vollkommen zu, Herr Graf. Aber obwohl ich
einen sehr leisen Schlaf habe, vernahm ich niemals, auch
nicht in der Nacht, in der das Unglück geschah, auch nur
das mindeste Geräusch.«

»Das beweist gar nichts. Erstens schliefen Sie im zweiten
Stock, zweitens gibt es Menschen, die die Gabe besitzen, so
leise zu sein wie Schlangen. Und Freddy gehört zu dieser
Gattung Leute.«

Lionel ahnte nicht, wie treffend sein Urteil war, denn damals
in der Nacht war ja die Jungfer Marie so lautlos nach ihrem
Zimmer im zweiten Stock zurückgekehrt, dass niemand sie
gehört hatte, um wie viel eher hätte sich ein Mann nachts
um das Schloss herumschleichen können, ohne von den
Bewohnern des zweiten Stockes vernommen zu werden.

»Aber nicht das bringt mich aus dem Konzept, Aubry,« fuhr
Lionel fort, »dass Sie, der Sie im zweiten Stockwerk schliefen, oder ich, der in der ersten Etage mein Zimmer hatte,
nichts hörten, sondern dass meine Cousine Gilberte, die
schlaflos zusammen mit meiner Mutter in dem Ankleidezimmer dicht neben meiner Tante die Nacht verbrachte,
nicht den leisesten Ton vernahm. Das wundert mich umso
mehr, als ich doch meine Mutter genau kenne; sie erwacht
beim kleinsten verdächtigen Geräusch.«

»Ich gebe zu, Herr Graf, dass Freddy auf lautlosen Katzensohlen einherschleicht, immerhin, halten zu Gnaden, ich vertraue mehr auf meine Operationen, als auf Hochdero bloße Annahmen. Ich habe mit ihm letzte Nacht gesprochen, ohne dass Fourcade es merkte. Die Java kümmert sich um nichts, sie lässt alle Fünf gerade sein. Ich ließ so ein paar Worte fallen, dass ›man etwas machen könnte‹ ... So etwas liebt er. Einzubrechen lockt ihn ... er scheint das Geschäft zu kennen. Ich kriege ihn, Herr Graf, ich kriege ihn.«

»Gut, wir wollen ja sehen, wer von uns beiden ihn zuerst ›kriegt‹. Ob Sie ihn früher dazu bringen, einzubrechen, oder ob ich ihn des Mordes an meiner Tante überführe. Ach, Aubry, wenn man oft wüsste, wenn ich nur eine Ahnung gehabt hätte, dann wäre ich in jener herrlichen Sommernacht vor fünf Jahren in den Park hinuntergegangen, eine Zigarette zu rauchen, statt droben in meinem Zimmer wie ein Schafskopf zu schlafen.«

Aubry warf ihm einen verschmitzten Seitenblick zu. Seine ganze angeborene Bauernschlauheit kam zum Durchbruch, als er jetzt dem Grafen sagte: »Ei, Herr Graf erzählten mir doch eine Unmenge von sonderbaren Geschichten und allerhand Teufelszeug über das ›Zweite Ich‹, das ›Doppelte Bewusstsein‹ usw. Sind daher Herr Graf auch fest davon überzeugt, damals in der Nacht wirklich in Ihrem Bett geschlafen zu haben?« – Und mehr und mehr in seine rustikale Grundnatur und den Dialekt seiner Heimat zurückverfallend, legte Aubry den gewählten Redestil, den er sich angeeignet hatte, ab und platzte mit den Worten heraus: »Zum Teufel, ich stehe für nichts und für niemanden mehr ein, nicht für mich, nicht für wen andern!«

Das war jetzt schon das zweite Mal, dass man Lionel gegenüber eine derartige persönliche Anspielung machte – seinerzeit der Polizeipräfekt und nun der Hausbesorger. Der Graf ärgerte sich. Missmutig drehte er sich um und schwieg.

Das Gittertor des Schlosses stand weit offen.

Heurtebois, der Verwalter, eilte herbei. Das heißt, er tat nur, als beschleunige er seine Schritte, denn sein dicker rheumatischer Körper verbot ihm jede schnellere Bewegung.

Der alte ausgediente und reich dekorierte Feldwebel hatte einen sehr hübschen Soldatenkopf, dessen martialischer Ausdruck noch durch einen Backenbart, den sich Heurtebois nach seinem Ausscheiden aus dem Militärstande hatte wachsen lassen, erhöht wurde und der zusammen mit dem weißen Schnauzbart seinem Träger das Aussehen verlieh, als habe der greise Haudegen schon den Übergang über die Beresina mitgemacht. Dieser Mann, der den Eindruck eines unverwüstlichen Überlebenden der Großen Armee erweckte, war schon wegen seines Äußern für den Kastellanposten in einem verlassenen Schlosse wie geschaffen. Schloss und Schlosswart schienen einem längst versunkenen Jahrhundert anzugehören.

Als Gilberte nach dem Tode ihrer Mutter unweigerlich erklärt hatte, nicht mehr nach Luvercy zurückkehren zu wollen, hatte die Gräfin den Heurtebois, der eine vollkommene Vertrauensperson war, engagiert.

Heurtebois empfing die Ankommenden auf das artigste. Aber sie gaben sich mit ihm nicht lange ab, sondern wandten sich nach dem Schloss, dessen sämtliche Fenster im Strahle der herrlichen Junisonne weit offen standen.

Das sehr vornehme Gebäude stammte aus der Zeit Ludwigs XIV. Es hatte einen Haupttrakt und zwei vorgeschobene Seitenflügel, die einen Ehrenhof umschlossen. Der Mittelbau hatte ein Hochparterre, einen ersten Stock und das sehr geräumige Mansardengeschoß mit französischem Dach und hohen Kaminen. Wilder Wein und dichter Efeu bedeckten die Außenmauern.

Lionel und Aubry betraten nicht sogleich das Schloss, sondern schritten erst längs des rechten Seitenflügels hin, den ein weiter Rasenplatz mit der Orangerie verband, einem langgestreckten Bauwerk mit runden Fenstern, etwa fünfzehn an der Zahl, die mit kleinen viereckigen Scheiben verglast waren.

Am Eck des Schlosses, von wo aus man einen Blick auf den weitläufigen, halb verwilderten Park hatte, blieben beide stehen.

Hier lag das Schlafzimmer der verstorbenen Frau Laval. Das eine westliche Eckfenster blickte nach der Orangerie, das andere nach Süden und in den Park. Ersteres war damals in der Nacht hinter seinem eisernen Rollläden, die nur einen kleinen herzförmigen Ausschnitt hatten, offen gewesen.

Der Boden hatte sich hier etwas gesenkt, so dass die aufwärts zu sich verjüngende Grundmauer hier über das Bodenniveau sich erhob und das Hochparterre in einer Höhe von über zwei Metern über der Erde lag, so dass jedes der beiden Fenster außer Reichweite eines aufrecht stehenden Menschen war.

Der Hof war gepflastert, namentlich auch die etwa fünfundzwanzig Meter breite Fahrstraße zwischen der Orangerie und dem Schlossflügel, in welchem das Eckzimmer der Verstorbenen lag. In der Orangerie war bekanntlich die schwarz-weiße Viper untergebracht gewesen.

»Alles in allem genommen,« murmelte Lionel, »hat die Version, die man allgemein annimmt, viel Wahrscheinlichkeit für sich. Schaut man sich die Sache an Ort und Stelle an, leuchtet sie einem ein. Die Viper entkommt. Kaum hat sie die Orangerie verlassen, bemerkt sie den hellen Ladenausschnitt, kriecht näher, klettert an dem Efeu empor und ... nur verstehe ich nicht, wieso Gilberte nicht von dem Rascheln der Blätter alarmiert wurde?«

»Halten zu Gnaden, Herr Graf«, bemerkte Aubry listig. »Was man ländliche Stille nennt, setzt sich aus einer Unmasse von Geräuschen zusammen.«

»Hm ... hm ...« schüttelte Lionel ungläubig den Kopf. »Ich kann es mir nicht denken, dass Gilberte nichts gehört haben sollte, falls sich die Schlange durch die dichten Efeuranken bis zu dem Ladenausschnitt emporarbeitete. Schauen Sie selbst her, Aubry! Kaum vier Meter trennen das Fenster des Schlafzimmers meiner Tante von dem Fenster des Ankleidekabinetts, in welchem Gilberte die Nacht schlaflos zubrachte. Meine Mutter und meine Cousine befanden sich also in allernächster Nähe von dem Betätigungsfeld der Schlange, als sie ihre angebliche Kletterpartie unternahm. Ferner besinnt sich meine Mutter ganz genau darauf, auch in ihrem Zimmer – Sie wissen ja, wie heiß es damals war – das Fenster bei geschlossenen Außenladen offen gehabt zu haben. Gilberte hätte also unter allen Umständen das Emporkriechen der Viper vernehmen müssen, denn sie war wach, unruhig lauschte sie auf jedes Geräusch nebenan im Zimmer ihrer Mutter, und so ein junges, dreizehnjähriges Mädel ist gar feinhörig. Die Schlange mag immerhin durch den Ladenausschnitt eingedrungen sein, aber ich bezweifle, dass sie an der Mauer und dem Efeu empor zu dem Ladenausschnitt gelangte.«

»Man müsste sie also durch den Laden hineinpraktiziert haben?«

»Ich weiß es nicht. Unmöglich wäre es nicht. Ich las einmal eine ähnliche Geschichte ...«

»Und ohne das geringste Geräusch hineinpraktiziert, Herr Graf?«

»Gewiss, Aubry. Man müsste in dem Fall annehmen, dass der betreffende Mensch dabei weniger Lärm machte als die Schlange beim Emporklettern am Efeu. Aber ich gebe zu, dass dies schwer anzunehmen ist, namentlich wenn man in Erwägung zieht, wie hoch über dem Boden sich der herzförmige Ladenausschnitt befindet.«

»In der Tat!« lächelte der Hausbesorger überlegen.

Sie traten etwas zurück, um den Flügel des Schlosses, wo sich das geheimnisvolle Drama abgespielt hatte, besser betrachten zu können.

Durch die geöffneten Fenster der Parkfront konnten sie in das Zimmer der Frau Laval blicken, dann in den Billardsaal, das Speisezimmer, das Rauchzimmer – Räume, die für sie kein Interesse hatten – und um den Flügel herum befand sich das zweite Eckfenster des Schlafzimmers von Frau Laval, anschließend daran das Fenster des Ankleidekabinetts, des Schlafzimmers von Gilberte und eines Toilettenraumes, der am Ende des Gebäudes gegen das Hofgitter zu lag.

»Wer bewohnte eigentlich das Zimmer im ersten Stock über dem Schlafzimmer meiner Tante?« fragte plötzlich Lionel.

»Herr Guy Laval«, erwiderte der Hausbesorger. »Nämlich, seit seine Gemahlin krank war, denn die Herrschaften hatten sonst nicht getrennte Schlafzimmer.«

Lionel dachte nach. Er suchte sich die Allüren und den Charakter dieses Onkels, den er nur wenig gekannt hatte, des ständig abwesenden Gatten einer entzückenden Frau, in das Gedächtnis zurückzurufen. Und doch ... Guy Laval liebte seine Frau zärtlich, niemand hatte je daran gezweifelt, aber er war eine Art Abenteuergenie, der immer von Entdeckungen träumte, kurzum ein zerstreuter Mensch mit manchmal ganz exzentrischen Einfällen. Er suchte geradezu Gefahren und war ein professionsmäßiger Wagehals ... ein Beweis: die Viper, die er zu reizen liebte. Mit einem Worte: Guy Laval war ein unbesonnener Hansdampf. Hatte er sich eine Unbedachtsamkeit zuschulden kommen lassen? Welche? Das war schwierig, sich vorzustellen. Und wie hätte eine solche Unbesonnenheit dazu führen können, dass die Viper in das Hochparterrezimmer gelangte? Nein, eine solche Annahme erschien widersinnig. Warum hatte sich aber Guy Laval nach dem Tode seiner Gattin gar so – so auffallend und irrsinnig gebärdet und in Zentralafrika auf so ehrenvolle, wenn auch schreckliche Art den Tod gesucht?

»Sagen Sie mir, Aubry, hat Herr Guy Laval ...«

»Ich bitte, Herr Graf!«

»Nichts ... nichts.«

Lionel hatte überlegt. Sich Aubrys gegen Jean Mareuil zu bedienen, war in der Ordnung, doch gegen Guy Laval wäre nicht das gleiche gewesen. Der Graf von Prase hatte die edelmännische Denkungsart seines Blutes. Weiß Gott, was man an das Tageslicht befördern könnte, würde man da herumstöbern, weiß Gott, was sich oft hinter einer nach außen restlos glücklich erscheinenden Ehe verbergen mag? – Sie betraten das Schloss.

In dem Schlafzimmer der verstorbenen Frau Guy Laval war nichts verändert worden. Sie gelangten in dasselbe von dem Gang aus, der rings um den Ehrenhof lief und in den sämtliche Türen des Hochparterres mündeten. Dieser Gang bildete zwei rechte Winkel, beziehungsweise teilte sich in einen Mitteltrakt und einen östlichen und einen westlichen Flur (siehe Skizze). In westlicher Richtung war die Tür zum

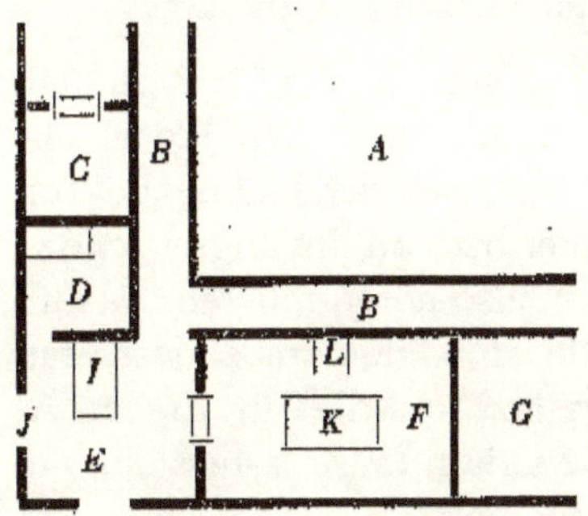

A Ehrenhof, B Gang, C Zimmer Gilbertes, D Ankleidekabinett mit Feldbett, E Schlafzimmer der Frau Laval, F Billardsaal, G Salon, I Bett der Frau Laval, J Fenster zu der Orangerie, K Billard, L Konsole.

Schlafzimmer der Frau Laval die letzte des Mitteltraktes. Trat man in das Zimmer ein, hatte man zur linken Hand die Vollwand, die das Zimmer vom Billardsaal trennte. In der Mitte dieser Wand stand der Kamin, der von den Schränken flankiert wurde. Sie wiesen keinerlei Merkwürdiges oder irgendwelche Ritzen auf. Den Kamin schloss ein eiserner Vorhang, genau wie damals in der kritischen Nacht, der die Möglichkeit eines Eindringens oder einer Flucht auf diesem Wege verneinte.

Rechts blickte man durch das ominöse westliche Fenster nach der Orangerie, links durch das südliche in den Park.

Das Bett stand mit der Stirnseite an der Wand des Ankleidekabinetts, das zum westlichen Flügel gehörte, und war weiß lackiert. Es wies keinerlei Himmel auf, lediglich einen himmelblauen Vorhang, der von goldenen Reifen herab zwischen Wand und Bett hing.

Neben dem Bett führte eine Seitentür in das Ankleidekabinett.

Lionel untersuchte sorgfältigst den Verschluss der Gangtür. Man erinnere sich daran, dass Frau Laval einen selbsttätigen Riegel hatte anbringen lassen, den sie von ihrem Bett aus mittels Schnur in Tätigkeit setzen konnte, um nicht aufstehen zu müssen, wenn sie nachts ihrer Jungfer läutete. Dieser Zugriegel war noch vorhanden und verursachte, wenn man ihn spielen ließ, einen trockenen, kurzen Klappton.

Lionel schickte den Hausbesorger in die Garage, ein Schmierkännchen zu holen. Dann ölte er den Riegel des Verschlussmechanismus gut ein. Aber der klappende Ton blieb, ein Zeichen, dass er immer bestand. Im angrenzenden Ankleidekabinett hätte man ihn also hören müssen. Da Gilberte jedoch nichts gehört hatte, so folgte daraus, dass Frau Laval ihn nicht in Tätigkeit gesetzt und die Tür, die am Abend geschlossen, und wie die Gräfin Prase festgestellt, am Morgen noch immer geschlossen gewesen war, nachts nicht geöffnet wurde.

Da nebenan die Gräfin und Gilberte schliefen – die eine in jenem leichten, Krankenwärterinnen eigenen Schlaf, während die andere überhaupt nicht schlief, sondern mit weit offenen Augen und lauschend wach dalag – so bildeten die einzigen Zugänge zu Frau Lavals Zimmer die beiden herzförmigen Ladenausschnitte. Darüber kam man nicht hinweg. Wollte man annehmen, dass Frau Laval, obwohl sie unfähig war, sich zu erheben, dennoch aufgestanden war, entweder um die Tür zu öffnen, oder um die Außenläden der Fenster aufzumachen, so hätte unbedingt Gilberte das Geräusch ihrer schwankenden Tritte durch die dünne Verbindungstür vernommen, die unten an der Schwelle nur einen so feinen Schlitz aufwies, dass Gilberte den schwachen Lichtschein der Nachtlampe in dem Zimmer ihrer Mutter zwar als ganz dünne Linie wahrnahm, der aber viel zu eng war, um der einen Meter langen und entsprechend dicken Schlange Durchlas zu gewähren.

Auch die Besichtigung des Ankleidekabinetts zeitigte keinerlei Resultat. Lionel konnte nirgends eine weder sachliche noch abstrakte Spur von irgendetwas Außergewöhnlichem entdecken. Aubry beteiligte sich höchst lässig und unaufmerksam an allen diesen Untersuchungen. Er schien absolut ungläubig und wiederholte immer wieder, sich uninteressiert umblickend: »Man kann nicht gleichzeitig zwei Hasen hetzen, Herr Graf. Wir haben uns nicht mit einem etwa begangenen Verbrechen zu beschäftigen, sondern mit einem wahrscheinlichen, künftigen Einbruch.«

Schließlich begann er Lionel auf die Nerven zu gehen. Er schickte daher den Hausbesorger auf die Station zurück, damit er wieder nach Paris abfahre.

Mit größerem Eifer ging jetzt der Graf auf eigene Faust ans Werk. Er begab sich in den ersten Stock und unterwarf das Zimmer, das Guy Laval während der Krankheit seiner Gattin bewohnt hatte, einer peinlichsten Untersuchung.

Verlorene Liebesmühe! Der Raum bot nicht den mindesten Verdacht.

An eine Geschichte von Conan Doyle sich erinnernd, die ihm schon einmal eingefallen war, stieg nun Lionel wieder in das Zimmer seiner verstorbenen Tante hinab, um festzustellen, ob nicht irgendein Klingelzug der Schlange als Kletterobjekt hatte dienen können. Vielleicht, dass sie durch ein Loch im Plafond an einer derartigen Schnur herabglitt? Eine solche Klingelschnur befand sich allerdings zu Häupten des Bettes von Frau Laval, bestand jedoch nur aus einem dün-

nen, seidenumsponnenen Draht, an dessen Ende in Reichweite von Frau Laval eine Druckbirne hing. Sie war aber viel
zu schwach, als dass sich die Viper an ihr hätte herunterlas-
sen können. Überdies wiesen weder Plafond noch Mauer die
geringste Öffnung auf.

Ziemlich entmutigt begab er sich in das Dorfwirtshaus zum
Essen und wartete die Ankunft seiner Mutter, Gilbertes und
Jean Mareuils ab.

XVII.

Gilberte in Luvercy

Fünfhundert Meter vom Dorf entfernt und dem Schlosse entgegengesetzt liegt der Friedhof von Luvercy. Die Gräfin drückte den Wunsch aus, einen Augenblick zu halten. Gilberte ging sofort auf den Wunsch ihrer Tante ein, im Innern bedauernd, dass ihr nicht zuerst dieser Gedanke gekommen war.

Das Auto stoppte, und Jean Mareuil begleitete die beiden Damen nach dem Grab, unter dessen Gruftdeckel die alten Lavals ruhten, die Eltern Guys und seiner schönen Frau, und seine eigenen, aus Afrika auf Staatskosten überführten sterblichen Überreste.

Nach kurzem Gebet umschritt die Gräfin das Monument mit musterndem Blick. Hier richtete sie eine Blume, dort ein etwas schief hängendes Kreuz aus Glasperlen. Dann wartete sie, bis ihre Nichte »zum Aufbruch blase«.

Gilberte raffte sich auf. Mit ihr schien Jean Mareuil von diesem ersten, traurigen Besuch bei den Eltern seiner Verlobten tief bewegt. Er sah bleich aus und dachte wohl daran, wie unter normalen Verhältnissen diese Begegnung die Quelle von Freude und schönen Erinnerungen gewesen wäre, und nun waren es zwei Tote, die sie empfingen, zwei in jungen Jahren unter dramatischen Umständen Dahingeschiedene, von denen der eine das Geheimnis seines Sterbens mit in das Jenseits hinübergenommen hatte.

Jean Mareuil sah wirklich recht blass aus. Auch Gilbertes Wangen waren nicht gerade sehr rosig angehaucht. Aber mit größerer Erregung erfüllte sie begreiflicherweise der Gedanke, das Schloss wiedersehen zu müssen, wo das Gespenst des Grauens ihr aus allen Ecken und Winkeln entgegengrinsen sollte.

Beim Verlassen des Kirchhofs erklärte sie, den Weg bis zu dem Schloss zu Fuß zurücklegen zu wollen. Die Gräfin stimmte mit müdem Lächeln zu, sie fühlte, dass ihre Nichte den Augenblick möglichst hinausschieben wollte, durch das Parkgitter zu schreiten.

Was die meisten Psychologen vorausgesagt hätten, geschah. Gilberte fand in Luvercy nicht jenen furchtbaren Schrecken, den sie gefürchtet und den Jean Mareuil für sie gefürchtet hatte. Fünf Jahre waren im Strom der Zeit dahingegangen seit jenem Drama von Luvercy und seitdem Gilberte die ihr so teure Herrschaft verlassen hatte. Inzwischen war sie vom Kind zur Jungfrau herangewachsen und ihr Gedankengang ein anderer geworden. Schloss und Park erschienen ihr nicht mehr die gleichen. Alles kam ihr kleiner, beschränkter vor. Die imposanten majestätischen Formen, die ihre krankhafte Furcht noch vergrößert hatten, hatten ihr Finsteres, Unheimliches verloren. Das Proportionsverhältnis zwischen ihr und Luvercy war ein anderes.

Mit ihren Kleinmädchenerinnerungen, einer Unmasse kindlicher Vorstellungen war sie hingekommen, und sie staunte, bewegt und traurig zugleich, über die, wenn auch segensreiche, Enttäuschung, die sie jetzt empfand. Sie war wie aus den Wolken gefallen. Aus dem ungeschlachten Riesen, den sie wiederzusehen vermeint hatte, schien ihr ein kleines, verschrumpftes Männlein geworden zu sein.

Wo waren auch die vielen Blumen von einst? Wo die zahlreiche Dienerschaft? ... Dieser Heurtebois war ein Unbekannter.

Wie in ein Puppenhaus trat sie in das große Schloss ein. Der Park, der ihr ehedem wie ein unendlich weites Waldrevier vorgekommen, schien ihr jetzt nur mehr ein Garten zu sein.

Der Eindruck war ein so gewaltiger, dass sie fast ganz ihre Furcht vergaß, ihre kindische Furcht, dieses Überbleibsel von früher; auch sie schrumpfte auf das allgemeine Maß zusammen und glich sich dem übrigen an. Die Viper stellte gar nicht mehr die schreckliche Bedrohung dar, wie Gilberte sie sich eingebildet hatte, diese Unmenge von versteckt auf sie lauernden Gefahren. Die Viper war von ihr in Luvercy ebenso weit entfernt wie wo anders, vielleicht noch weiter! Und als sie all dies feststellte, schämte sich Gilberte ein wenig.

Nachdem die erste wehmütige Überraschung vorüber war – so etwa, wie wenn man ein hübsches Sommerkleid, das uns gut stand und das wir in glücklichen Tagen trugen, nun aber abgetragen und uns zu klein geworden ist, betrachtet –, erfüllte Gilberte das Gefühl großer Freude. Sie fasste Mareuil bei der Hand und schleppte ihn mit sich, um ihm die Stätte ihrer Kindheit zu zeigen.

Entzückt über diesen Stimmungswechsel, begleiteten die Gräfin und ihr Sohn die Verlobten. Mareuil konnte aber nur schlecht seine Besorgnis maskieren, beziehungsweise jenes innere Gefühl, das einen in Verbindung mit manch andern unklaren Ahnungen oder Befürchtungen in wirre und ungute Laune versetzt.

»Sind Sie schlecht aufgelegt?« fragte Gilberte.

»Ich? Wie können Sie denken?« protestierte Mareuil.

Sie schaute ihn an. Er biss die Lippen aufeinander, blickte unstet herum und zwang sich zu einem verlegenen Lächeln. Aber in ihrem jugendlichen, freudigen Ungestüm achtete sie nicht allzu sehr darauf und zog ihn mit sich.

Zuerst besichtigte man das Schloss und durchschritt die Räume des Hochparterres. Salon, Speisezimmer und Rauchzimmer enthielten verschiedene Gemälde, die Mareuil interessierten. Besonders lange blieb er jedoch im Billardsaal vor einer über einer Konsole hängenden kleinen Leinwand stehen. Er nahm das Bild herab, trat an das Fenster und betrachtete die Malerei durch die Lupe, die er als Kunstliebhaber stets bei sich trug.

»Hat das vielleicht irgendeinen Wert?« fragte die Gräfin. »Ich hab' das Ding auf dem Speicher gefunden und es da hingehängt, als wir Luvercy verließen, als Ersatz für einen

Meissonier, den ich in meinem Zimmer zu Neuilly unter-
bringen wollte.«

»Der Wert dieses Bildes ist überhaupt gar nicht abzuschät-
zen, Gräfin!« rief Mareuil. »Es ist ein Manet, eine kleine Studie des Modells für die ›Olympia‹ ... Wundervoll! Sie besitzen da einen Schatz, von dem Sie keine Ahnung hatten.«

Mareuil befestigte das Bild wieder an der Wand und betrachtete es mit einem Wohlbehagen, das anscheinend seine
schwarzen Gedanken verscheuchte.

»Was sagen Sie zu dem Rahmen?« meinte Lionel mit leich-
tem spöttischen Unterton.

»Der Rahmen ist scheußlich,« erwiderte Mareuil, »viel zu
goldüberladen und überhaupt geschmacklos.«

Dann vertiefte er sich, weiterschreitend, wieder in sein finsteres Nachgrübeln.

Die Appartements des Hochparterres standen alle durch
Türen miteinander in Verbindung, nicht aber das Schlafzimmer der verstorbenen Frau Laval, das nur vom Gang her
einen direkten Eingang hatte. Der kreuzgangartig rings um
den Ehrenhof sich hinziehende Korridor wies große Fenster
auf und Doppeltüren nach den einzelnen Salons und Sälen.

Die Herrschaften durchschritten den mit Marmor gepflaster-
ten Korridor und betraten jetzt das Schlafzimmer der Frau
Guy Laval.

Gilberte heuchelte eine gewisse Gleichgültigkeit, doch konnte sie nicht umhin, ängstliche Blicke unter die Möbel zu werfen und sich mehr in der Mitte des Zimmer zu halten, in
respektvoller Entfernung vom Bette und den mit Überzügen
versehenen Polstermöbeln, die dunkle Verstecke darstellten.

»Kommen Sie«, drehte sie sich zu Mareuil um. »Mamas
Zimmer!«

»Ah!« erwiderte Mareuil tonlos.

Er blieb auf der Schwelle stehen und begnügte sich, den Raum von weitem zu betrachten. Als die Gräfin dann die zweite Korridortür, die in das Ankleidekabinett mündete, öffnete, drehte er sich um und schaute auch in dieses Zimmer, das ihm aber nicht ebenso großen Respekt einzuflößen schien.

Gilberte hatte inzwischen das Ankleidezimmer schon durchschritten und betrat ihr eigenes Zimmer, dessen Enge und Schlichtheit ihr einen kleinen Ausruf des Staunens entlockten.

»Wenn du dich wieder im Schloss installieren willst, kannst du ja das Zimmer deiner Mama nehmen«, meinte die Gräfin.

Das junge Mädchen erhob keinen Widerspruch.

»Welcher Stimmungsumschwung!« wunderte sich Mareuil.

»Ich verstehe es selber nicht«, entgegnete Gilberte lustig. »Wenn mir einer das heute morgen gesagt hätte. Mir scheint, ich bin jetzt von meiner Wahnidee geheilt.«

»Geheilt ist etwas viel behauptet!«

»Unken Sie nicht, Jean! Kommen Sie, setzen wir unsern Rundgang fort, ja?«

Nun besichtigte man die Räume der oberen Stockwerke, dann die Orangerie und die Nebengebäude und verfügte sich hierauf in den Park hinab, dessen alte Bäume in jungem, saftigem Grün prangten. Befehlsgewärtig schritt der greise Heurtebois hinter der Gräfin her.

Sie schlenderten selbander längs einer Rasenfläche eine Allee hinab, als Gilberte auf den Gedanken kam, zur Erinnerung an ihre Brautzeit und den ersten Besuch Jean Mareuils in Luvercy neben einer steinernen Bank, die sie besonders liebte und auf der sie als junges Mädchen oft von der Zukunft geträumt, einen Baum zu pflanzen. Ganz nahe stand eine riesige Platane, die mit ihrem Blätterdach junge, aus dem Boden aufgeschossene Triebe überschattete. Es war unschwer, einen dieser Schösslinge zu verpflanzen. Man wählte einen besonders kräftigen, gerade wie eine Reitpeitsche gewachsenen Trieb, den vier Blätter schmückten. Nun bedurfte man aber einer Schaufel, um das Loch in die Erde zu graben, das seine Wurzeln aufnehmen sollte.

»Eine Sekunde!« rief Lionel. »Ich weiß, wo das Gartenwerkzeug sich befindet, und werde eine Schaufel holen.«

Der Graf lief nach dem Schloss; Heurtebois rief ihm nach: »In dem Pavillon neben der Weinpresse, Herr Graf, befinden sich Spaten und Hacken.«

»Weiß schon, weiß schon!«

»Der Herr Graf hat ein gutes Gedächtnis«, schmunzelte der alte Schnauzbart augendienerisch.

»Früher arbeiteten wir zusammen im Garten«, sagte Gilberte. »Jean, schauen Sie doch die schönen Rosen!«

Diese Rosenstöcke und wundervollen Boskette, die rings die Luft mit balsamischem Dufte erfüllten, stammten noch aus den Tagen Frau Lavals, die Rosen ungemein liebte. Mitten in dem Rasenplatze stand ein solcher reichblühender Strauch. Zuerst betrachtete ihn Gilberte in stummer Bewunderung eine ganze Weile, dann vermochte sie der Verlockung nicht zu widerstehen und schritt durch das Gras auf den Rosenstock zu, und während Lionel mit geschwungenem Spaten herbeieilte, begann sie einen Strauß zu binden, wobei ihr die Gräfin behilflich war, während Mareuil neben Lionel stand, dem Heurtebois schüchtern Ratschläge zu geben wagte.

Die beiden Damen gaben sich lachend ihrer graziösen Tätigkeit hin, als plötzlich ein schwacher Schmerzensschrei ertönte.

Gilberte hatte ihn ausgestoßen. Jäh wandte sich Mareuil um. Alle Farbe war aus seinem Antlitz gewichen, und sein Auge hatte einen harten, drohenden Ausdruck. Er erblickte Gilberte auf dem Boden ausgestreckt und die Gräfin, die sich in höchster Aufregung über sie beugte.

Man ließ Schössling Schössling sein, und die drei Männer, Heurtebois als letzter, stürzten herbei.

Totenbleich und am ganzen Leibe zitternd, kniete sich Mareuil neben das junge Mädchen nieder.

Ratloses Nichtverstehen sprach aus den Mienen aller.

»Sie hat sich gestochen!« stammelte Mareuil, die schlaffe Hand seiner Verlobten aufhebend. »Bitte, hier in den Finger hat sie sich mit einem Dorn gestochen.«

»Und hat sich eingebildet, eine Schlange habe sie gebissen«, fügte Lionel hinzu. »Aber es war doch wohl nichts als ein Rosendorn?«

»Sicherlich!« Mareuil atmete sichtlich auf.

Gilberte war aber immer noch ohnmächtig. Sie schlief den unheimlichen Halbschlaf einer Scheintoten. Ihre Haut war wachsfarben, ihre zusammengezogenen Nasenflügel ängstigten einen. Mareuil verspürte von neuem Unruhe. Mit einem Satz sprang er auf, rannte davon und verschwand hinter einem buschigen Boskett.

»Was gibt's? Was hat er?« rief die Gräfin.

»Weiß der Teufel!« knurrte Lionel.

Doch schon erschien Mareuil wieder, in der Hand einen Krug frischen Wassers.

Gilberte seufzte auf!

Rasch benetzte er mittels seines eingetauchten Taschentuches Schläfen und Stirn des jungen Mädchens mit dem erfrischenden Nass. Da öffnete sie die Lider!

»Die Ohnmacht ist vorbei!« erklärte Mareuil.

Gräfin Prase und Lionel wechselten hinter seinem Rücken fragende Blicke. Wieso wusste Mareuil, der nie in Luvercy gewesen, dass sich hinter jenem Boskett eine Grotte mit klarer Quelle befand?

Gilberte kam wieder langsam zu sich, aber ihre Augen schienen noch zu schlafen, ihre Seele von unsichtbaren Lidern geschlossen zu sein. Nun kehrte etwas Leben in die Pupillen und Farbe in ihre Wangen zurück. Doch kein Lächeln spielte um ihre Lippen. »Werde ich sterben?« hauchte sie. »Ich bin gestochen worden.«

»Nein, Gilberte«, tröstete sie Mareuil sanft. »Sie werden nicht sterben, Sie haben sich nur an einem Rosendorn verletzt.«

Er richtete sie in sitzende Stellung auf dem Rasen auf und betrachtete die Spitze ihres Daumens, an dem eine Blutperle hing.

»Seien Sie ganz beruhigt! Es ist gar nichts ... nicht der Mühe wert, davon zu reden.«

»Gott, wie ich dumm bin!« lächelte sie jetzt. »Was hab' ich für Ängste ausgestanden. Aber wissen Sie, Mama ist genau an der gleichen Stelle gestochen worden, und da befiel mich plötzlich wieder die alte Furcht.«

Als Mareuil sich umwandte, sah er, dass die Blicke der Gräfin erstaunt, fragend auf ihm ruhten. Sofort veränderte sich sein Gesichtsausdruck. Man sah es ihm an, dass er angestrengt darüber nachdachte, warum sie ihn so sonderbar anstarrte? Und plötzlich verfinsterte sich seine Stirn in dumpfem Schrecken.

»Wieso kannte ich die Quelle?« murmelte er betroffen.

»Was sagen Sie?« fragte Gilberte.

Er antwortete nicht. Sein Geist war auf der Suche nach seinem eigenen »Ich«.

»Aha, mein Freund,« meinte Gilberte lustig, »man schwebt wieder einmal in höheren Sphären!«

Der Rundgang durch den Park nahm hiermit sein Ende. Nachdem die kleine Platane eingepflanzt worden war, kehrten die Herrschaften nach dem Schloss zurück und nahmen im Billardzimmer den Tee.

Die Gräfin und Lionel ließen sich Mareuil gegenüber nicht das geringste anmerken, als habe sein Benehmen irgendwelche Veranlassung zur Verwunderung gegeben. Und auch er wahrte »das Gesicht«, obwohl man fühlte, dass er etwas verlegen und befangen war.

»Ich bin so müde ... so schrecklich müde!« meinte Gilberte.

Ihre Tante schlug ihr vor, sich auszuruhen und in Luvercy zu übernachten, in der Hoffnung, das junge Mädchen zu bestimmen, sich ganz zu installieren. Aber Mareuil lehnte sich energisch dagegen auf.

»Das leide ich unter gar keinen Umständen, Gilberte«, erklärte er kategorisch. »Sie sehen selbst, dass nichts übereilt werden darf. In einem Tage werden Sie Ihre Wahnidee nicht los. Kehren Sie getrost nach Paris zurück. Nach und nach werden Sie sich schon an Luvercy wieder gewöhnen.«

»Offenbar beunruhigt Sie Luvercy gewaltig?« versetzte Lionel sarkastisch.

Mareuil schien betroffen. Er senkte den Blick und schwieg.

»Wenn wir also nicht hier nächtigen wollen, ist es Zeit, aufzubrechen!« erklärte die Gräfin.

Man erhob sich.

Ehe er den Saal verließ, trat Mareuil nochmals an den kleinen »Manet« heran. Seine Sammlerpassion schien über seine rätselhafte Angst den Sieg davongetragen zu haben.

»Wirklich ein Juwel!« sagte er.

»Wovon ich keine Ahnung hatte«, erwiderte die Gräfin, ihre Handschuhe anziehend.

Lionel und Gilberte traten auf den Gang hinaus, Mareuil begegnete dem Blick der Gräfin und beeilte sich, nachzukommen.

XVIII.

Suggestion.

»Hallo! ... Was gibt es? ... Erzählen Sie! ... Luvercy, dort? Ja!
... Hier Neuilly, Fräulein, ja Neuilly! ... Gräfin Prase! ... ich
bin selber am Apparat ... Heut morgen hört man wieder
einmal nichts! ... Wer spricht? ... Heurtebois, nicht? ... Na, so
reden Sie doch endlich, Heurtebois! ... Ein Unglück ist geschehen? Was für ein Unglück? ... Ich verstehe Sie nicht!
Reden Sie langsam und deutlich, um Himmels willen! ...
Was? ... Eingebrochen ist worden? Heute Nacht im Schloss?
... Sie vernahmen Geräusch und standen auf ... gut ... was
dann? ... Im Hochparterre ... ich höre ... im Billardsaale ... um
wie viel Uhr? ... Nach Mitternacht? ... Und ... Sie haben niemand gesehen? ... Hatten Sie denn kein Licht dabei ... Eine
Laterne? ... Man schlug sie Ihnen aus der Hand? ... Sie glauben, dass jemand unter dem Billard versteckt war? ... Natürlich, in der Finsternis ... und bei Ihrem Rheumatismus ... ja,
ja ... selbstredend! ... Kurzum, der Dieb ist entwischt, und Sie
haben ihn nicht gesehen? Ist's so? So nehmen Sie doch Vernunft an, Heurtebois, und stöhnen Sie nicht so! Sie sind ja
schuldlos! ... Gewiss, lieber Heurtebois, vollkommen schuldlos! ... Wie? ... Er hatte keine Zeit, etwas zu stehlen ... das
heißt ›nicht viel‹? Worin besteht das ›nicht viel‹? ... Sie haben
Ihre Laterne wieder angezündet, ja. Das ist mir egal. Was
sagen Sie? ... Bei Tagesgrauen haben Sie alles genau inspi-
ziert? ... Das ist mir doch egal, sagte ich Ihnen schon ... Was
hat der Dieb mitgenommen? ... Ein kleines Bild aus dem
Billardsaal, das über der Konsole hing? Den leeren Rahmen
ließ er zurück? ... Nein, leider hat der Rahmen gar keinen
Wert, mein braver Heurtebois, das Gemälde war das Wert-
volle. Es scheint von einem guten Meister zu sein ... Ich soll
die Anzeige erstatten? ... Ich werde darüber nachdenken,
aber lassen Sie sich die Sache nicht nahegehen, verstehen
Sie? Natürlich, es hätte ja viel schlimmer ausfallen können.
Sonst ist nichts entwendet worden? Sind Sie dessen sicher?
Gut ... aber nein, ich wiederhole Ihnen, dass der Rahmen

völlig wertlos ist ... natürlich, Heurtebois, ohne Rahmen ist ja das Bild leichter mitzunehmen! – Bitte, Fräulein, unterbrechen Sie mich nicht, wir reden noch! Aber so unterbrechen Sie uns doch nicht! Ja! Neuilly hier! Sind Sie's, Heurtebois? ... So läuten Sie doch nicht so stark, Fräulein, Sie sprengen mir ja das Trommelfell! ... Jawohl, hier Gräfin Prase! ... Mit wem habe ich das Vergnügen? Ah, Herr Mareuil? Guten Morgen! So früh schon auf? ... Gewiss nicht, Sie stören mich gar nicht. Es ist bald acht Uhr, und ich bin längst auf. Was? bitte, wie? ... Sie machen mich neugierig! ... Na, hören Sie? Was erzählen Sie mir da für eine Räubergeschichte? ... Nicht möglich! ... Sie fanden heute früh, als Sie aufwachten, das Bild von Manet auf Ihrem Tisch liegen? ... Unfassbar! ... Ah, nein! Das kann ich Sie versichern, weder ich noch Lionel oder Gilberte schickten es Ihnen. Wie hätte auch der Bote nachts bei Ihnen eindringen können, um sich seines Auftrages zu entledigen? ... Das glauben Sie wohl selber nicht. Übrigens hat mich eben Heurtebois, der Schlosswart von Luvercy, angerufen. Um Mitternacht brach ein Unbekannter dort ein, um den Manet zu stehlen. Nein, wir wissen nicht, ob er noch anderes zu rauben im Sinne hatte. Er wurde von Heurtebois überrascht, entkam aber samt dem Manet. Aber ich bitte Sie, Herr Mareuil, entschuldigen Sie sich doch nicht. Sie haben mir ja telefoniert, ohne eine Sekunde zu zögern, mehr konnten Sie nicht tun, und ich danke Ihnen herzlichst. Machen Sie sich keine Sorgen, es wäre nicht der Mühe wert ... die Sache selbst ist allerdings rätselhaft. Nun, die Hauptsache ist, dass der Manet wieder zutage gefördert ist. Wer, meinen Sie? ... Warum? ... Ich möchte das auch wissen, hab' aber keine blasse Ahnung. Und Sie? Auch nicht? ... Aber, bitte, das pressiert doch nicht. Sie können mir ja das Bild gelegentlich bringen ... nun, wenn Sie absolut darauf bestehen ... ich werde Sie mit dem größten Vergnügen empfangen ... aber sagen Sie, jetzt bietet sich Ihnen die schönste Gelegenheit, Ihren Scharfsinn leuchten zu lassen, Mann der Schlüssel und der Lampen ... Warum dieser melancholische Ton? Habe ich

Sie verletzt? Nein? Gott sei Dank ... Also gut, auf Wiedersehen, Herr Mareuil!«

Die Gräfin hängte leise den versilberten Hörer des Apparates wieder ein. Stillvergnügt gab sie sich eine Weile dem Gefühle triumphierender Befriedigung hin und streichelte mit der Hand mechanisch den Apparat, der ihr so Günstiges übermittelt hatte, wobei sie den verlorenen Blick auf eine glänzende Bronze richtete, deren Vergoldung in der Morgensonne schimmerte.

Eine Rohrpostkarte in der Hand, trat Lionel sorgenvoll ein.

»Einfach ekelhaft«, sagte er, »Stelle dir vor, Mama, dass ich wahrscheinlich meinen Späherposten vor Mareuils Palais werde von neuem beziehen müssen. Aubry schickt mir das! ...«

Die Gräfin las die Rohrpostkarte:

Hochgeborener Herr Graf!

Freddy ist heute Nacht nicht in die Bar gekommen. Ich weiß auch nicht, ob er sein Heim verließ. Glauben Hochdieselben nicht, dass es gut wäre, wieder die Avenue de Bois zu beobachten, während ich die Bar der Kumpanei im Auge behalte?

Euer Hochgeboren untertänigster

Tournon.

Statt aller Antwort wandte die Gräfin Lionel ihr stummes, rätselhaftes und nichtssagendes Gesicht zu, aus dessen Zügen jedoch eine keimende Befriedigung aufleuchtete.

»Was?« knurrte der Graf übelgelaunt.

»Rege dich nicht auf, mein großer Junge. Wenn mich nicht alles täuscht, nähern wir uns dem Ziele.«

»Wieso?«

»Freddy konnte heute Nacht nicht in der Bar sein, weil er einen kleinen Ausflug unternahm ... er hat sich nach Luvercy begeben, um den Manet zu stehlen. Und heute morgen fand er zu seiner grenzenlosen Verblüffung das Bild auf seinem Nachttisch, als er in der Person Jean Mareuils erwachte.«

»Nicht möglich! Den Manet, den er gestern Nachmittag so bewunderte?«

»Ja. Verstehst du jetzt, warum unsere Plage nun bald zu Ende sein dürfte?«

»Noch nicht ganz ...«

»Na, Lionel? Unser Mann ist ein Dieb. Das steht jetzt fest. Aber was noch viel wertvoller ist ...«

»Wäre? ...«

»Dass seine zwei Naturen miteinander korrespondieren und dass Freddy ein Gemälde stiehlt, das Jean Mareuil begehrt. Warum verüble Freddy gestern in Luvercy einen Einbruch? Weil Jean Mareuil gestern nicht nur von der Existenz des Manet etwas erfuhr, sondern auch die Örtlichkeiten und die Möglichkeit, wie man in das Schloss gelangen könne, kennenlernte.«

»Das alles konnte Freddy schon von früher her kennen«, warf Lionel ein, »und aus eigenem Erinnerungsvermögen schöpfen, denn die Episode mit der Quelle beweist, dass er schon einmal in Luvercy gewesen sein! muss.«

»Sie beweist auch, dass Jean Mareuil sich zuweilen mit dem Erinnerungsvermögen Freddys auf etwas zurückbesinnt – erster Punkt. Zweiter Punkt: Zur Zeit des Todes deiner Tante, damals also, wo Freddy, wie du annimmst, vielleicht nach Luvercy gekommen ist, befand sich der Manet noch droben auf dem Speicher unter altem Gerümpel vergraben. Ich erkläre daher, dass Jean Mareuils Augen gestern das Bild zum ersten Male sahen, als Jean Mareuil in seinem ›Kavaliers-Ich‹ stak und nicht in seiner Apachenperson ›Freddy‹, welche das Gemälde raubte.«

»Und?«

»Er wird herkommen. Ich erwarte ihn. Er will mir das Bild, das ihn ganz wirr gemacht hat, persönlich zurückgeben. Dann ist der Augenblick des Handelns, der vorbereitenden Schritte da!«

Lionel rieb sich vergnügt die Hände.

»Verstehe, Mama, du brauchst nicht weiter zu reden.«

»Hier«, flüsterte die Gräfin, »geht die Geschichte leichter, wegen Gilberte!«

Die Hausglocke ertönte. Lionel legte sein Ohr an die Tür.

»Er ist es«, sagte er leise.

Mit entschlossener Gebärde öffnete er rasch die Tür und ging Mareuil entgegen, den eben der Livreediener nach dem Salon geleitete.

»Potztausend, lieber Freund, guten Morgen! Zu lieb von Ihnen, sich persönlich zu inkommodieren! Meine Mutter berichtete mir von dem Koboldmärchen. Unglaublich! Bitte, treten Sie doch ein, Verehrter. Hier bitte, da ist es gemütlicher, und wir können ungestörter über die fabelhafte Begebenheit miteinander plaudern.«

Lionel nötigte den Besuch in das Arbeitszimmer der Gräfin, wo diese, angelehnt an den Panzerschrank, der Dinge harrte, die da kommen würden.

Einfach aber tadellos wie immer und hübscher denn je, küsste Mareuil der alten Dame ehrerbietig die Hand.

»Hier bringe ich Ihnen den Manet zurück, gnädigste Gräfin!«

»Nicht für lang,« lächelte Lionels Mutter, »denn er gehört Gilberte, und was ihr gehört, wird auch bald das Ihrige sein.«

Der junge Mann machte eine liebenswürdige, verbindliche Verbeugung, aber im Geiste schien er fernab zu weilen und geheimnisvolle und düstere Pfade zu wandeln.

»Was halten Sie von der Geschichte?« wandte er sich an Lionel. »Ich zerbreche mir umsonst den Kopf .. ich bring's nicht heraus.«

»Ich auch nicht.«

»Denn schließlich und endlich muss der Spaßvogel, der uns diesen losen Streich spielte, gewusst haben, dass der Manet mein Interesse erregte. Wir waren aber in Luvercy alle vier allein, man müsste somit annehmen, dass jemand uns belauerte.«

»Was die Untersuchung ergeben wird«, erklärte Lionel. »Meiner Ansicht nach muss man unverzüglich die polizeiliche Anzeige erstatten, denn ob Witz oder nicht, Diebstahl bleibt Diebstahl.«

»Sicherlich«, nickte die Gräfin.

»Gewiss«, ließ sich der arme Junge, der immer noch irgendeinem nebelhaften Gedanken nachjagte, schwach vernehmen. »Doch wäre es vielleicht nicht besser, die Sache vor Gilberte geheim zu halten? Es könnte sie von neuem aufregen und ihr einen Aufenthalt in Luvercy verekeln?«

Die Gräfin, die ohnehin gar nicht daran dachte, die polizeiliche Anzeige zu erstatten, tat, als bekehre sie sich zu Mareuils Ansicht.

»Was Sie da sagen, ist ganz logisch«, meinte sie.

»Nun, wir werden ja sehen«, schnitt Lionel alle weiteren Erörterungen ab. »Man wird nachdenken und sich dann schlüssig werden. Aber eines muss unbedingt geschehen. Du musst absolut Vorbeugungsmaßregeln gegen einen größeren Einbruchsdiebstahl treffen, Mama. Denn wissen Sie, lieber Freund, meine hochverehrte Frau Mutter ist einfach zum Staunen. Bisher lebte sie der ständigen Überzeugung, dass man sie nicht bestehlen würde. Ein Leichtsinn, eine Unvorsichtigkeit, die keinen Namen hat.«

Die Gräfin blickte erstaunt auf. Sie wusste nicht recht, worauf ihr Sohn hinauswollte, ließ ihn jedoch ruhig seinen Speach fortsetzen.

»Stellen Sie sich vor, Mareuil,« ereiferte sich Lionel, »dass sich hier in diesem Geldschrank für über eine Million Wertpapiere befinden, die alle auf den Überbringer lauten, und dass meine Mama nicht einmal die Nummern irgendwo aufgezeichnet hat und nicht gegen Diebstahl und Einbruch versichert ist.«

»Allerdings etwas ...«, pflichtete Mareuil bei, ohne den Satz zu vollenden.

»Jawohl, für eine Million auf den Überbringer ausgestellte Wertpapiere! ... Da drinnen!« – Lionel klopfte mit der flachen Hand gegen die Seiten des Panzerschrankes. »Ist das nicht irrsinnig? Und bietet ein Geldschrank wie dieser irgendwelche Sicherheit gegen die Kunst eines halbwegs routinierten Schränkers? Mit einem Sauerstoffgebläse ist das Ding innerhalb dreißig Minuten offen. Und das Arbeitskabinett ist auch so gewählt, dass niemand einen Einbrecher stören würde. Kein Mensch, hören Sie, kein Mensch schläft im Parterre. Die Mauern sind dick und verschlucken jedes Geräusch. Schöner könnte es ein Gauner sich gar nicht wünschen. Wenn ich nur daran denke, schaudert's mich. In das Palais einzudringen, ist ein Kinderspiel. Bitte überzeugen Sie sich selbst ... doch, doch ... bitte, kommen Sie! Sie müssen doch selbst sagen, dass meine Mutter Vorsichtsmaßregeln treffen muss, und ich bitte Sie, unterstützen Sie mich in meinen Bemühungen darin. Kommen Sie!«

Er öffnete die Tür in das Vorzimmer.

»Diese Tür ist nie abgesperrt, ich glaube sogar, dass der Schlüssel verlorengegangen ist. Was die Glastür im Entree anbelangt, werden Sie lachen. Abends wird sie allerdings abgeschlossen und der Schlüssel abgezogen ... aber es ist ein Trick dabei, den ich genau kenne, denn als Schüler erhielt ich keine Nachterlaubnis, und da musste man sich zu helfen wissen, wie es eben ging.«

Die Gräfin und Mareuil hatten Lionel bis zum Entree begleitet und sahen jetzt, als er von außen auf die Flügel der Glastür einen gewissen Druck ausübte und die zu kurzen Riegel aus ihren Nuten sprangen, wie die Tür sich öffnete.

»Kein großes Kunststück, was? Versuchen Sie es selber. Doch, probieren Sie es, bitte, damit meine Mama sieht, wie leicht es ist!«

Mareuil tat dem jungen Grafen seinen Willen.

»Um in den Hof zu gelangen, ist allerdings ein wenig Gymnastik erforderlich«, fuhr der sonderbare Cicerone weiter fort. »Welcher Einbrecher aber vermöchte nicht ein noch dazu so niedriges Gitter zu überklettern? Straße öde, fast ländlich; Hund keiner; ein Hausmeister, der wie ein Sack schläft – weiß das aus eigenster Erfahrung. Die Chose ist also spotteinfach. Und wenn meine Mama nicht darin Wandel schafft, wird sie eines schönen Morgens ihren Kassenschrank aufgesprengt finden, und sämtliche Wertpapiere hat ein verwegener Bandit mitgehen lassen.«

Die Gräfin erkannte die Achillesferse an Lionels Ausführungen und scheute, um die Sache wieder gutzumachen, nicht vor einer Lüge zurück.

»Mein Sohn hat ganz recht«, sagte sie. »Sie müssen jedoch nicht glauben, Herr Mareuil, dass die fraglichen Wertpapiere Gilberte gehören. Sie bilden vielmehr mein persönliches Vermögen. Und daher hielt ich es für nicht notwendig, sie auf der Bank zu hinterlegen. Wäre es das Gut anderer, würde ich es sorgsamer hüten.«

Jean Mareuil erhob die Hand, um zu beteuern, dass er nie daran gezweifelt habe.

»Es ist wahr, dass ich mich niemals vor Dieben fürchtete«, fuhr die Gräfin fort. »Aber das Abenteuer von heute Nacht gibt mir zu denken. Hör mal, Lionel, ich komme ohnehin morgen Vormittag mit meinem Bankier zusammen. Wenn du willst, werden wir ihm alle diese Wertpapiere bringen.«

»Morgen Vormittag? Gut! Ich schreib' es mir auf« – er zog sein Notizbuch und schrieb, Wort für Wort nachsprechend, auf: »Morgen Vormittag Wertpapiere Bankier bringen! ... Also, morgen Vormittag wird diese Million nicht mehr hier sein. Endlich! Der Tag hat sich bezahlt gemacht, und ich segne den Einbrecher von Luvercy, den Urheber dieser glücklichen Entschließung.«

»Gilberte kommt, ich höre sie!« sagte die Gräfin.

»Wegen des Manet sagen wir wohl nichts?« fragte Lionel.

»Ja, es ist besser, man sagt ihr nichts«, pflichtete Jean Mareuil eher gleichgültig bei.

Die Gräfin ließ das kleine Gemälde in der Schublade ihres Empire-Schreibtisches verschwinden. Gilberte trat ein.

»Was, Sie sind da, Jean?« rief sie erfreut. »Ich habe Sie ja gar nicht den Hof überschreiten sehen? Herz, mein Herz, bist du denn taub geworden? Guten Morgen, Tante! Guten Morgen, Lionel. Ich gehe aus. Wollen Sie mich begleiten, Jean? Was hatten Sie da in dem Arbeitskabinett zu schaffen? Geschäftliche Gespräche vermutlich. Das ist nicht mein Ressort. Also, kommen Sie mit?«

»Mit größtem Vergnügen, Gilberte!«

Als sie draußen waren, wandte sich die Gräfin an ihren Sohn.

»Bravo, mein Junge, das hast du großartig gemacht ... aber an eines dachtest du nicht! Welches Interesse hätte Mareuil an Papieren haben können, die seiner Verlobten gehören?«

»Stimmt, Mama, aber viel Zeit zum Überlegen hatte ich nicht. Woraus bestehen in Wirklichkeit die Wertpapiere da im Geldschrank?«

»Alles auf den Namen Gilbertes ausgestellte Effekten.«

Lionel lachte.

»Gottlob wird er den Einbruch nicht durchführen, weil wir seine Arbeiten unterbrechen werden, und somit niemals erfahren, dass wir ihn anschwindelten.«

»Nein, niemals«, nickte die Gräfin siegesstolz. »Wenn er die Nase in Gilbertes Konto stecken will, wird er sich den Schädel einrennen.«

»Hoffentlich scheitert nicht unser Plan,« bemerkte Lionel nachdenklich, »sonst müssten wir auf meine Idee, das Drama von Luvercy betreffend, zurückkommen.«

»Darüber werden wir noch heute Abend Gewissheit bekommen«, erwiderte die Gräfin. »Du hast ihm ja deutlich unter die Nase gerieben, dass morgen die Wertpapiere nicht mehr hier sein würden.«

In gehobenster Stimmung spazierte Lionel in dem Zimmer auf und ab und gab im Vorübergehen dem dicken Geldschrank, dessen Inhalt eines schönen Tages sein Eigentum sein würde, freundschaftliche Klapse.

»Alles geht gut, alles wickelt sich richtig ab«, wiederholte er mit tiefer, befriedigter Stimme. »Aber ich muss Aubry sprechen. Das Ganze muss auf das sorgfältigste vorbereitet werden wie ein Schützengrabenangriff ... Heute Abend also!«

»Gilberte übernehme ich«, erklärte die Gräfin.

»Einverstanden, Mama. Aber du darfst erst im entscheidenden Moment mit ihr reden. Die Zeitfrage müssen wir erörtern, denn wenn es losgeht, geht die Geschichte im Galopp. Man muss unbedingt treffsicher und rasch handeln. Reden wir also.«

»Ja, reden wir«, nickte die Gräfin.

XIX.

Die Falle

Pauillacs, bei denen Mareuil und Gilberte sich zuerst kennen
und lieben lernten, gaben heute eine glänzende Bühnensoi-
ree in ihrem Palais der Avenue Kléber, und noch nie erschien ihr Mareuil liebenswerter wie gerade an diesem heu-
tigen Abend. Strahlend vor Glück, Jugend und Schönheit,
entzückten die Verlobten alle Anwesenden während der
langen Zwischenakte und ernteten Triumphe, deren Erinnerung oft ein ganzes Leben mit zartem Dufte erfüllt. Die Blicke aller waren auf das reizende Pärchen gerichtet.

Diese Art von Abendunterhaltungen erstrecken sich niemals
bis tief in die Nacht hinein. Es war daher noch nicht ein Uhr,
als man sich verabschiedete.

Mareuils feine schwarzweiße Silhouette hob sich vom Hintergrund des Palaiseinganges ab, als Gilberte und ihre Tante,
beide in Seide und prächtige Sommerpelze gehüllt und ge-
schmückt mit Perlen und kostbarem Geschmeide, ihr Lu-
xusauto bestiegen; und als der Wagen zum Gitter hinaus-
rollte, nahm auch er in seinem Kabriolett Platz und fuhr
nach Hause.

Graf Lionel von Prase hatte die Soiree nicht mitbesucht.

In Neuilly angekommen, erklärte die Gräfin, gar kein
Schlafbedürfnis zu empfinden. Sie installierte sich in dem
Zimmer ihrer Nichte und begann lang und breit über alles
mögliche zu reden. Die Jungfer wurde entlassen. Auf dem
Rande von Gilbertes Bett sitzend, unterhielt sich die Gräfin
mit staunenswerter Lebhaftigkeit. Geduldig wartete das
junge Mädchen, ob ihre Tante sich nicht bald empfehlen
würde. Doch obwohl es immer später wurde und bereits
alles im Palais schlief, hörte die alte Dame nicht auf, antiquierte Erinnerungen auszugraben und über tausend nichti-
ge Dinge zu reden.

Dies kam allgemach Gilberte sonderbar vor. Plötzlich vernahm man von der Avenue her das dumpfe Brummen eines Motors, und vor dem Palais ertönten gleich darauf drei kurze Hupensignale, und das Auto schien unweit des Hauses zu stoppen.

Gilberte blickte ihre Tante erstaunt an. Diese teilte jedoch nicht die Überraschung des jungen Mädchens, setzte vielmehr eine tiefernste Miene auf und erhob sich bewegt. Kerzengerade in ihrer schwarzseidenen, silbergestrickten Spirétoilette sich vor Gilberte aufpflanzend, sagte sie ihr mit hohler Grabesstimme: »Verzeihe mir, Gilberte, mein liebes Kind, den Kummer, den ich dir bereiten werde. Sei eines furchtbaren Seelenschmerzes gewärtig!«

»Um Gotteswillen, Tante!« schrie Gilberte außer sich. »Was gibt es denn?!«

Die Gräfin drehte das elektrische Licht ab.

»Sag, Tante, was ist geschehen?! Mein Gott, mein Gott!«

Die Gräfin zog die Fenstervorhänge des verdunkelten Zimmers zurück. Durch die Fächer der Jalousien fiel schräg der dünne Strahl des Mondes in den Raum.

Fast ohnmächtig vor Angst und hochklopfenden Herzens, fühlte Gilberte, wie zwei Arme sie zärtlich umfingen.

»Armes Herzchen, nun heißt es, großen Mut aufbringen. Jener, den du liebst, ist deiner nicht würdig.«

Ein Schrei der Auflehnung, ein furchtbares Aufschluchzen ward ihr zur Antwort.

»Nein, Gilberte, er ist nicht der, für den du ihn hieltest.«

»So rede doch, Tante! Das ist ja entsetzlich!«

»Du selbst sollst dir darüber Rechenschaft ablegen. Komm!«

Verzweifelt, am Ende schier ihrer Kraft, stammelte Gilberte wie eine zum Tode Verurteilte. »Wo? ... Warum? ... Was soll das alles bedeuten? ...«

»Bald wirst du es erfahren, arme Kleine. Beruhige dich, bitte, wenn du mich nur ein klein wenig gern hast.«

»Ich hörte das Gitter schließen. Wer ist da?«

Die Gräfin trat an das Fenster und schaute durch die Jalousien.

»Lionel kommt nach Hause. Komm mit mir, Gilberte. Und was auch immer geschehen mag – keinen Ton, kein Wort! Verstanden?

»Mein Gott, mein Gott«, jammerte das junge Mädchen, schwankend und wie von Fieber geschüttelt. »Jean, himmlischer Vater, was hat er denn angestellt, der arme Jean? ... Ich hab ihn allerdings manchmal recht merkwürdig gefunden ... aber, schließlich ... Jean, ach, Jean! ...«

Sie stiegen die Treppe hinab. Die Gräfin stützte ihre Nichte, grausam und berechnend schweigend.

Der Mond beleuchtete mit blauem Schein die Halle. Die Tür des Arbeitskabinetts stand offen. Im Hintergrund des Zimmers bemerkte man ein Fenster, dessen Läden und Vorhänge nicht geschlossen worden waren.

Gegen die helle Glastür des Entrees hob sich wie ein riesiger Schatten Lionels Silhouette ab. Alles andere war in tiefste Finsternis getaucht.

Lionel drehte den Kopf und machte den Damen ein Zeichen, zu folgen.

Mehr tot als lebendig schritt Gilberte mit ihrer Tante, die fest die Hand des jungen Mädchens in ihrer Rechten hielt.

Eine spanische Wand stand, nicht zufällig, da. Lionel schob sie vor die Glastür, doch nur gerade so viel, um Gilberte dahinter zu verbergen, und so, dass sie durch einen Ausschnitt, den man in dem Paravent angebracht hatte, blicken konnte.

Gilberte wähnte, ein böser Alp nehme sie gefangen. Sie sah den im Mondschein erstrahlenden Hof, das weiß schimmernde Pflaster, das schwarze Gitter.

Die Gräfin hielt in ihren glühenden Händen Gilbertes eisige Rechte.

»Was werdet ihr mir zeigen?« hauchte das junge Mädchen. »Habt Erbarmen mit mir! ... ach ...«

»Still, Gilberte! Beruhige dich, Herzchen. Hab ein wenig Geduld, und vor allem gib keinen Ton von dir!«

»Ihr spannt mich auf die Folter! ... Ihr martert mich!« jammerte die Kleine schmerzlichst klagend.

»Schau hin!« raunte ihr die Gräfin barsch zu.

Totenstille trat ein.

Ein menschlicher Schatten überkletterte das Gitter.

Gilberte hielt den Atem an. Lionel und seine Mutter hüllten sich in Finsternis und Schweigen.

Nun sah man den nächtlichen Gast, auf dem Rücken irgendetwas tragend, sich leichten, geschmeidigen und flinken Schrittes nähern. Lautlos traten seine Sohlen auf. Wie eine Traumgestalt glitt er längs der Mauer im Schatten dahin.

Gilberte fühlte sich nach rückwärts gezogen. Sie trat zurück. Der Paravent folgte ihr, ohne dass sie wusste wie.

Mit unbegreiflicher Plötzlichkeit stand der Mann in der Halle. Die Glastür zu öffnen, war für ihn nur ein Kinderspiel gewesen. Von der Mondscheibe beleuchtet, konnte man jetzt seine schlanke Gestalt und die Umrisse seines feinen Profils deutlich erkennen.

Gilberte zuckte zusammen. Eine schwere Hand legte sich auf ihren Mund. Sie begriff, dass Lionel sie bewachte.

Mit metallischem Ton blitzte ein blendendes »Auge« auf. Der Mann hatte seine elektrische Lampe angeknipst. Sie beleuchtete nun die Möbel, Mauern, Portieren und eine spanische Wand.

Fast sofort erlosch wieder der Lichtkegel, nachdem er die Tür zu dem Arbeitszimmer gefunden hatte.

Der Mann verschwand in dem Zimmer, und Gilberte setzte sich, dem Drucke eines männlichen Armes folgend, mechanisch in Bewegung.

Rechts und links untergefasst, fast getragen, erreichte sie die Schwelle des Arbeitskabinetts. Der Teppich erstickte die Schritte.

Nun erschien eine zweite nächtliche Gestalt in der Halle. Entsetzt erkannte Gilberte an der massigen Figur mit den langen Affenarmen den ihr so gräulichen Aubry und erriet alsdann dessen stumme Gegenwart in ihrem Rücken.

Noch immer wurde sie vorwärtsgeschoben, um dann im Rahmen der Tür zu dem Arbeitszimmer festgehalten zu werden.

Sie sah, wie der Einbrecher das Kabinett betrat. Wie eine chinesische Schattenzeichnung hob er sich, die Apachenmütze auf dem Kopf und das aufgeknöpfte Hemd auf der Brust, von dem hellen Fensterstock ab. Wiederum wollte Gilberte aufschreien, doch eine Hand erstickte ihr den Ruf, noch ehe er über ihre Lippen kam.

Nun tauchte in der grellen Beleuchtung der wieder in Tätigkeit gesetzten Taschenlampe der Panzerschrank auf, und blieb beleuchtet, denn der Dieb setzte die Lampe auf der Erde ab.

Dann legte die menschliche Gestalt – die elegante, geliebte Gestalt – ein Bund Werkzeuge auf dem Teppich nieder. Ein Sauerstoffgebläse kam hinzu. Der Einbrecher Jean Mareuil, der Geldschrankknacker Jean Mareuil, richtete seine Utensilien, her. Es konnte keinen scheußlicheren Anblick geben als den, wie er mit verworfenem Grinsen und dem harten Blick einer gemeinen Bestie an sein Werk ging.

Mit geschickten Fingern packte er den Schränkerapparat. Ein Zündhölzchen flammte auf. Sein Gesicht wurde voll sichtbar. Mit magischem Schein schoss eine Stichflamme aus dem Gebläse hervor. Mit voller Gemütsruhe regelte Jean Mareuil den Feuerstrahl, wie es der ehrsame Arbeiter in der Fabrik zu tun pflegt.

Und Gilberte sah das.

Sie empfand einen Schmerz, von dem es keine Gesundung mehr gibt.

Von Seelenqual zerpeinigt, mitten herausgerissen aus einem Meer von Glück, unvorbereitet Augenzeuge eines Schrecklichen, das ihr Auge fast erblinden ließ, hatte sie die Grenze dessen erreicht, was ein Mensch ertragen und leiden kann. Ihr Geist und ihr Körper bäumten sich auf. Sie wollte vorstürzen, schreien, aber mit eiserner Gewalt wurde sie zurückgehalten, und Lionels Hand presste sich, wie schon wiederholt, auf ihren Mund.

Doch mit aller Kraft riss sie die Hand von den Lippen und machte sich frei.

Wie der Blutstrom aus tödlicher Wunde brach ihn Schmerzgeschrei hervor, ein Schrei der Verzweiflung, ein Notruf, ein schriller Alarm: »Jean!«

Mit jähem Satz war der Einbrecher in die Höhe gefahren. Aber von irgendwoher aus der Halle ertönte eine helle schmetternde Stimme, eine heißgeliebte Stimme, eine triumphierende Antwort: »Hier!«

Und wie mit einem Zauberschlag erstrahlte plötzlich alles in hellstem Licht. Der Einbrecher selbst hatte im Arbeitszimmer das elektrische Licht angedreht und blickte wie die andern auf den Mann, der sich so wunderbar angemeldet hatte, auf Jean Mareuil – auf Jean Mareuil, der im Frack, die weiße Nelke im Knopfloch, lachenden Antlitzes und leuchtenden, frohen Auges eintrat.

Nun trat einer jener lähmenden Zeitmomente ein, wo man vermeint, das Vöglein »Kreideweiß« picke an die Scheiben, der Engel des Schweigens und Entsetzens schwebe durch den Raum, wo alles stillzustehen scheint, Zeit, Atem und Herzschlag. Zwei Sekunden lang versagten Hirn und Verstand den Dienst.

Die verstörten Blicke der Gräfin und ihres Sohnes, Aubrys und Gilbertes richteten sich auf den Einbrecher.

»Meine Herrschaften,« sagte er, an die Mütze langend, »ich wünsche Ihnen einen recht guten Morgen!« – Er schien ein maskierter Jean Mareuil zu sein; die Säcke unter den Augen, die drohenden Furchen seines Antlitzes waren vielleicht nur Schminke?

Die Damen schauten bald den Einbrecher, bald Mareuil an, und nun erkannten sie auch die Unterschiede in ihren Gesichtern. Die Ungewissheit wich. Hier lag lediglich eine – wenn auch frappante – Ähnlichkeit der Züge vor, nichts anderes.

Schon lag Gilberte ihrem Verlobten in den Armem und schmiegte ihr Haupt an seine weiße Hemdenbrust, während Lionel vortrat and Mareuil zornig fragte: »Wer ist der Kerl?!«

»Léon Bescard, genannt ›Freddy, die Natter‹«, gab Mareuil klipp und klar und voller Ironie zur Antwort. »Freddy sieht mir ähnlich, als seien wir Brüder, namentlich in der Nacht, und wenn man uns nicht nebeneinander sieht. Das ist alles« – und Gilberte sanft zur Seite schiebend, betrat er das Arbeitskabinett. Doch jede Spur von heiterer Laune war aus seinem Antlitz gewichen. Seine Miene hatte etwas Herrisches an sich, das man an ihm sonst nicht kannte.

»Nun, Freddy, auf was wartest du, um den Geldschrank zu öffnen?« fragte er. »Wir haben dich in deiner Arbeit unterbrochen. Setze sie fort, mein Freund!«

Noch immer stieß das Lötrohr seinen heißen feurigen Atem aus, züngelte die Stichflamme des Gebläses gierig und angriffslustig gegen die Wand« des Panzerschrankes hin. Wortlos kniete Freddy nieder und packte den Apparat.

Keuchend, außer sich, schrie die Gräfin: »Halt! ... aufhören! Das ist zuviel!«

Gequält, taumelnd stand sie da.

»Dann bitte ich um den Schlüssel«, erklärte Mareuil. »Um den Schrankschlüssel, den Sie immer bei sich tragen.«

»Wozu? Wir sagten Ihnen nicht die Wahrheit, Lionel und ich. Der Geldschrank enthält nur auf Namen ausgestellte Papiere ... ich will es Ihnen jetzt gestehen.«

»Ich weiß das ohnehin, Gräfin. Sie sind viel zu vorsichtig, als dass es anders sein könnte. Aber öffnen Sie immerhin. Vielleicht selber, es wäre einfacher. Nicht die Wertpapiere, die der Schrank enthält, sind es, die mich interessieren.«

»Ich werde den Safe nicht öffnen!« erwiderte die Gräfin mit fester Stimme, aber bleich bis in die Haarwurzeln und die Rechte auf die Brust drückend, den Versteck des Schlüssels damit verratend. »Der Safe birgt Briefschaften ... Briefe, über die zu verfügen ich kein Recht habe, denn sie gehören nicht mir.«

»Ah! Kompromittierende Briefe, nicht wahr? ... An wen? ...«

»An mich!« erklärte Lionel barsch. »Und ich denke wohl, Sie wissen, wer mir einst diese Briefe schrieb.«

»Ich bitte, Gräfin, öffnen Sie den Schrank!«

»Nein!« – Ihr ganzer Körper bäumte sich voller Energie auf. Sie hatte ihr ruhiges Blut wiedergewonnen.

»Freddy, das Gebläse!« befahl Mareuil.

Spöttisch und offensichtlich sehr belustigt von der Szene, dessen Augen- und Ohrenzeuge er war, wischte »Freddy, die Natter« mit einem angefeuchteten Schwamm über die Panzertür des Geldschranks.

Lionel kritzelte in aller Eile ein paar Worte auf einen Zettel und reichte ihn Mareuil, ohne aber das Blatt Papier aus der Hand zu lassen.

»Obwohl die Briefe das Andenken Frau Lavals in keiner Weise kompromittieren, glaube ich doch, dass Gilberte nicht gern von dem Inhalt Kenntnis haben möchte. Meine Tante wollte mich nur auf den rechten Weg zurückbringen. Aber das Geheimnisvolle, mit dem sie dieses gute Werk umgab, lässt die Möglichkeit auch anderer Deutung zu, die heraus-zuschälen ganz in meiner Macht steht. Lassen Sie Schrank und Briefe stehen. Andernfalls wird Gilberte jetzt erfahren, dass ihre Mutter in geheimem Briefwechsel mit mir stand, und gerade das wollten Sie doch vermeiden, indem Sie sich in den Besitz der Briefe setzen. Nehmen Sie die Briefe, umso schlimmer für Gilberte. Ich werde Sie zwingen, ihr die Briefe vorzulegen und die Briefe nach meinem Dafürhalten kom-mentieren.«

Mareuil las den Zettel durch, überlegte einen Moment, blick-te der Reihe nach Lionel, dessen Mutter, Gilberte und Aubry an, der sich im zweiten Treffen hielt, und sagte dann zu Freddy: »Warte noch ein wenig, Freddy! ... Gräfin, bitte öff-nen Sie den Safe!«

»Das werden wir sehen.«

»Sie werden ihn öffnen. Und Sie, Graf Prase, werden das Geheimnis der Briefe nicht verraten. Fünf, höchstens zehn Minuten, – und ich werde Sie zu einem andern Standpunkt bekehren und Sie über Dinge unterrichten, an die Sie an-scheinend alle zwei nicht im entferntesten denken, auch nicht der Affenmensch da drüben, der sich so diskret im Hintergrunde hält ... Aubry, nicht?

Hören Sie zu, es handelt sich um eine weit ernstere Sache, als Sie ahnen!«

XX.

Offene Karten

Mit völliger Gemütsruhe begann hierauf Jean Mareuil: »Gelegentlich eines Gespräches mit meinem Freund Feuillard kam mir der Gedanke, das Geheimnis von Luvercy der Sammlung der von mir bereits gelösten Probleme beizufügen. Der Tod Ihrer Mama, Gilberte, erschien mir befremdend und ungeklärt. Meine Vernunft sträubte sich gegen die Annahme, dass sich alles so abgespielt habe, wie man allgemein der Ansicht war. Es erschien mir ganz unglaubwürdig, dass eine Viper ohne menschliches Zutun in der ihr angedichteten Art vorgegangen sein sollte. Doch worin bestand das menschliche Zutun? Das war die erste Frage, die ich mir stellte.

Sie können sich wohl denken, Gilberte, mit welchem Feuereifer ich an meine Aufgabe herantrat, da ich wusste, dass ein Erfolg meinerseits Sie von Ihren Angstzuständen heilen würde. Ich kann wohl sagen, niemals zuvor war mein Herz an der Lösung eines Rätsels so beteiligt.

Auf Grund eingehender Überlegung kam ich zunächst zu folgender Annahme: Nur zwei Personen schieden völlig aus: Sie, Gilberte – die über jeden Verdacht selbstredend erhaben war und die ganze Nacht in dem Ankleidekabinett, das an das Schlafzimmer Ihrer Mama angrenzte, wach verbrachten – und Sie, Gräfin, die gleichfalls dieses Zimmer, wie Gilberte bezeugen kann, während der ganzen Nacht nicht verließen.

Somit kamen nunmehr nachstehende Persönlichkeiten in Betracht: Herr Guy Laval, Graf Lionel von Prase, die Dienerschaft und – der große Unbekannte.

Ein weiterer Umstand gab mir ferner zu denken. Die Art, wie ich gewöhnt bin, Geheimnissen auf den Grund zu gehen, lenkt stets mein Augenmerk auf etwaige Anomalien. Ich lege auf derartige Außergewöhnlichkeiten den höchsten Wert. Nun hatte die Viper nur mehr einen Giftzahn. Diese

Eigentümlichkeit ließ keinerlei Zweifel darüber aufkommen, dass nur sie die Mörderin der unglücklichen Frau Laval gewesen sein konnte, falls mehrere Schlangen ausgekommen wären, abgesehen davon, dass schon das sofort tötende Gift die Viper als Täterin bezeichnete. Dieser eine Giftzahn schien mir näherer Aufmerksamkeit wert und der Ausgangspunkt für weitere fruchtbringende Schlüsse sein zu müssen.

Somit erachtete ich es für geboten, Nachforschungen anzustellen, Leute zu befragen und einen Lokalaugenschein vorzunehmen.

Das wäre nun alles ganz schön gewesen, wenn man mich nicht beobachtet hätte.

Ich muss Ihnen mitteilen, Gilberte, dass Ihre Tante und Ihr Vetter, die um Ihr künftiges Glück besorgt waren, mich durch jenen Mann dort, den Hausbesorger, ausspüren ließen. Selbst Herr Graf Prase hielt es für nicht unter seiner Edelmannswürde, mir nachzuspionieren.

Unter gewöhnlichen Verhältnissen wäre mir das sehr egal gewesen. Unter obwaltenden Umständen jedoch war mir dies höchst lästig. Ich hatte allerhand triftige Gründe, die mir eine absolute Aktionsfreiheit wünschenswert machten. Frei und im geheimen musste ich arbeiten können. Auch fühlte ich instinktiv, dass ich rasch vorgehen müsse, und begriff alsbald, dass von der Promptheit und Schnelligkeit meines Handelns mein Glück, selbst das Leben meiner Verlobten abhinge.«

»Herr, ich verbitte mir das!« rief Lionel zornig.

»Sie werden mich ausreden lassen!« entgegnete Mareuil kühl, »sonst ...« – er blickte die Gräfin an und zeigte auf den Geldschrank und das Gebläse.

»Unterbrich ihn nicht, Lionel!« sagte die Gräfin, die bleich und mit verzerrter Miene dastand.

Plötzlich drehte sich Mareuil um.

»Heda! Der ›Herr‹ Aubry will sich, scheint's, drücken? ...
Freddy, los!«

Mit einem Satz war Freddy in die Halle verschwunden, wo
der Hausbesorger eben verduftete. Einen Moment danach
kehrte er wieder zurück und schob den schlotternden, völlig
gebrochenen Bedienten vor sich her.

»Wer ist denn eigentlich dieser Apache?« knirschte Lionel,
die Fäuste geballt und außer sich vor Ingrimm.

»Ich wollte es Ihnen eben mitteilen, als Sie mir die Rede
abschnitten«, entgegnete Mareuil. »Wie bereits gesagt: er
heißt Freddy, und ich dachte sofort an ihn, als es sich darum
handelte, mich Ihrer unzeitigen Spionage zu entziehen.

Ich begegnete einst Freddy, nachts, in einem öden Gässchen
des Spielhöhlenviertels. Er bat mich um Feuer, um meine
Brieftasche zu haben. Ich leuchtete ihm, einer inneren Ein-
gebung folgend, in das Gesicht und war baff! Er wies meine
eigenen Züge auf. Ich hatte einen Doppelgänger im Reich
der Strolche. Damals entkam mir Freddy, denn er erschrak
selbst, weil er an irgendeine Falle glaubte, die ihm die Polizei gestellt, aber kurze Zeit danach traf ich ihn doch wieder.
Es lag mir sehr viel daran, denn es war mir peinlich, vielleicht einen Verbrecher zum Doppelgänger zu bekommen.
Ich nahm mich Freddys an, verschaffte ihm einen Verdienst.
Die Geschichte war nicht ganz einfach, denn unser Freddy
liebt die Unabhängigkeit. Gottlob kam mir eine glänzende
Idee.

Gelegentlich meiner Weltreise hatte ich mir in Indien etwas
die Kunst des Schlangenbeschwörens angeeignet. Ich unterrichtete Freddy darin, der nunmehr den Beinamen »die Natter« erhielt und mit Vorführung der Schlangen auf ehrliche
Weise sein Brot verdient.

Allerdings wäre es vorzuziehen, dass er mehr arbeitete,
nicht wahr, Freddy? Heute ist es Java, seine Schülerin, die
ihre Schlangen produziert, während ihr Herr und Gebieter
sich dem süßen Nichtstun hingibt. Doch was schadet's? Die

Hauptsache ist, dass Freddy nicht mehr stiehlt, und mit dem ganzen Eifer eines guten Genius wache ich darüber, dass er nicht wieder rückfällig werde.

Ich denke, Sie fangen bereits an, zu verstehen? Seine Person führte Sie irre. Sie glaubten hinter dem ›Zweiten Ich‹ Jean Mareuils her zu sein. Seit einiger Zeit verbringt Freddy den Tag in einem Zimmer meines Palais, das an das meine angrenzt. Erst am Abend, wenn ich nach Hause komme, geht er aus, um gegen Morgen wieder heimzukehren.

Nicht schlecht ausgedacht, was? Ich wusste genau, dass Sie in Ihrer Freude, einen Apachen-Jean-Mareuil gefunden zu haben, ihn nicht mehr aus den Augen lassen und aufhören würden, dem wirklichen Jean Mareuil nachzuschleichen. Nun vermochte ich, wie es mir passte, zu recherchieren, da und dorthin zu gehen, und hinter Ihrem Rücken alle erwünschten Nachfragen und Nachforschungen zu unternehmen.

Ich unterrichtete auch den Polizeipräfekten von meinen Plänen und Absichten, von deren Ziel und Zweck, und über alle Maßnahmen, die ich ergriff, um die Angelegenheit zu gutem Ende zu führen. Sie werden sich nun nicht mehr über das Verhalten des Polizeipräfekten Ihnen gegenüber wundern, Graf Prase. Wir arbeiten ja Hand in Hand.

Meine kleine Mystifikation ist mir gelungen. Sie war auch sorgfältigst vorbereitet. Freddy siedelte in mein Palais über. Die ihm treu ergebene und verschwiegene Java erfuhr von nichts. Mein guter Freund, Herr Feuillard, entsandte jede Nacht einen seiner Angestellten in die ›Bar der Kumpanei‹, um Freddy zu beobachten und mich über etwaige Dummheiten, die er machen sollte und die unsere Pläne hätten scheitern lassen können, auf dem laufenden zu halten. Und ich tat gut daran. Denn eines Morgens ließ mir Feuillard mitteilen, Freddy habe durch Unachtsamkeit seine Tätowierung sehen lassen, was mich veranlasste, mir unverzüglich auf den Vorderarm eine blaue Natter aufmalen zu lassen, die ich Ihnen, Graf Prase, neulich zeigte.

Jawohl, ich zeigte sie Ihnen, wusste ich doch, mit wem ich es zu tun hatte, und dass Ihnen die Tätowierung Freddys bekannt war, jene Tätowierung, die Gilberte Entsetzen eingejagt hätte. Daher fürchtete ich irgendwelche Manöver Ihrerseits, die mich zwingen könnten, in Gegenwart meiner Verlobten den Ärmel zurückstreifen zu müssen. Was hätte dann wohl Gilberte beim Anblick der blauen Schlange gesagt? Und was hätten Sie für ein Gesicht gemacht, wenn mein Arm von der Vipertätowierung frei gewesen wäre?

Dank der splendiden Ruhe, die Sie mir gönnten, machte ich mich ans Werk. An der Hand der damaligen Tagespresse und der Aussagen der Leute, die ich interviewte, studierte ich das Drama von Luvercy. Tausend Details und Fakten wurden von mir notiert. Unter andern, dass Frau Guy Laval in den Daumen der linken Hand gestochen wurde. Zu dieser Feststellung trat bald folgende hinzu: Frau Laval gebrauchte lieber die linke als die rechte Hand. Der Beweis hierfür wurde mir eines Morgens, als ich unter dem Vorwande, Gilberte zu einem Spazierritt abzuholen, viel zu früh kam und im Salon warten musste. Man ließ mich, wie ich vermutet hatte, allein, und dies benutzte ich dazu, in dem Ihnen bekannten Album die Photographien der entzückenden Frau zu betrachten, deren Leben mich so sehr interessierte, da ich ja nach den tragischen Ursachen ihres Hinscheidens forschte. Da fiel mir nun etwas sofort in die Augen, und Sie werden es selbst bestätigen, wenn Sie die Bilder betrachten. Ob Frau Laval eine Blume pflückte oder ihren Sonnenschirm hielt, ob sie den Fächer in die Hand nahm oder ein Tier streichelte, immer benutzte sie die Linke, die Linke, in welche die Viper sie mit dem einen Giftzahne biss. Ich gestehe ganz ehrlich, dass ich mir über die Tragweite dessen erst nach langem Hin- und Hergrübeln klar wurde. Ich wusste, dass ich einen wichtigen Umstand entdeckt hatte, dessen Auswirkung mir jedoch für den Augenblick noch nicht voll einleuchtete.

Vielleicht wäre dies schneller der Fall gewesen, hätte ich schon damals gewusst, dass das in die Mitte des Zimmers hereinstehende Bett der Verstorbenen seine rechte, nicht seine linke Seite dem Fenster zukehrte, durch das die Viper angeblich eindrang. Die Viper hätte somit um das Bett herumkriechen müssen, um ihr Opfer in die Linke beißen zu können. Oder man musste annehmen, dass die Schlafende auf der rechten Seite lag, mit dem Gesicht zum Fenster hin, und die Linke über dem rechten Bettrand herabhängen ließ, oder mit der Linken versucht hatte, das sich bewegende, raschelnde Reptil zu haschen.

Nun begab ich mich zu dem Wohnsitz von Marie Lefebre, der ehemaligen Kammer Jungfer der Verstorbenen, und zu ihrem Gatten, dem früheren Gärtner und Hausmeister von Luvercy.

Das Ehepaar machte mir von den Briefen Mitteilung, Graf Prase, die Sie unter der Adresse der Zofe aufgaben und die den Poststempel von Luvercy trugen, da Sie ja nach abgelegtem Abiturientenexamen im Schloss selbst wohnten. Wenn ich mich nicht irre, waren diese Ihre Briefe an Marie Lefebre adressiert? Ist es so?«

Lionel blickte seine Mutter, dann Gilberte und Mareuil an und verzichtete darauf, die Sache abzuleugnen.

»Jawohl, es stimmt!« sagte er dumpf.

»Das Ehepaar teilte mir ferner mit, dass die Viper, der der Kopf zerquetscht worden war, in der Nacht des Dramas selbst von einem Mann gegen zwölf Uhr in einem kleinen Boskett des Parks eingegraben wurde.«

»Wenn ich das gewusst hätte!« rief Gilberte.

»Nun, ich habe persönlich festgestellt, dass die Viper, heute nur mehr ein Skelett, am Fuße eines alten Baumes im Park verscharrt liegt. Vor drei Tagen war ich in Luvercy, um mir darüber Gewissheit zu verschaffen. Ich überkletterte die Parkmauer, und es war mir unschwer, die sechs Hektar Boskette und Baumbestand zu durchforschen. Auf Grund dieser meiner Ortskenntnis vermochte ich auch das Wasser aus der nahen Grotte so rasch herbeizuholen, als sich Gilberte an dem Rosenstrauch in den Finger stach und in Ohnmacht lag.«

Die Gräfin und ihr Sohn zuckten zusammen. Alles stürzte vor ihren Augen ein.

»An jenem Tage fand ich keine Gelegenheit, das Schloss selbst zu betreten«, fuhr Mareuil fort. »Für solche Unternehmungen ist die Nachtzeit günstiger. Doch was vorgestern während unseres gemeinsamen Aufenthaltes in Luvercy sich ereignete – ich betone vorgestern, denn jetzt ist es bereits drei Uhr früh –, veranlasste mich, den Verlauf der Dinge zu beschleunigen und nicht mehr länger die Besichtigung des Sterbezimmers der Frau Laval hinauszuschieben.«

»Sie bekundeten doch Ihr völliges Desinteressement damals?« bemerkte die Gräfin verächtlich.

»Beim Zeus! Das gehörte doch zu meiner Rolle, Gräfin! Ebenso wie es zu meiner Rolle gehörte, alle Welt glauben zu machen, dass ich die Hoffnung aufgegeben habe, den Schleier zu lüften, der über dem Drama von Luvercy schwebte. Auch hatte ich noch einen andern Grund, Furcht vor einem längeren Aufenthalt in Luvercy zu heucheln. Nehmen wir einem Moment an, Graf Prase, dass ich Sie nur von meiner Mitschuld am Verbrechen vom 19. August überzeugen wollte, denn glauben Sie ernstlich, dass ich nicht Ihren Verdacht witterte? Mit Ihren verfänglichen Fragen hatten Sie sich ja selbst verraten. Doch nicht darum war es mir zu tun, sondern ich wollte unter allen Umständen das ›Platzen der Bombe‹ beschleunigen, auf den Punkt gelangen, auf welchem wir jetzt stehen, auf den Sie mich zu bringen beabsichtigten, indem Sie Freddy veranlassten, hier im Hause einzubrechen, welch teuflischer Plan von Ihnen mir großartig ins Konzept passte.

Letzte Nacht begab ich mich also nochmals nach Luvercy. Freddy hatte Befehl, sich nicht von Hause fortzurühren. Ich selbst konnte getrost per Auto von daheim wegfahren, da ja

Graf Prase seinem Späherdienst vor meinem Palais aufgegeben hatte.

Bemerken möchte ich, aus Amateur-Detektiveitelkeit, dass
ich über das Ganze bereits vollkommen im Bilde war und
nur noch die sachlichen Beweise haben wollte.

Nun, sie wurden mir – und zwar in dem Zimmer der verstorbenen Frau Laval. Meine Tätigkeit war bereits beendet,
als mich der brave Heurtebois überraschte.

Überrascht ist eigentlich nicht das richtige Wort, denn ich
warf mit Absicht einen Stuhl um und schreckte so den wackeren Schlosswart vom Schlaf auf. Noch ehe er zur Stelle
war, hatte ich das kleine Ölbild – das, nebenbei gesagt, gar
kein Manet ist – von der Wand genommen, denn es handelte
sich darum, in Ihnen den Glauben zu erwecken, dass Jean
Mareuils Zweites Ich Jean-Mareuil-Freddy, einen Einbruchsdiebstahl begangen habe.«

»Warum?«

»Damit alles so verlaufe, wie es jetzt verlief, damit wir uns
heute alle vor diesem Geldschrank, der seine Geheimnisse
preisgeben wird, vereinigt sehen.«

»Herr Mareuil,« näselte Lionel hochmütig, »ich sehe nicht
ein, was das alles mit meiner Mutter und mir zu tun hat.
Unser Entschluss kann in keiner Weise durch Ihr Vorbringen alteriert werden. In dem Augenblick, wo – wie Sie selbst
zugeben – meine Mutter nicht verdächtigt werden kann, die
Viper geleitet zu haben, und ich, wie ich beschwören
kann ...«

»Was können Sie beschwören, Graf? Ich könnte Sie an das
Problem des ›Zweiten Bewusstseins‹ erinnern, an das ich,
wie Sie wissen, nur halb glaube. Ich könnte Sie ferner daran
erinnern, dass Sie sofort wussten, wo in Luvercy Spaten und
Schaufel untergebracht sind, als Sie dieser Werkzeuge be-
durften – und doch bin ich weit davon entfernt, zu argwöh-
nen, dass Sie die Viper in jener Nacht verscharrten oder dass
etwa Ihr ›Zweites Ich‹, Sie selbst, in einem Anfall von

Mondsüchtigkeit, der Mörderschlange Weg und Opfer wiesen. Denn hören Sie: niemand leitete die Schlange. Kein menschliches Wesen leitete von nah oder aus der Entfernung das Mörderwerk, das an Frau Guy Laval in der Nacht vom 19. auf den 20. August vollbracht wurde. Erstens. Und zweitens. Jener, der die Schlange eingrub, ist ...«

Bleich und verstört reckte sich Aubry auf und hob die Hände flehend empor.

»Gnade, Gnade!« gurgelte er. »Schon die lange Zeit spannen Sie mich unmenschlich auf die Folter. Ich werde alles bekennen!«

»Sie haben sich verraten!« sagte Mareuil. »Bis jetzt hatte ich Sie nur im Verdacht, nun aber weiß ich. alles.«

»Herr, ich bin unschuldig. Sie müssen es wissen. Absolut unschuldig! Ich werde alles bekennen, alles, alles ... es war für ... es war für den Herrn Grafen ... ich will's Ihnen erzählen ...«

Gilberte richtete sich in ihrem rosa Kleid auf, während Lionel angestrengt nachdachte, als misstraue er seinem eigenen Gedächtnis und als sei er sich über das, was geschehen war, selbst im unklaren.

Aus dem Sphinxantlitz der Gräfin leuchteten die Augen mit leidenschaftlicher Glut. Sie blickte ihren Sohn verzückt an. Die ganze Wucht ihrer mütterlichen Liebe kam in diesem Blick zum Ausdruck.

Sie trat auf ihn zu, umfing ihn und küsste ihn lang und wild. Dann näherte sie sich langsam dem Panzerschrank und öffnete ihn. Als die schweren Flügel aufsprangen – so lautlos war es, dass man eine Mücke hätte fliegen hören –, griff sie in die Höhlung des Safe, packte ein paar Wertpapiere, warf sie auf den Teppich, versenkte wieder die Hand in das gähnende dunkle Loch der Schranktiefe und wandte sich an ihren Sohn mit den Worten:

»Für dich geschah es, Lionel, mein geliebter Junge. Verzeihe!
Verzeiht mir alle. Es gibt nur einen Schuldigen. Aubry erfuhr die Wahrheit erst am anderen Tag. Ich allein, ich allein
bin die Schuldige!« Und kaum hatte sie es gesagt, fiel sie
lautlos nieder.

Man stürzte sich auf sie. Ihr Gesicht war blau marmoriert,
ebenso ihr Hals und die schlaffen Arme und Hände.

Mareuil schüttelte den Kopf.

»Sie ist tot – das da verzeiht nicht!«

Er hob ihre Rechte empor. Im Schein der elektrischen Lampe
erblickte man an dem Daumen der Toten einen einzigen
dunklen Blutstropfen – einen Blutstropfen, der deutlich für
sich sprach.

»Oh!« entsetzte sich Gilberte. »Wie bei Mama! Die Viper!«

»Was soll das bedeuten?« jammerte Lionel starr vor Entsetzen. »Was birgt der furchtbare Schrank?«

Gilberte war bis zu der Tür zurückgewichen. Alles blickte
furchtgelähmt auf den offenstehenden Safe. Welch scheußli-
ches Schlangenhaupt würde ihm entkriechen? Welcher Gift-
rachen seinen einzelnen todbringenden; Zahn fletschen?
War die afrikanische Giftotter nicht tot? Würde ihr schwarz-
weißgeringelter Leib sich aus dem Bauch des Panzerschrankes entrollen? Oder staken gar mehr als nur eine Schlange
darin, in diesem ehernen Bau?

Selbst der kühne und furchtlose Freddy hatte sich kleinge-
macht.

Da streckte Mareuil trotz der inständigsten Bitten Gilbertes
seinen Arm aus und griff in die Höhlung des Schrankes
hinein.

XXI.

Die Mörderschlange von Luvercy

Während Mareuil mit der Hand in dem Safe herumtastete, suchte er Gilberte zu beruhigen, und forderte sie auf, näherzutreten.

»Die Mörderschlange von Luvercy ist tot«, sagte er. »Sie können ungescheut kommen!«

Unwillkürlich blickte das junge Mädchen nach der grauenhaften Leiche hin, über die Aubry, ohne sich wegen des Panzerschrankes aufzuregen, pietätvoll einen leichten Teppich gebreitet hatte. Dann schaute sie aber gleich wieder auf die gähnende Öffnung des Safes, aus der die Hand ihres Verlobten das Geheimnis des verschlossenen Zimmers herausnehmen würde.

Zuerst holte Mareuil eine winzige Phiole aus gelbem Glas an das Tageslicht hervor, die er auf dem Schrank abstellte. Als zweites entnahm er eine kleine, unscheinbare, elektrische Läutbirne von weißlackiertem Holz.

Er hielt sie vorsichtig zwischen den Fingerspitzen und sagte zu Gilberte: »Dies hier mag Ihnen nunmehr wieder Ihre volle Ruhe geben. Es ist eine Viper, die ich Ihnen weder tot noch lebendig bringen konnte, wie ich es mir geschworen hatte.«

»Wie? ...« fragte sie erstaunt.

»Sehen Sie, Gilberte«, meinte Jean Mareuil. »Als Sie eben den Stich bemerkten, der den Tod Ihrer Tante im Gefolge hatte, riefen Sie aus: ›Wie Mama!‹ Nun, denselben Ausruf taten Sie neulich in Luvercy, als Sie sich an dem Rosendorn ritzten. Genau wie Sie und wie die Gräfin wurde auch Ihre Mutter an der innern Seite des Daumens gestochen, und zwar der linken Hand, die sie vornehmlich benutzte.

Diese Entdeckung rückte das Geheimnis plötzlich in das hellste Licht. In diesem Moment wurde es mir klar, dass keine Viper sich in das Schlafzimmer Ihrer armen Mama eingeschlichen hatte. Als Ihre Tante den ganzen Tag bei der schlafenden oder im Halbschlaf ruhenden Kranken verbracht hatte, tauschte sie am Abend des 19. August die Läutbirne, die sich für gewöhnlich an dünnem Draht bei dem Bett Ihrer Mutter befand, mit einer andern aus, die, der wirklichen vollkommen gleich im Äußeren, in ihrem Innern aber das Mordwerkzeug barg, mit einer Birne, die nicht läutete, mit einer Birne, die eine künstliche Viper darstellte.

Ich war dessen bereits sicher, als wir seinerzeit in Luvercy waren, und in der folgenden Nacht fand ich die Bestätigung, denn die über dem Bett der verstorbenen Frau Guy Laval hängende Birne war flüchtig und anscheinend in großer Eile anmontiert worden. Die andere Birne, jene, welche in der Todesnacht am Bett der Ermordeten hing, ist diese hier!

Bitte näherzutreten, ich werde Ihnen den Mechanismus zeigen.

Hier im Mittelpunkt des Druckknopfes befindet sich ein kleines Loch, die Austrittsöffnung eines Kanals, in welchem eine sehr scharfe und spitze Hohlnadel wie von einer Injektionsspritze verborgen ist. Diese Hohlnadel drückt, wie Sie sehen, auf einen kleinen Gummibeutel, den man mit irgendeiner Flüssigkeit, sagen wir mit irgendeinem Gift, füllen kann. Drückt man nun auf den Knopf, presst dieser den Gummibeutel zusammen, und das Gift schießt durch die Hohlnadel hervor und dringt durch den Stich der Nadel mit dieser in den Daumen der betreffenden Person ein, die auf den Knopf drückt. Ist das Gift ein furchtbares und sofort tötendes, sinkt der Gestochene lautlos und auf der Stelle entseelt nieder. Und am andern Morgen hat man lediglich die falsche Birne, dieses höllische Mordwerkzeug, mit der echten Läutbirne wieder auszutauschen.

Die Gräfin Prase wusste, dass ihre Schwester jede Nacht der Kammerjungfer zu läuten pflegte. Sie wusste auch, dass das Gift der Natter noch nicht analysiert worden war und sofort tödlich wirkte wie manch andere Gifte, die man sich für

Geld beschaffen kann. Die Viper gehörte einer völlig unbekannten Schlangengattung aus dem Innern von Afrika an. In dem Moment, wo die Viper verschwand, war auch ihr Gift nicht mehr analysierbar. Die Gräfin Prase hing in heißer Liebe an ihrem Sohn. Sie wollte daher ihren Schwager Guy Laval heiraten, um für ihren Sohn in den Besitz des Lavalschen Vermögens zu gelangen ...«

Ein Aufschluchzen unterbrach Mareuils Worte. Das Gesicht in den Händen vergraben, lag Lionel auf den Knien und weinte bitterlich.

Mareuil fuhr fort:

»Diese Glasphiole enthält ein Gift, das wir morgen zur Untersuchung in das städtische Laboratorium schicken werden. Aber wir könnten auch gleich ... Freddy, bitte öffne doch den Herren! ...«

Entsetzt hob Lionel den Kopf. Mareuil beruhigte ihn.

»Es ist nicht die Polizei. Ich habe nur vorsichtshalber einige Zeugen geladen. Meinem Dafürhalten soll sich die Justiz in diese Angelegenheit kaum mischen.«

»Danke!« stammelte Lionel. »Verzeihe auch du, Gilberte, meiner armen Mutter im Namen der Deinigen.«

»Verzeihen Sie ihr auch in Ihrem eigenen Namen!« erklärte Mareuil. »Denn es muss alles gesagt werden. Die Gräfin lag Ihnen nur deshalb so in den Ohren, nach Luvercy zurückzukehren, mindestens eine Nacht dort zu verbringen, und zwar im Schlafzimmer Ihrer verstorbenen Mutter, um ...«

»Mein Gott!« stöhnte Lionel.

»Jean, was Sie da andeuten, was Sie da sagen wollen, ist ja entsetzlich!« rief Gilberte.

»Und doch ist es so, Gilberte. Hätten Sie den Wunsch Ihrer Tante erfüllt, würde man Sie am andern Morgen tot aufgefunden haben, gestochen von der Schlange von Luvercy, deren Kadaver man nicht hatte finden können, von der Viper mit dem einen Giftzahn, die damit bewiesen hätte, dass sie noch immer lebe. Und die Gräfin Prase würde Sie beerbt haben und aller Sorge ledig gewesen sein wegen Rechnungslegung in ihrer vormundschaftlichen Geschäftsgebarung. Begreifen Sie jetzt, warum dieser Jean Mareuil alle Hebel in Bewegung setzte, um Sie von Luvercy fernzuhalten, und Ihre Angst noch unterstützte? Fassen Sie nun die Größe meines Schreckens, als ich Sie damals im Park aufschreien hörte und Sie neben dem Rosenstrauch und allein mit Ihrer Tante, in den Daumen gestochen, ohnmächtig niedersinken sah? Denn der Plan Ihrer Tante war, Sie aus dem Weg zu räumen, falls es ihr missglückt wäre, mich, den *Freddy-Mareuil* als Einbrecher vor Ihren Augen zu entlarven. Und aus diesem Grund hieß es, den Verlauf der Ereignisse beschleunigen, da ja auch die Gräfin von der Zeit vorwärtsgestachelt wurde. Deshalb musste der Manet möglichst rasch gestohlen werden. Deshalb – doch die Herren sind da!«

Unter der Wucht des namenlosen Schmerzes, den die Enthüllung der Wahrheit in Gilbertes Herz auslöste, brach sie in einen Strom von Tränen aus, während Lionel wie vom Donner gerührt dastand und Aubry sie von der Seite anschielte, grimmig, missgünstig ob ihrer Unschuld.

Die drei neu Ankommenden waren ein Greis, ein eleganter Herr und ein junger Mann. Schweigend hielten sie an der Tür. Hinter ihnen erblickte man Freddy und ein schönes Weib mit hochaufgestecktem Schwarzhaar, das schillernde Kämme schmückten: Java.

Mit fetter Stimme entschuldigte sich der Apache, auf seine Geliebte zeigend.

»Sie wollte mit ... ist mir gefolgt. Die Herren wiesen sie am Gitter zurück. Als sie sah, dass ich mein Handwerkszeug an mich nahm, dachte sie, es sei Ernst ... Wart' auf mich vor dem Tor, Java. Du siehst ja, dass ich mit diesen Herren zusammen arbeite. Der Rest geht dich nichts an.«

Den Hut in der Hand, musterten der Polizeipräfekt, Herr Feuillard und sein Bureauangestellter Fourcade mit ernster Miene die Anwesenden und ihre Umgebung.

Beim Ansichtigwerden des Polizeipräfekten huschte der Ausdruck des Schreckens über Lionels Züge. Aber Mareuil beruhigte ihn.

»Nichts Offizielles«, sagte er. »Nur drei Freunde, drei Zeugen, wie erwähnt. Den Herrn Notar kennen Sie ja, Graf? Und dieser Herr ist Fourcade, einer seiner – und meiner Mitarbeiter.

Meine Herren, wie ich es vorausgesehen, so war es. Die imitierte Läutbirne, das Mordinstrument, befand sich in dem Panzerschrank, dessen Schlüssel die Gräfin stets bei sich trug. Die Gräfin hat sich selbst gerichtet!« – Damit deutete er auf die düstere, menschliche Form, die sich unter der improvisierten Leichendecke abzeichnete, – »Dort, Herr Aubry, gesteht den Tatbestand ein, nicht wahr?«

Da der Hausbesorger sah, dass man ihn keiner Schuld zieh, begann er frei von der Leber weg zu sprechen.

»So ist es, Herr Mareuil. Ich erhielt von der seligen Frau Gräfin den Befehl, die Viper aus der Orangerie zu holen und sie umzubringen und in die Kiste ein Loch zu machen, um eine Selbstbefreiung der Schlange vorzutäuschen. Als ich am andern Morgen von dem in der Nacht erfolgten Ableben der Frau Guy Laval erfuhr, war ich entsetzt und begriff sofort, dass ich, ohne es zu wissen, der Mitschuldige an einem begangenen Verbrechen geworden war. Ich drang in die Frau Gräfin, mir reinem Wein einzuschenken, und die Frau Gräfin musste mir die Wahrheit beichten. Sie war es, die das Mordwerkzeug fabrizierte, indem sie eine alte Reserveklingel, die sich im Speicher befand, dazu herrichtete. Eine Injektionsnadel und der kleine Gummiballon eines Parfümzerstäubers waren ihr hierbei dienlich. Während Frau Guy Laval schlief, hatte die Frau Gräfin die Läutbirnen ausgetauscht. Sie blieb ja stets bei der Kranken. Das ist alles, was ich weiß, meine Herren. Ich sagte damals nichts, weil ich die selige Frau Gräfin sehr liebte und weil doch alles für den Herrn Grafen geschah. Ich hatte keine Ahnung, dass die Frau Gräfin diese verdammte Läutbirne aufbewahrt hatte.«

Alles schwieg. Jean Mareuil und Freddy, die sich so ähnlich sahen, »der Herr der Gesellschaft« und der »Apache«, betrachteten mit ihren einander so gleichen und doch voneinander so verschiedenen Augen diesen merkwürdigen, verworfenen und getreuen Affenmenschen. Dann riss sich Mareuil aus seinen Gedanken los, trat zum offenen Panzerschrank und entnahm dem obersten Fach ein Bündel Briefe. Forschend blickte er Lionel an.

»Geben Sie diese Briefe getrost Gilberte«, sagte der Graf. »Sie beweisen nur, mit welch ungeheuren Beweisen von Güte ihre Mutter mich überschüttete. Sie enthalten lediglich gute Lehren und mütterliche Ratschläge, die ich leider nicht befolgte.«

»Dann behalten Sie die Briefe, Graf!« erwiderte Mareuil. »Denn von nun ab werden Sie dieselben befolgen. Dessen bin ich sicher.«

»Das schwöre ich!« erklärte Lionel mit bebendem Munde.

Gilberte zog den Schlüssel aus dem Schloss des Safes und überreichte ihn, wehmütig lächelnd und Tränen der Dankbarkeit und Liebe in den Augen, ihrem Verlobten mit den Worten: »Nehmen Sie ihn zum Andenken und ...«

»Nein, Gilberte, nein! Der Schlüssel, den ich diesmal mir gewann, ist nicht einer, den ich in der Hand wiegen kann. Und doch existiert er, aber im Reiche der unsichtbaren und unschätzbaren Dinge. Er existiert, und ich halte ihn bereits mit meinen Händen, indem ich dich, Geliebte, Süße, an mein Herz drücke!« Und er umfing mit starken Armen die bebende Mädchengestalt. »Dieser Schlüssel«, flüsterte er ihr ins Ohr, »ist der Schlüssel des Glückes!«